o céu que nos oprime

CHRISTINE LEUNENS

o céu que nos oprime

Tradução
Roberto Muggiati

1ª edição

Rio de Janeiro | 2020

EDITORA-EXECUTIVA
Renata Pettengill

SUBGERENTE EDITORIAL
Marcelo Vieira

ASSISTENTE EDITORIAL
Samuel Lima

COPIDESQUE
Ananda Alves

REVISÃO
Caroline Horta

DIAGRAMAÇÃO
Juliana Brandt
Beatriz Carvalho

TÍTULO ORIGINAL
Caging Skies

CIP-BRASIL. CATALOGAÇÃO NA PUBLICAÇÃO
SINDICATO NACIONAL DOS EDITORES DE LIVROS, RJ

L638c

Leunens, Christine, 1964-
O céu que nos oprime / Christine Leunens; tradução Roberto Muggiati. – 1ª ed. – Rio de Janeiro: Bertrand Brasil, 2020.

Tradução de: Caging skies
ISBN 978-85-286-2451-9

1. Ficção neozelandesa. I. Muggiati, Roberto. II. Título.

19-61431

CDD: 828.99333
CDU: 82-3(931)

Meri Gleice Rodrigues de Souza – Bibliotecária – CRB-7/6439

Copyright © 2019 Christine Leunens

Texto revisado segundo o novo Acordo Ortográfico da Língua Portuguesa

2020
Impresso no Brasil
Printed in Brazil

Todos os direitos reservados. Não é permitida a reprodução total ou parcial desta obra, por quaisquer meios, sem a prévia autorização por escrito da Editora.

Direitos exclusivos de publicação em língua portuguesa somente para o Brasil adquiridos pela:
EDITORA BERTRAND BRASIL LTDA.
Rua Argentina, 171 – 3º andar – São Cristóvão
20921-380 – Rio de Janeiro – RJ
Tel.: (21) 2585-2000 – Fax: (21) 2585-2084

Atendimento e venda direta ao leitor:
sac@record.com.br

Para meu marido, Axel

O grande perigo de mentir não é que as mentiras sejam inverdades e, portanto, irreais, e sim elas se tornarem reais na cabeça de outras pessoas. Elas escapam do controle do mentiroso como sementes arremessadas ao vento, germinando uma vida própria nos lugares menos esperados, até que, um dia, o mentiroso se vê contemplando uma árvore solitária, mas saudável, que cresceu em um árido penhasco. Ela tem a capacidade de entristecê-lo e também de deixá-lo intrigado. Como poderia aquela árvore ter chegado lá? Como consegue sobreviver? Ela é extraordinariamente bela em sua solidão, feita de uma inverdade estéril e, no entanto, verde e muito viva.

Muitos anos se passaram desde que semeei as mentiras, portanto as vidas, de que estou falando. E mesmo assim, mais do que nunca, terei de separar cuidadosamente os galhos e determinar quais derivaram da verdade e quais derivaram da falsidade. Será possível serrar os galhos enganosos sem mutilar irremediavelmente a árvore? Talvez eu devesse, em vez disso, arrancar a árvore e replantá-la em solo plano e fértil. Mas o risco é grande, pois minha árvore se adaptou de mil e uma maneiras à sua inverdade, aprendeu a se dobrar ao vento e viver com pouca água. Ela é tão extensa que chega a ser horizontal, um enigma verde a meio caminho acima e perpendicular a um penhasco alto e sem vida. No entanto, ela não está deitada no chão, suas folhas apodrecendo no orvalho como aconteceria se eu a replantasse. Troncos encurvados não conseguem ficar de pé, como eu não posso aprumar minha postura para voltar a ser quem era aos vinte anos. Um meio ambiente mais brando, depois de aturar por tanto tempo um mais hostil, seria certamente fatal.

Encontrei a solução. Se eu simplesmente contar a verdade, o penhasco vai erodir, pedaço por pedaço, pedra por pedra. E o destino de minha árvore? Ergo o punho para o céu e lanço minhas preces. Aonde quer que elas cheguem, espero que minha árvore pouse lá.

um

Nasci em Viena em 25 de março de 1927, Johannes Ewald Detlef Betzler, um bebê gorducho e careca pelo que vi nos álbuns de fotos da minha mãe. Folheando suas páginas, era sempre divertido tentar adivinhar, apenas pelos braços, se era meu pai, minha mãe ou minha irmã quem me segurava. Parece que eu era como a maioria dos bebês: sorria exibindo as gengivas, devotava grande interesse aos meus pezinhos e mais me lambuzava com a geleia de ameixa do que comia. Amava um canguru cor-de-rosa que tinha o dobro do meu tamanho, e que eu me dava ao trabalho de arrastar por toda parte, mas não gostei do charuto que alguém enfiou na minha boca, ou assim concluo pois eu estava chorando.

Eu era tão apegado aos meus avós quanto aos meus pais — isto é, aos meus avós paternos. Nunca cheguei a conhecer meus avós por parte de mãe, *Oma* e *Opa*, soterrados em uma avalanche muito antes de eu nascer. *Oma* e *Opa* eram de Salzburgo e eram conhecidos como grandes andarilhos e praticantes de esqui *cross-country*. Comentavam que *Opa* era capaz de reconhecer um pássaro só pelo seu canto e uma árvore pelo som de suas folhas farfalhando ao vento, sem abrir os olhos. Meu pai também jurava que *Opa* tinha essa habilidade, por isso sei que minha mãe não exagerava. Cada árvore produzia o seu sussurro particular, ele me disse que *Opa* lhe contou certa vez. Minha mãe falava sobre seus pais o bastante para que eu crescesse os conhecendo e também os amando. Estavam em algum lugar lá em cima com Deus, me observando do alto e me protegendo. Nenhum monstro poderia se esconder debaixo da minha cama e agarrar minhas pernas, se eu tivesse de ir ao banheiro no meio da noite, nem poderia um assassino vir a mim na ponta dos pés e me apunhalar no coração.

Chamávamos meu avô paterno de "Pimbo" e minha avó paterna de "Pimmi" com o sufixo *chen*, que caracteriza o diminutivo em alemão — o afeto tendo o curioso efeito colateral de encolhê-la um pouco. Eram simplesmente nomes que minha irmã inventara quando era pequena. Pimbo viu Pimmichen pela primeira vez em um baile; um daqueles elegantes bailes tipicamente vienenses em que ela valsava com seu noivo bonito e fardado. O noivo foi buscar champanhe, e meu avô o seguiu para dizer como era bonita sua futura esposa, e ficou sabendo que o moço era irmão dela. Então, Pimbo não o deixou partir para uma nova dança. Meu tio-avô Eggert ficou sentado tamborilando os dedos porque, comparadas com sua irmã, todas as outras mulheres eram insossas. Quando os três iam saindo, meu avô os levou até o automóvel Benz estacionado logo atrás das carruagens e, pousando o braço no encosto do banco como se fosse o proprietário, olhou para o céu com um ar sonhador e disse:

— Pena que só dá para dois. Está uma noite tão agradável, por que não vamos a pé?

Pimmichen foi cortejada por dois bons partidos da sociedade vienense, mas se casou com meu avô achando que ele era o mais bonito, espirituoso e charmoso de todos, além de rico o suficiente. Só que rico ele não era. Na verdade, ele era o que a burguesia chamaria de um pobretão, especialmente depois dos gastos em que incorrera levando-a aos melhores restaurantes e salas de concerto nos meses que antecederam seu casamento, graças a um empréstimo bancário. Mas as dificuldades foram apenas passageiras, porque, uma semana antes de conhecê-la, ele havia aberto, com o mesmo empréstimo, uma pequena fábrica que produzia ferros e tábuas de passar roupa e prosperou o suficiente depois de alguns anos de trabalho árduo. Pimmichen gostava de nos contar como lagostas e champanhe se transformaram em sardinhas e água da torneira no dia seguinte ao casamento.

Ute, minha irmã, morreu de diabetes quatro dias antes de completar doze anos. Não me deixavam entrar no seu quarto quando ela injetava insulina em si mesma, mas, uma vez, ouvindo minha mãe mandar que usasse a coxa se o abdome estivesse machucado, eu desobedeci e a flagrei com sua *Tracht* verde puxada para cima da barriga. Então, um dia, ela se esqueceu de aplicar a injeção ao voltar da escola. Minha mãe perguntou se tinha aplicado, ela disse *Ja, Ja*, mas com as injeções intermináveis, sua resposta havia se tornado mais um refrão do que uma confirmação.

Infelizmente, eu me lembro do seu violino mais do que dela, as costas lustrosas com marcas como costelas, o cheiro de pinho da resina que ela esfregava no arco, a nuvem que fazia quando ela começava a tocar. Às vezes, ela me deixava tentar, mas eu não podia tocar a crina, pois a sujaria, ou apertar o arco como ela fazia, pois ele poderia quebrar, ou apertar as cavilhas, porque uma corda poderia estourar, e eu era pequeno demais para levar tudo aquilo em consideração. Quando eu dava a sorte de deslizar o arco sobre as cordas e emitir um som que só deleitava a mim, podia contar com a explosão de risos dela e da sua amiga bonita e com minha mãe me chamando para ajudá-la em alguma tarefa que não podia concluir sem seu bravo filho de quatro anos. *Johannes! Meu pequeno Jo?* Fiz uma última tentativa, mas não conseguia deslocar o arco reto como Ute me mostrava; e ele acabava tocando no cavalete, na parede, no olho de alguém. O violino foi arrancado das minhas mãos e fui escoltado porta afora, apesar dos meus uivos raivosos. Lembro dos tapinhas na cabeça que recebi antes que Ute e sua amiga, em um acesso de riso, fechassem a porta e reiniciassem seus estudos.

As mesmas fotografias da minha irmã ficavam na mesa lateral de nossa sala de estar, até que uma a uma, com o passar dos anos, a maioria das minhas memórias foi absorvida naquelas poses. Ficou difícil, para mim, fazer com que elas se movessem ou vivessem ou fizessem mais do que sorrir doce e inconscientemente ao longo das peripécias de minha vida.

Pimbo morreu de diabetes menos de dois anos depois de Ute, aos sessenta e seis anos, embora nunca tenha sabido que era diabético. Quando se recuperava da pneumonia, a doença veio à tona de um estado de dormência, depois que sua mágoa tornou-se incurável, pois sentia que fora a causa da morte da minha irmã por ter passado a doença para ela. Meus pais dizem que ele simplesmente se deixou morrer. Àquela altura, Pimmichen já tinha setenta e quatro anos e não queríamos que vivesse sozinha, por isso a acolhemos em nossa casa. No começo, ela não gostou muito da ideia porque achava que seria um estorvo e tranquilizava meus pais todo dia no café da manhã dizendo que não lhes daria trabalho por muito tempo... mas isso não os tranquilizava, ou a mim, porque nenhum de nós desejava que ela morresse. Cada ano deveria ser o último de Pimmichen, e todo Natal, Páscoa ou aniversário, meu pai erguia seu cálice, piscando os olhos marejados de lágrimas, e dizia que aquele poderia ser o último ano em que estaríamos reunidos para celebrar a ocasião. Em vez de acreditar mais na longevidade dela à medida que os anos passavam, nós estranhamente acreditávamos cada vez menos.

Nossa casa, uma das mais antigas e imponentes, pintada naquele amarelo *Schönbrunner* comum na Áustria, ficava no décimo sexto distrito, chamado Ottakring, na periferia da zona oeste de Viena. Embora ficasse dentro dos limites da cidade, éramos parcialmente cercados por bosques, Schottenwald e Gemeindewald, e por campos gramados. Quando voltávamos para casa, vindos do centro de Viena, era como se morássemos no interior, e não em uma capital. Apesar disso, Ottakring não era considerado um dos melhores distritos para se morar; ao contrário, era, ao lado de Hernals, um dos piores. Sua má reputação surgira porque a sua porção que avançava para a cidade era habitada pelo que os mais velhos chamavam de o tipo errado de pessoas. Penso que se referiam aos pobres, ou aos que faziam qualquer coisa para deixar de ser pobres. Mas, felizmente, morávamos longe de tudo aquilo. Das janelas de nossa casa não dava para ver, de fato, as colinas cobertas de vinhedos, famosos pelo frutado *Weißwein* que produziam depois que as uvas passavam um verão se aquecendo ao sol; ainda assim, quando pegávamos nossas bicicletas, ziguezagueávamos pelas estradas abaixo dos vinhedos em questão de minutos. O que dava para ver das janelas eram as casas dos vizinhos, três delas, pintadas em ouro velho ou verde-caçador, as opções mais usadas ao amarelo *Schönbrunner*.

Depois da morte do meu avô, foi meu pai quem cuidou da fábrica. Tinha a experiência necessária porque, quando Pimbo era o diretor, meu pai trabalhara sob suas ordens, supervisionando os operários. Minha mãe advertiu meu pai dos perigos de a firma crescer demais; mesmo assim, ele decidiu fundir a empresa com a Utensílios Yaakov, que não era maior do que a Ferros de Passar Betzler, mas exportava para o mundo inteiro, obtendo lucros impressionantes. Meu pai argumentava que cem por cento de zero era zero, enquanto, por qualquer ângulo que você olhasse, uma pequena fatia de muito representava mais. Ficou satisfeito com sua parceria e logo a Yaakov & Betzler exportava seus ferros de passar e utensílios domésticos modernizados para terras estranhas. Meu pai comprou um globo e, uma noite, depois do jantar, me mostrou a Grécia, a Romênia e a Turquia. Imaginei gregos, romanos (eu achava que romanos eram as pessoas que viviam na Romênia) e turcos em túnicas engomadas e bem passadas.

Dois incidentes do começo da minha infância se destacam, embora esses momentos não tenham sido nem os mais felizes nem os mais tristes daqueles primeiros anos. Foram superlativos de nada, na verdade. No entanto, foram os que minha memória escolheu preservar. Minha mãe lavava uma salada quando eu a vi antes dela — uma pequena lesma alojada entre as folhas — e, com um golpe de mão, ela a jogou no lixo. Tínhamos várias latas, uma das quais para cascas de ovos, de frutas e legumes, que ela enterrava no jardim. Receei que a lesma fosse ser sufocada, pois aquele lixo poderia estar muito sumarento. Minha mãe não me deixava ter cachorro ou gato, porque era alérgica a pelos de animais, por isso, depois de muitas súplicas da minha parte e alguma hesitação da parte dela, com uma expressão nauseada no rosto, me deixou manter a lesma em um prato. Ela era boa como só as mães sabem ser. Não se passava um dia sem que eu alimentasse minha lesma com alface. Ela cresceu mais do que qualquer lesma que já vi, ficando do tamanho do meu punho. Ou quase. Espichava a cabeça para fora da concha quando me ouvia chegar, gingava o corpo e apontava suas antenas para mim, tudo isso, naturalmente, em seu próprio ritmo lento.

Certa manhã, desci as escadas e vi que minha lesma tinha fugido. Não precisei procurar muito para encontrá-la e, depois de descolá-la da parede, coloquei-a de volta no prato. Isso se tornou um hábito e, toda noite, ela escapava e fugia para mais longe, me fazendo gastar o começo do dia à sua procura e a desgrudando de pernas de cadeiras, da porcelana decorativa de Meissen, do papel de parede ou do sapato de alguém. Eu estava atrasado para a escola em uma dessas manhãs, por isso minha mãe disse que eu só poderia procurar a lesma se sobrasse tempo depois de tomar o café. Assim que falou isso, ela colocou a bandeja no banco e ambos ouvimos o ruído de algo rachando. Ela virou a bandeja e lá estava minha lesma, com a concha em pedaços. Eu já tinha idade suficiente para não chorar como chorei, mas não parei nem quando meu pai veio correndo, achando que eu tinha me cortado com a faca de trinchar. Ele lamentou que não pudesse me ajudar porque tinha de sair para o trabalho e, então, minha mãe prometeu consertar a lesma para mim. Eu fiquei tão mal que ela finalmente concordou em me deixar faltar à aula.

Corri atrás da cola para juntar os pedaços da concha, mas minha mãe receava que a cola fosse envenenar a lesma. Achou melhor que a mantivéssemos hidratada com gotas de água; mesmo assim, em uma hora minha pobre amiga tinha se encolhido a uma coisa ínfima. Àquela altura, Pimmichen sugeriu que fôssemos até a Le Villiers, uma delicatéssen francesa em Albertinaplatz, para comprar um pacote de conchas de *escargot*. Voltamos correndo e deixamos uma nova carapaça no prato, mas nada aconteceu — minha lesma não queria sair de sua velha concha. Finalmente, ajudamos aquele pedaço mirrado de vida a entrar na nova concha, com fragmentos da velha grudados em suas costas. Depois de dois dias de cuidados e tristeza, ficou claro que meu bicho de estimação estava morto. Se sofri mais com a sua morte do que com a da minha irmã ou a do meu avô foi apenas porque eu era mais velho — velho o bastante para entender que nunca mais a veria de novo.

O outro incidente não foi bem um incidente. Acontece que, nas noites de sexta-feira, meus pais compareciam a jantares, exposições ou óperas, e Pimmichen e eu derretíamos uma barra inteira de manteiga na frigideira com nosso *Schnitzel*. De pé diante do fogão, nós mergulhávamos pedaços de pão na frigideira e os trazíamos diretamente à boca, nossos garfos diabolicamente quentes. Depois, ela fazia *Kaiserschmarren* de sobremesa para nós, moldando, polvilhando e botando na frigideira cada ingrediente que me era proibido e com os quais de repente eu podia me banquetear à vontade. Normalmente, não me era permitido sequer sonhar com tais coisas, porque minha mãe temia que qualquer alimento rico em gordura pudesse causar diabetes. Se ela soubesse... De certa forma, era mais saboroso pelo fato de que nem ela, nem mais ninguém, sabia.

Um dia, em meados de março de 1938, meu pai me levou a um sapateiro especializado em fabricar calçados para deficientes. Lembro porque meu aniversário de onze anos não estava distante e havia um calendário na parede da sapataria. Enquanto esperávamos, eu não me cansava de contar os dias que faltavam para o meu aniversário porque sabia que meus pais iam me dar uma pipa caixa vinda da China. Os pés chatos do meu pai não eram necessariamente uma deficiência, mas lhe era penoso trabalhar em pé o dia inteiro. Pimmichen comprava seus sapatos ali também e tinha a maior estima por *Herr* Gruber. Ele mudava a vida das pessoas, insistia ela, afirmando que pés doloridos roubavam dos idosos a vontade de viver. Quando *Herr* Gruber fazia um sapato, encarava como seu dever compensar com eles os joanetes, calos e inchaços que vêm com a idade. Ele era muito procurado, conforme pudemos ver pela meia dúzia de pessoas que esperavam naquele dia em sua loja estreita, que cheirava a couro e óleos de curtume.

Balancei as pernas para fazer o tempo passar mais rápido, quando subitamente houve um barulho tremendo do lado de fora, como se todo o céu estivesse caindo. Pulei para ver o que estava acontecendo, mas meu pai me mandou fechar a porta, pois eu estava deixando entrar o ar frio. Minha impressão seguinte foi a de que Viena inteira gritava as mesmas palavras, mas era um som estrondoso demais para que se pudesse entender o pouco que estavam dizendo. Perguntei a meu pai, mas nem ele sabia, embora estivesse ficando cada vez mais irritado à medida que o grande ponteiro do relógio avançava. *Herr* Gruber ignorou o que se passava na rua; em vez disso, continuou a tirar as medidas de um menino que sofrera de poliomielite e precisava que a sola do pé esquerdo do seu sapato compensasse os dez centímetros de atrofia daquela perna. Quando chegou a vez do meu pai, ele não conseguia ficar quieto, principalmente depois que *Herr* Gruber terminou com os pés dele e continuou a se ocupar em medir suas pernas para ver se havia alguma diferença, porque, se houvesse, não seria bom para as costas. *Herr* Gruber era igual com todo mundo; minha avó disse que ele se importava com as pessoas.

A caminho de casa, passamos pela Heldenplatz e lá, nunca esquecerei, encontrei a maior quantidade de gente que já tinha visto na vida. Perguntei ao meu pai se era um milhão de pessoas; ele disse que provavelmente seriam algumas centenas de milhares. Eu não via diferença. Só de olhar para elas eu senti que me afogava. Um homem na sacada do Neue Burg gritava a plenos pulmões, e a massa compartilhava sua fúria e também o seu entusiasmo. Fiquei perplexo ao ver que cerca de uma centena de adultos e crianças tinha trepado nas estátuas do Príncipe Eugênio e do Arquiduque Karl, ambos a cavalo, e viam tudo lá de cima. Eu também queria escalar e implorei a meu pai, mas ele disse não. Havia música, aplausos, bandeiras sendo agitadas; todo mundo tinha permissão de participar. Era incrível. Suas bandeiras tinham símbolos que pareciam que iam girar caso o vento batesse nelas, como moinhos rodam suas quatro pás.

No bonde de volta para casa, meu pai simplesmente olhava pela janela para o nada. Fiquei ressentido por ele não ter me deixado participar da diversão quando estivemos tão perto dela. O que teria lhe custado? Alguns minutos do seu tempo? Examinei seu perfil... Suas feições eram suaves, mas seu ânimo amargurado as tornava, senti vergonha em observar, feias. Sua boca era determinada; seu rosto, tenso; seu nariz, reto e severo; suas sobrancelhas, intricadas e irritadiças; e seus olhos, focados em algo que não estava presente, a tal ponto que nada o distrairia, nem a mim, enquanto eu estivesse com ele. Seus cabelos, impecavelmente penteados, de repente pareciam meramente profissionais, um recurso para vender melhor. Pensei comigo mesmo: meu pai se importa mais com seu trabalho, com seus lucros e sua fábrica do que com sua família e sua diversão. Lentamente, minha raiva passou e senti pena dele. Seus cabelos não pareciam mais tão arrumados — se eriçavam no topo onde rareavam aos poucos. Aproveitei a oscilação do bonde em uma curva para jogar meu peso sobre ele mais do que era necessário.

— *Vater* — perguntei —, quem era aquele homem lá no alto?

— Aquele homem — respondeu, colocando o braço em meu ombro sem olhar diretamente para mim e apertando e relaxando o abraço afetuosamente — não é da conta de meninos da sua idade, Johannes.

dois

Algumas semanas depois, dois homens vieram carregar minha avó em uma maca para que ela também pudesse votar no referendo sobre a *Anschluss*, isto é, se ela era ou não a favor da anexação da Áustria pelo *Reich* alemão. Meus pais tinham ido de manhã cedo para dar seu voto. Minha avó estava na melhor disposição desde que escorregara no gelo e quebrara o quadril ao voltar da farmácia depois de comprar um creme de mentol para esfregar nos joelhos.

— Sorte que fui à farmácia naquele dia — disse aos homens. — Curou minha artrite, de verdade! Não penso mais nos meus joelhos porque meu quadril dói mais! Eis o melhor remédio para a dor: arranjar outra em algum outro lugar.

Os homens se esforçaram para rir da piada. Eram elegantes em suas fardas e fiquei sem graça porque podia ver que, para eles, ela não era Pimmichen, mas só uma velha.

— Madame, antes de sairmos, a senhora se lembrou de apanhar seus documentos de identidade? — perguntou um dos homens.

Pimmichen falava com mais facilidade do que era capaz de ouvir os outros falarem, por isso respondi por ela, mas em sua excitação também não me ouviu. Continuou falando enquanto erguiam a maca — era Cleópatra sendo conduzida a César —, até que um dos homens quase a derrubou; então, brincou que estava em um tapete voador sobrevoando a Babilônia. Contou-lhes como a vida era diferente para ela e seus pais antes de as fronteiras e as mentalidades mudarem e como sonhava em ver Viena de novo como a capital florescente de um grande império, imaginando que a união com a Alemanha, de certo modo, restauraria a grandeza perdida do Império Austro-Húngaro.

Mais tarde naquele dia, minha avó voltou exausta e precisando dormir, mas, pela manhã, estava de novo no sofá agarrada a um jornal, suas páginas como um par de asas insubordinadas. Eu estava no tapete, agachado nu em frente à minha mãe, que removia um ferrão de abelha de minhas costas e outro do meu pescoço com pinças, antes de comprimir os pontos com algodão gelado pelo álcool. Então, ela me examinou em busca de carrapatos nos lugares mais inimagináveis: entre os dedos da mão e do pé, até nos ouvidos e no umbigo. Protestei quando ela olhou na fenda entre as minhas nádegas, mas ela não deu atenção. Tinha me avisado para não ir empinar minha pipa entre os vinhedos.

Receoso das novas restrições, expliquei exatamente o que acontecera. Eu tinha ido ao campo, mas não havia vento suficiente, por isso fui forçado a correr para que a pipa empinasse, então tive de continuar correndo para que ela permanecesse no ar — quando eu parava apenas um segundo para tomar fôlego, as linhas baixavam e a pipa caía, por isso eu corri e corri até que me vi na entrada dos vinhedos, onde parei obedientemente, eu juro, mas, então, *Mutti*, ela caiu no meio dos vinhedos, por conta própria, e eu tive de ir buscá-la. Foi o presente maravilhoso que a senhora e o *Vati* me deram.

— Da próxima vez que não houver vento suficiente — respondeu minha mãe, arrancando um tufo de cabelos a cada punhado de palavras —, procure correr na outra direção, longe dos vinhedos. Tem bastante espaço no campo para você correr para o lado oposto.

Olhando de cima para mim, ela ergueu uma sobrancelha ceticamente e deixou cair minhas roupas emboladas na minha cabeça.

— Sim, *Mutter* — falei, feliz por não ter recebido nenhum castigo. Não consegui me vestir com rapidez suficiente e ela deu um tapa na minha bunda, como eu sabia que ia fazer, e disse: — *Dummer Bub*. — Menino bobo.

— O resultado foi de 99,3 por cento a favor da *Anschluss* — leu Pimmichen, sua tentativa de acenar com um braço vitorioso menos eficaz do que antecipara, pois ele se abaixou involuntariamente. — Quase cem por cento, minha nossa!

Passou as páginas amarfanhadas para minha mãe antes de fechar os olhos, e em seguida minha mãe colocou o jornal de lado sem dizer nada.

Houve muita mudança e confusão também na escola e até o mapa mudou — a Áustria foi apagada e transformada em Ostmark, uma província do *Reich*. Velhos livros foram substituídos por novos, assim como alguns de nossos antigos professores foram trocados. Fiquei triste por não ter podido me despedir de *Herr* Grassy. Era meu professor favorito e tinha sido professor da minha irmã seis anos antes. Durante a chamada no primeiro dia, quando percebeu que eu era o irmão caçula de Ute Betzler, ele me examinou, tentando encontrar nossas semelhanças. Os amigos dos meus pais costumavam nos dizer que nossos sorrisos eram iguais, mas eu não estava sorrindo naquele momento. Ute era sua aluna no ano em que morreu e eu não podia deixar de pensar que ele provavelmente se lembrava melhor dela do que eu.

No dia seguinte, ele me fez ficar na sala depois da aula para me mostrar uma arca feita de coco, contendo minúsculos animais africanos entalhados em madeira exótica — girafas, zebras, leões, macacos, jacarés, gorilas e gazelas, todos em pares, macho e fêmea. Meus olhos se arregalaram enquanto eu me curvava sobre sua mesa e admirava tudo aquilo. Ele disse que tinha encontrado a arca em 1909 em um mercado em Johannesburgo — como meu nome, Johannes —, na África do Sul, e, então, a deu para mim. Mas minha felicidade trouxe com ela um resquício de culpa, pois não era a primeira vez que a morte de Ute atraía para mim presentes e atenção.

Fräulein Rahm substituiu *Herr* Grassy. A razão, ela explicou, era que muitos dos temas que ele costumava nos ensinar — noventa por cento dos fatos que lutava para nos fazer memorizar — eram esquecidos na idade adulta e, portanto, inúteis. Tudo aquilo custava ao Estado dinheiro que podia ser usado em outras coisas para o maior benefício do povo. Nós éramos uma nova geração, uma geração privilegiada; logo, seríamos os primeiros a tirar vantagem de um programa escolar modernizado e aprender assuntos que aqueles antes de nós não haviam tido a oportunidade de aprender. Fiquei triste pelos meus pais e disse a mim mesmo que, à noite, devia lhes ensinar tudo o que pudesse. Passamos a aprender muito menos dos livros do que antes. Esportes se tornaram nossa atividade principal e passávamos horas e horas praticando disciplinas que nos tornariam adultos fortes e saudáveis em vez de ratos de biblioteca pálidos e fracos.

Meu pai estava errado. Aquele homem era, sim, da conta de meninos da minha idade. Ele, o *Führer*, Adolf Hitler, tinha uma grande missão a confiar a nós, crianças. Só nós, que éramos crianças, poderíamos salvar o futuro da nossa raça. Não nos dávamos conta de que nossa raça era a mais rara e a mais pura. Não só éramos inteligentes, brancos, louros, de olhos azuis, altos e esbeltos, mas até nossa cabeça mostrava um traço de superioridade em relação aos demais: éramos "dolicocéfalos", enquanto os outros eram "braquicéfalos", ou seja, o formato da nossa cabeça era elegantemente oval, e a dos outros, primitivamente redonda. Não via a hora de voltar para casa para mostrar a minha mãe: como ela ficaria orgulhosa de mim! Minha cabeça era algo que nunca merecera minha atenção, ou pelo menos não o seu formato, e pensar que eu tinha um tesouro tão raro sobre meus ombros!

Aprendemos fatos novos e assustadores. A vida era uma guerra constante, uma luta entre raças por território, alimento e supremacia. Nossa raça, a mais pura, não tinha terra suficiente — muitos de nós viviam no exílio. Outras raças estavam gerando mais filhos e se misturando com a nossa para nos enfraquecer. Estávamos em grande perigo, mas o *Führer* confiava em nós, as crianças. Nós éramos o seu futuro. Como me surpreendi ao pensar que o *Führer* que vi em Heldenplatz, saudado pelas massas, o gigante nos cartazes espalhados por toda a Viena, que falava até pelo rádio, precisava de alguém pequeno como eu. Antes, eu nunca me sentira indispensável; em vez disso, me sentia como criança, algo parecido a uma forma inferior de adulto, um defeito que só o tempo e a paciência poderiam curar.

Eles nos mostraram um gráfico da escala de evolução das espécies mais elevadas, no qual os macacos, chimpanzés, orangotangos e gorilas estavam agachados no nível inferior. O homem, ao contrário, aparecia alto e ereto no topo. Quando *Fräulein* Rahm começou a nos dar aula, percebi que alguns elementos que eu tomara por primatas eram, na verdade, raças humanas desenhadas de tal modo que certos traços eram acentuados para que compreendêssemos sua relação com os símios. Ela nos ensinou que uma mulher negroide, por exemplo, estava mais próxima do macaco do que do humano. A remoção dos pelos do macaco tinha provado aos cientistas até que ponto isso ocorria. Ela nos disse que era nosso dever nos livrarmos das raças perigosas que estavam a meio caminho entre o homem e o macaco. Além de serem sexualmente superativas e brutais, elas não compartilhavam dos sentimentos mais elevados de amor ou enamoramento. Eram parasitas inferiores que nos enfraqueceriam e inferiorizariam nossa raça.

Mathias Hammer, conhecido por fazer perguntas excêntricas, quis saber se, caso déssemos tempo a outras raças, elas não acabariam subindo na escala evolucionária por conta própria, assim como nós tínhamos feito. Receei que ele fosse receber uma reprimenda, mas *Fräulein* Rahm disse que a pergunta era essencial. Depois de desenhar uma montanha no quadro--negro, ela perguntou:

— Se leva a uma raça esse tempo para evoluir, daqui até ali, e à outra raça três vezes mais tempo, qual raça é a superior?

Todos concordaram que era a primeira.

— Quando as raças inferiores chegarem ao ponto onde estamos hoje, no pico, nós não estaremos mais lá em cima.

Ela desenhava muito rapidamente sem olhar e o pico que acrescentou era alto e íngreme demais para ser estável.

A raça que deveríamos temer mais se chamava *Jüdisch*. Os judeus eram uma mistura de muitas coisas — orientais, ameríndios, africanos e de nossa raça. Eram especialmente perigosos porque tinham herdado a pele branca de nós, por isso podíamos ser facilmente enganados por eles. Éramos constantemente lembrados:

— Não confiem em um judeu mais do que em uma raposa no campo.

— Satã é o pai dos judeus.

— Os judeus sacrificam crianças cristãs e usam seu sangue em seus *mitzvahs*.

— Se não dominarmos o mundo, eles o dominarão. É por isso que querem misturar seu sangue ao nosso, para se fortalecer e nos enfraquecer.

Comecei a temer os judeus de uma maneira clínica. Eram como os vírus que eu nunca via, mas sabia que estavam por trás da minha gripe e do meu sofrimento.

Um livro escolar que eu li era sobre uma menina alemã que fora advertida por seus pais a não ir a um médico judeu. Ela estava sentada na sala de espera e ouviu uma garota dentro do consultório gritando. Sabendo que fora um erro ir até ali, se levantou para partir. Naquele momento, o médico abriu a porta e a mandou entrar. Somente pela ilustração, ficava claro quem ele era: Satã. Em outros livros infantis, dei uma boa olhada nos judeus para que aprendesse a reconhecê-los na hora. Fiquei me perguntando quem podia se deixar enganar por eles, especialmente arianos espertos como nós. O lábio deles era grosso; o nariz, grande e curvo; os olhos, escuros, maléficos e sempre olhando de lado; o corpo, atarracado; o pescoço, adornado com ouro; seus cabelos, desalinhados; e o bigode, malcuidado.

Só em casa eu não recebia o crédito que merecia. Sempre que mostrava a minha mãe minha bela cabeça, tudo que ela fazia era bagunçar meus cabelos. Quando declarava a ela como eu era o *Zukunft* — o futuro no qual o *Führer* depositava a sua confiança de que um dia dominaria o mundo —, ela ria e me chamava de "meu pequeno *Zukunft*" ou "*Zukunftie*", para me fazer parecer fofo, não sério e importante como eu era.

Meu novo status não era aceito por meu pai também. Ele não se mostrava nem um pouco agradecido por minha disposição a lhe ensinar fatos importantes. Minimizava meu conhecimento e o chamava de bobagem. Não gostava que eu cumprimentasse Pimmichen, minha mãe ou ele mesmo com um "*Heil* Hitler", em vez do tradicional "*Guten Tag*" ou mesmo do "*Grüß Gott*", que surgiu na Idade Média, há tanto tempo que ninguém realmente lembrava se significava "Minhas saudações *a* Deus", "Saudações *de* Deus" ou "Saúde Deus *por* mim"! Àquela altura, era automático para todo mundo no *Reich* saudar um ao outro com "*Heil* Hitler", mesmo em interações de menor importância, como comprar pão ou subir no bonde. Era simplesmente o que as pessoas diziam umas às outras.

Tentei colocar um pouco de bom senso na cabeça do meu pai. Se não protegêssemos nossa raça, a consequência seria catastrófica, mas ele alegou que não concordava com essa lógica. Era inacreditável, para alguém que dirigia uma fábrica — como podia *ele* não concordar com isso? Parecia tanta burrice o que ele dizia, com certeza estava brincando comigo, mas insistia que não, que as emoções eram o único guia confiável, até mesmo nos negócios. Disse que as pessoas acham que analisam as situações com o cérebro, que suas emoções não passam de um resultado da cognição, mas estão erradas, porque a inteligência não está na cabeça, mas, sim, no corpo:

— Você sai de uma reunião sem entender: "Por que estou irritado quando deveria estar pulando de alegria?" Você caminha pelo parque em um dia de sol e se pergunta por que seu coração está tão apertado e o que o estaria aborrecendo? Só depois você analisa. As emoções o levam ao que a lógica é incapaz de descobrir sozinha.

Não fui rápido o bastante para encontrar um bom exemplo que mostrasse que ele estava errado. Encontrei depois, na cama. O único exemplo que me veio à cabeça foi: "Se um estranho lhe fornecesse dados comprovadamente favoráveis ao seu negócio, você os jogaria no lixo simplesmente porque *sentiu* que estavam errados? Preferiria confiar em sentimentos ilógicos em vez de em fatos comprovados?"

Ele respondeu com um bando de números entre 430 e 440 Hertz e perguntou o que essas medidas significavam logicamente. Não respondi, frustrado porque ele estava evitando a questão e, além do mais, sendo brega, já que "Hertz" soava como "*Herz*" — "coração" em alemão.

— Ao seu cérebro, essas medidas não significarão nada, são apenas algumas frequências sonoras. Você poderia olhar para elas em uma folha de papel o tempo que quisesse e nenhum conhecimento emanaria delas. Mas... — Ele caminhou até o piano, tocou algumas teclas e olhou para mim de tal modo que tive de desviar o olhar. — Simplesmente ouça as notas, meu filho. Elas significarão o que eu sinto quando o ouço falar. A lógica não o levará a lugar algum que deseje alcançar na vida. Ela o levará a muitos lugares, próximos ou distantes, sim, fará isso, mas a nenhum lugar aonde queira *realmente* ir, você vai ver quando olhar para trás, isso eu garanto. A emoção é a inteligência de Deus em nós, em você. Aprenda a ouvir a Deus.

Não pude aguentar mais e desabafei:

— Não acredito mais em Deus! Deus não existe! Deus é apenas uma maneira de mentir para o povo! De enganá-lo e levá-lo a fazer aquilo que os detentores do poder querem que faça!

Pensei que ele ficaria brabo, mas não ficou.

— Se Deus não existe, o homem também não existe.

— Isso não passa de *Quatsch, Vater*, como bem sabe. Estamos aqui. Eu estou aqui. Posso provar — falei, apalpando meus braços e minhas pernas.

— Então, o que você está se perguntando realmente é se Deus criou o homem ou se foi o homem quem criou Deus. De uma maneira ou de outra, Deus existe.

— Não, *Vater*, se o homem criou Deus, Deus não existe. Ele existe apenas na cabeça das pessoas.

— Você acabou de dizer: "Ele existe."

— Eu quis dizer apenas como uma parte do homem.

— Um homem pinta um quadro. A pintura não é o homem que a criou, nem uma parte integral daquele homem, e sim algo inteiramente separado daquele homem. As criações escapam ao homem.

— Você consegue ver uma pintura. Ela é real. Você não consegue ver Deus. Se você gritar "Iuhul, *Gott!*", ninguém vai responder.

— Você já viu o amor? Já o tocou com a mão? Basta você gritar "Ei, amor!" para que ele venha correndo até você com suas quatro patas rápidas? Não deixe que seus olhos de criança o enganem. O que é mais importante nesta vida é invisível.

Nossa discussão prosseguiu em círculos até que eu concluí que Deus era a coisa mais idiota já criada pelo homem. Meu pai deu uma risada triste e disse que eu tinha uma visão totalmente errada; Deus era a criação mais bonita do homem, ou o homem, a coisa mais idiota que Deus já criou. Íamos recomeçar a discussão, pois eu tinha uma opinião muito estimada do homem e de suas capacidades, mas minha mãe insistiu que precisava de mim para que a ajudasse a segurar uma assadeira de cabeça para baixo enquanto ela desenformava o bolo. Distraída, ela o havia assado demais. Reconheci sua velha tática.

A divergência mais séria que eu tinha com meu pai dizia respeito a nossa concepção do mundo. Eu o via como um lugar doente e poluído que precisava de muita limpeza e sonhava em vê-lo ocupado apenas por arianos felizes e saudáveis um dia. Meu pai, no entanto, preferia a mediocridade.

— Que tédio, que tédio! — esbravejou ele. — Um mundo em que todos tenham os mesmos filhos com cabeça de boneca, os mesmos pensamentos aceitáveis, cortem a grama do jardim no mesmo dia da semana! Nada é tão necessário à existência quanto a diversidade. É preciso haver diferentes raças, línguas, ideias, não só em benefício próprio, mas para que você possa conhecer a si mesmo! No seu mundo ideal, quem é você? Quem? Você não sabe. Você se parece tanto com tudo ao seu redor que some como um lagarto verde em uma árvore verde.

Ele ficou tão transtornado depois disso que decidi parar e não toquei mais no assunto. Mesmo assim, quando fui para a cama, ouvi meus pais conversando em seu quarto e encostei o ouvido na porta para escutar o que estavam dizendo. A preocupação da minha mãe era que meu pai não deveria ter essas discussões comigo, porque os professores na escola perguntavam aos alunos o que eles conversavam em casa. Ela disse que eles me interrogariam de uma maneira que eu não perceberia o perigo e que eu era jovem e ingênuo demais para saber quando deveria manter a boca fechada.

— Já tem muita gente nas ruas a quem temer — disse meu pai. — Não vou começar a ter medo do meu próprio filho!

— Você precisa tomar cuidado. Deve me prometer que não vai mais discutir com ele desse jeito.

— É meu papel, Roswita, educar meu filho.

— Se ele passasse a compartilhar de suas opiniões, imagine o tipo de problema em que você poderia metê-lo.

Meu pai admitiu que, às vezes, esquecia que era comigo que estava discutindo; sentia mais como se estivesse discutindo com "eles". Disse que o jeito de falar era mais pessoal do que escova de dente e que era capaz de sentir imediatamente quando alguém começava a usar o jeito de falar de outro em uma carta ou em uma conversa, e que ouvir o jeito de falar "deles" na boca do seu filhinho simplesmente o enojava.

três

Em 19 de abril, no dia anterior ao aniversário de Adolf Hitler, fui matriculado na *Jungvolk*, o segmento júnior da Juventude Hitlerista, como era o costume. Meus pais não tiveram escolha porque era obrigatório. Minha mãe tentou animar meu pai, dizendo a ele que eu não tinha irmãos, estava me tornando um rapazinho e me faria bem circular ao ar livre com outras crianças. Salientou que até os grupos de jovens católicos estavam aprendendo a usar armas e a praticar tiro ao alvo, por isso não era como se fosse a Grande Guerra e eles estivessem me mandando para Verdun. Minha mãe, eu podia ver na sua expressão, me achava bonito de farda, mesmo a contragosto. Ajeitou minha camisa marrom e o lenço com nó e me deu um pequeno puxão nos lóbulos das orelhas. Meu pai mal tirou os olhos do seu café para me olhar e não pude deixar de pensar que, estivesse eu a caminho da Guerra Para Acabar Com Todas As Guerras, ele provavelmente teria agido com a mesma indiferença.

Naquele verão, nós da *Jungvolk* recebemos nossa primeira missão importante. Todos os livros que haviam promovido decadência ou perversidade tinham sido recolhidos por toda a cidade e nós devíamos queimá-los. A temperatura naquele mês estava quente — à noite, era impossível ficar debaixo das cobertas — e, com as fogueiras que estávamos fazendo, o ar ficou intolerável. Nós, os mais jovens, devíamos carregar os livros até os meninos adolescentes da Juventude Hitlerista, que tinham o privilégio de jogá-los ao fogo. Eu e os outros da minha idade os invejávamos, pois aquela era obviamente a parte mais divertida, mas, se um de nós jogasse um livro por iniciativa própria, receberia uns tabefes na mesma hora.

Logo o ar em volta da fogueira ficava quente e difícil de respirar. A fumaça era negra e cheirava a tinta queimada. Os livros não se deixavam queimar docilmente: se retorciam, estalavam e lançavam fagulhas vermelhas e ardentes que ameaçavam queimar nossas roupas e nossos olhos.

A hierarquia estabelecida não durou muito. Em pouco tempo, jogar os livros se tornou a tarefa do pária. Que dureza e que trabalho era para mim, com meus braços magros, jogar livro após livro, volume após volume, lá dentro do fogaréu. Um nome me chamou atenção: Sigmund Freud. Eu o vira antes nas estantes de nossa própria biblioteca. Kurt Freitag, Paul Nettl, Heinrich Heine e Robert Musil se seguiam, bem como um livro didático meu, provavelmente obsoleto. Desajeitadamente, eu o deixei cair perto dos meus pés. O fogo não conhecia limites e ele também foi prontamente queimado, suas páginas se enroscando e subindo aos ares, algumas cambalhotas, uma última ânsia de vida, brilhando e finalmente se dissipando.

Quando voltei para casa havia vazios em nossa biblioteca, me deixando com uma sensação de desconforto, como se as teclas do piano tivessem sido pressionadas para baixo e não subido mais. Em alguns lugares, toda uma prateleira cheia fora derrubada como dominós para ocupar o espaço dos livros desaparecidos. Minha mãe estava com dificuldades para carregar sozinha um cesto de roupa suja para o andar de cima e, ao voltar alguns degraus, fez uma parada brusca quando me viu. Pensei que fosse porque meu rosto estava sujo de fuligem, mas, partindo em sua ajuda, fiquei chocado ao ver o cesto repleto de livros. Ela tropeçou em busca de palavras enquanto me dizia que era só, bem, para o caso de não termos jornais suficientes para acender o fogo da lareira no inverno — não havia sentido em queimá-los com esse tempo quente. Fiquei sem palavras. Tudo no que podia pensar era se ela não sabia o perigo em que podia nos meter. Ela me mandou tirar os sapatos e tomar um banho.

Estranhamente, assim que minha mãe foi obrigada a frequentar as aulas de maternidade, a atmosfera familiar ficou mais leve. Meu pai costumava provocá-la bastante à hora do jantar. Batia com o punho na mesa e erguia o prato para exigir outra porção, berrando que já era tempo de ela frequentar aulas de esposa! Pimmichen e eu adorávamos quando ela se queixava de que estava a quilômetros de distância de obter a *Deutschen Mutter Orden*, a medalha que as mães recebiam se botassem cinco filhos no mundo. *Mutter* corava, especialmente quando eu me juntava ao coro "Sim, *Mutti*, mais irmãos e irmãs!" E Pimmichen: "Devo começar a tricotar umas roupinhas?"

Nosso encorajamento redobrou quando ela botou seus finos cabelos castanhos para trás das orelhas, argumentando baixinho que estava ficando velha demais para ter filhos. Estava fingindo modéstia para colher elogios e naturalmente os recebeu. Meu pai disse que esperava que ensinassem a ela *como* fazer bebês bonitos e gorduchos na escola de maternidade, o que fez Pimmichen estapear sua mão, mas não era segredo para mim; eu já tinha aprendido tudo o que havia a saber sobre esses pormenores científicos na escola.

Meu pai suspirou, dizendo que se casara muito cedo com ela — se houvesse esperado, eles teriam recebido um empréstimo matrimonial, um quarto do qual seria suspenso a cada filho que nascesse. Financeiramente, minha mãe poderia ter sido rentável. Talvez pudessem se divorciar e começar de novo? Ela cerrou os olhos fingindo raiva. Só se pudesse comprar uns vestidos novos com seu dinheiro de mentirinha, disse ela. Ela se referia às cédulas e às moedas do *Reichsmark*, que nós ainda estranhávamos. As maçãs do rosto dela eram grandes, e sua boca, fina e bonita, mas não ficava quieta muito tempo; ela se contraía até que a risada do meu pai liberava seu sorriso. Eu gostava quando meus pais eram afetuosos um com o outro diante de nós. Toda vez que meu pai beijava minha mãe no rosto, eu fazia o mesmo com minha avó.

O bom humor não durou muito. Acho que foi no mês seguinte, outubro, talvez, que os problemas tiveram início. Começou quando alguns milhares de membros de grupos da juventude católica se reuniram para celebrar uma missa na Catedral de Santo Estêvão. Havia mais gente do lado de fora do que poderia caber dentro das velhas paredes de pedra. Depois, diante da catedral, no coração de Viena, cantaram hinos religiosos e canções patrióticas austríacas. Seu lema era: "Cristo é o nosso *Führer*" — guia, em alemão. Essa manifestação foi em resposta a uma convocação do Cardeal Innitzer.

Eu não estava lá, mas soube daquilo em um encontro de emergência do nosso próprio grupo de jovens. Andreas e Stefan, tendo visto pessoalmente, nos fizeram relatos vívidos. Sou sincero, pois resolvi ser assim, portanto vou admitir que Adolf Hitler era, naquela altura, tão importante para mim quanto meu pai, se não ainda mais. Ele era certamente mais importante do que Deus, no qual eu tinha perdido toda crença. No sentido bíblico, "*Heil Hitler*" tinha uma conotação de "santo, sagrado". Ficamos enraivecidos pela má conduta dos católicos; era uma ameaça, um insulto ao nosso querido *Führer*, um sacrilégio. Não ficaríamos parados e toleraríamos aquilo. No dia seguinte, alguns de nós da *Jungvolk* nos juntamos a alguns rapazes mais velhos da Juventude Hitlerista para invadir o palácio do arcebispo e defender nosso *Führer* jogando ao chão o que quer que conseguíssemos pegar — velas, espelhos, ornamentos, estátuas da Virgem Maria, hinários. Os esforços para nos deterem, além das preces, foram mínimos e, em certos cômodos, inexistentes.

Poucos dias depois, eu estava na Heldenplatz em meio a uma multidão comparável àquela da qual meu pai me havia retirado mais de um ano e meio antes. As faixas — *Innitzer e os judeus são da mesma raça! Padres ao cadafalso! Não precisamos de políticos católicos! Sem judeus e sem Roma construiremos uma verdadeira Catedral Alemã!* e outras, todas em larga escala — tremulavam ao vento, criando sons que eu imaginava que um grande pássaro pudesse produzir. A tentação era forte demais. Decidi subir também em um dos monumentos dessa vez, preferindo o cavalo do Príncipe Eugênio ao do Arquiduque Karl. Abri caminho com os cotovelos, puxando Kippi e Andreas, mas eles acharam a multidão compacta demais para ser atravessada. Aquilo não me desencorajou, eu estava decidido e, além do mais, era pequeno o bastante para furar o bloqueio. Fui me enfiando por entre as pessoas e, depois de alguns vacilos e escorregões, consegui subir até a fria pata dianteira do cavalo. Coloquei o braço ao redor dela e agarrei-me com tanta força que não seria desalojado por outros que tinham chegado ali antes de mim. Do alto, a gritaria era diferente, quase mágica, e pude observar a massa de pessoas minúsculas lá embaixo. Elas me lembravam uma árvore, ruidosa e repleta de pardais que a gente não consegue ver até que algo misterioso os mobiliza e, então, não mais cantando, mas em um tremendo bater de asas, eles emergem da árvore, um corpo composto de incontáveis pontos vacilantes reunidos por alguma força perfeita e infalível que gira, se contorce e mergulha no céu, erguendo sua cabeça como uma grande e única criatura.

*

Pouco depois desses incidentes que acabei de descrever, o frio de novembro chegou para ficar. O céu estava claro; o sol, um ponto branco distante; e as árvores, nuas. Havia tensão no ar. Foi naquele novembro, eu lembro, que correu a notícia de um estudante judeu que foi à embaixada alemã em Paris e atirou em um funcionário. Os rumores se alastraram, as pessoas nas ruas buscaram vingança e muitas vitrines de lojas judaicas por todo o *Reich* foram quebradas. Não me deixaram ir à rua para ver, mas eu soube de tudo pelo rádio. Aquela noite foi chamada de *Kristallnacht* e eu imaginava vidros esmigalhados como neve cobrindo as ruas e as calçadas do *Reich*, tinidos e repiques surdos conforme mais fragmentos caíam, estalactites de cristal agarradas às molduras das janelas, um cenário ártico, ao mesmo tempo cintilante e ameaçador.

Depois disso, meu pai se ausentava por dias a fio e, quando voltava, se mostrava tão amargo que eu desejava que sumisse de novo. Não havia mais brincadeiras em casa, especialmente depois que a fábrica de repente mudou seu nome de Yaakov & Betzler para Betzler & Betzler. Até minha mãe e minha avó tomavam cuidado na maneira de se dirigir a ele. Abaixavam a voz, perguntando se não gostaria de um café. Alguma coisinha para comer? Iam na ponta dos pés até o quarto onde ficava recolhido, deixavam bandejas ao seu alcance e sequer reclamavam de um biscoito apenas beliscado e colocado de volta no prato entre os demais. Elas agiam como camundongos; ele comia como um.

Eu era o único que me divertia, longe de casa e das muitas tensões complexas de lá. Através de futuros campos de girassóis, trigo e milho, nós caminhávamos e cantávamos. Sob os grasnados enciumados dos corvos, degustávamos nosso pão e manteiga racionados. O pão com manteiga nunca foi tão delicioso quanto naqueles momentos, com o sol fraco aquecendo levemente nossas costas. Para além do vasto campo marrom, havia outro e mais outro. Marchávamos para cada vez mais longe, dez quilômetros; a mochila nas minhas costas era pesada e meus pés estavam cheios de bolhas — como inchavam! —, mas eu não era de me queixar. Nem meu novo amigo Kippi. Quando seu andar manco se tornava mais perceptível, ele lutava com todas as suas forças para ocultá-lo. Íamos conquistar o mundo para o *Führer*, embora eu não pudesse deixar de pensar certas vezes que o mundo era um lugar muito grande.

Em um fim de semana, fomos a um acampamento especial para aprender a sobreviver sozinhos no meio da natureza. Menos por habilidade do que por sorte, encontramos amoras pretas ainda verdes, pescamos algumas trutas pequenas e capturamos uma lebre magra com a ajuda de uma armadilha. Nossa barriga não estava cheia, mas nossa cabeça inflava enquanto entoávamos cantos de vitória ao redor da fogueira. Nossa noite a céu aberto foi cansativa e, felizmente, o caminhão que nos acompanhava nos forneceu um café da manhã reforçado ao tão esperado alvorecer. Nosso líder, Joseph Ritter, era só dois anos mais velho que nós, mas sabia um monte de coisas a mais. Ele nos ensinou um novo jogo, em que nos dividiu em duas cores e distribuiu braçadeiras que cada um de nós usaria e nos explicou que jogar alguém no chão significava torná-lo prisioneiro.

Depois que ele nos liberou, corri como se minha vida dependesse daquilo; foi muito divertido. Nosso time, os azuis, capturou quatro prisioneiros a mais do que os vermelhos, por isso vencemos com grande vantagem. Kippi foi heroico, ele capturou três, enquanto eu não tinha pegado nenhum e basicamente me esquivava dos ataques. Então, um vermelho começou a empurrar Kippi e eu parti para cima dele e, com a ajuda de Kippi, capturei meu primeiro. Depois disso, corri pelo terreno tentando encontrar Kippi e, então, derrubei mais dois garotos e acabei sendo feito prisioneiro. Nós, prisioneiros, éramos obrigados a ficar sentados à sombra de um velho abeto, e foi naquele momento que vi Kippi sem os sapatos, suas bolhas estouradas, vermelhas e inflamadas. Não tinha pensado em procurá-lo ali. Ele colocou o sapato no meu rosto para me dominar, mas eu o surpreendi com uma arma mais poderosa: o meu próprio chulé.

Voltei para casa exausto e quase não consegui subir os degraus sem me agarrar ao corrimão. Minha mãe ficou alarmada quando me viu, me chamou de pobrezinho, seu filhinho cansado, mas eu não estava com disposição para beijos e abraços. Eu me sentei na cama para tirar meus sapatos de caminhada, então deitei de costas para desafivelá-los com as pernas para o alto... Estavam tão pesados. Acordei de manhã ainda pegajoso, mas de pijamas limpos e cheirosos com estampas de cachorrinhos, o que me fez sentir constrangido, em parte porque não tinha a menor lembrança de me ter despido. No início, pensei que estivesse em outro quarto, pois olhei de parede a parede e vi damasco em vez de verde-oliva. Então, entendi que meus mapas de combate, o quadro de nós e a máscara de gás tinham sido substituídos por pôsteres emoldurados de cerejeiras e macieiras em flor. Eu ainda tinha bichinhos de pelúcia no meu quarto naquela época, mas estavam guardados no fundo de um baú. De repente, tinham emergido de lá e estavam plantados na minha mesa: canguru, pinguim, búfalo, as cabeças pendendo fragilmente para um lado, sua expressão com um tom de desculpa, como se nem mesmo eles levassem a sério seu status recém-recuperado.

Não falei nada para a minha mãe, apesar da expectativa em seu olhar. Por fim, tudo o que eu fiz foi lhe perguntar onde ela havia enfiado meus canivetes, e ela aproveitou a oportunidade que estava aguardando para me dizer, de um modo aparentemente bem ensaiado, como meu quarto parecia mais de um soldado do que de um menino, que uma casa não era um quartel e que ela ficava abalada toda vez que via minha porta aberta porque, com todas as minhas ausências, ela se sentia como uma mãe que perdera o filho na guerra e, depois da morte de Ute, ela tinha ficado muito sensível, eu devia entender; ela achou que eu ficaria feliz com a bela decoração que havia feito durante minha ausência. Pimmichen concordava com a cabeça a cada ponderação dela, como se tivessem discutido a questão longamente e ela estivesse ali para garantir que minha mãe não esqueceria nenhum item da lista.

Eu não queria discutir e até pensei em não falar nada para não magoar minha mãe, mas não consegui impedir um instinto inferior dentro de mim de dizer que, afinal, aquele era o *meu* quarto. Ela concordou que era meu quarto, mas me lembrou, por sua vez, de que meu quarto ficava na *sua* casa. Assim chegamos a uma discussão complicada de direitos territoriais, de quem tinha permissão de fazer o que debaixo do teto de quem, atrás da porta de quem, entre quais paredes. Nossos respectivos direitos e territórios pareciam se sobrepor em relação àquele pequeno quadrado considerado meu quarto. Discutimos menos racionalmente no fim; ela invocando seus sentimentos de boa vontade materna, eu alegando violações de privacidade, até que ela concluiu:

— O *Führer* está fazendo de cada lar alemão um campo de batalha!

Um dia, eu voltei da escola para casa e encontrei Kippi, Stefan, Andreas, Werner e, imaginem só, Josef, meu líder de acampamento, sentados ao redor da mesa usando um chapéu de festa de aniversário pontudo que minha mãe havia distribuído. Não consegui esconder meu constrangimento, especialmente quando vi minha avó com um desses chapéus também. Ela havia cochilado na poltrona e roncava, o chapéu puxando os cabelos para um lado e expondo seu couro cabeludo rosado. Se minha mãe havia escolhido os balões cor-de-rosa na hora de decorar a sala era só para combinar com o bolo cor-de-rosa, mas eu teria preferido qualquer outra cor, inclusive preto. Minha mãe foi a primeira a gritar parabéns e jogar confetes, dançando de um lado para o outro. Josef, nosso líder de acampamento, sorriu, mas não se juntou à euforia e eu sabia exatamente o que ele estava pensando. Aqueles meninos da *Jungvolk*, que tinham de dez as catorze anos, eram chamados de *Pimpfe*. Assim como o som da palavra, *Pimpfe* corresponde a essa idade estranha, cheia de complexos — velho demais para ser criança e longe de ser homem feito. Minha mãe me aplaudia diante de velas que podiam ser apagadas com uma piscada de olho, transbordando de orgulho materno, como se eu tivesse alcançado o impossível, e eu me sentia encolhendo mais rapidamente do que as velas que se derretiam.

Depois da segunda fatia de bolo, até que começamos a nos divertir, conversando sobre nosso acampamento de sobrevivência. Foi quando minha mãe insistiu para que eu abrisse os presentes e, embora eu tivesse tentado ao máximo escapar daquilo, eles simplesmente não me deixaram. Eu reconheci o presente dos meus pais pelo embrulho chique e o evitei, abrindo primeiro os presentes dos meus amigos. Os gêmeos Stefan e Andreas me deram uma lanterna; Josef, um pôster que eu já tinha do *Führer*; Werner, as partituras de *Horst Wessel Lied* e *Deutschland Über Alles*, praticamente esgotadas em Viena. Pimmichen me deu lenços com minhas iniciais bordadas, enquanto Kippi me deu uma fotografia de Baldur von Schirach, o líder da Juventude Hitlerista de todo o *Reich*. Isso agradou Josef, o que me deixou mais à vontade, até que minha mãe quis ver a foto. Ela perguntou a Kippi se era seu irmão mais velho, ou não seria seu pai? Em vez de mudar de assunto, ela insistiu que via alguma semelhança, mas talvez fosse apenas a farda, disse ela depois que o rosto de Kippi já havia exibido todos os tons de vermelho.

Acabou que tive de abrir o presente dos meus pais e devo dizer que, se o tivesse recebido um ano antes, eu teria adorado. Era um bull-terrier de brinquedo que latia, pulava e abanava o rabo. Não sei onde o encontraram; supostamente, não havia mais brinquedos à venda no *Reich*. Minha mãe o escolheu porque eu sempre quisera um cachorro, mas não podia ter por causa das alergias dela, por isso se tratava de um presente simbólico, uma concessão. Meus amigos sorriram da melhor maneira que puderam, mas nós tínhamos passado da idade de brinquedos, por mais bonitinhos que fossem. Eu me afastei e disse muito obrigado, secretamente desejando que minha mãe não viesse me dar um beijo; e, pior ainda, um beijo que soasse molhado.

Pouco depois, os meninos agradeceram à minha mãe pelo convite e estavam juntando seus pertences quando Josef nos lembrou de que, no fim de semana seguinte, teríamos de nos encontrar antes da alvorada porque tínhamos alguns quilômetros extras para caminhar. Foi naquele momento que meu pai entrou em casa, tirando a gravata e abrindo o colarinho de um jeito que dava a impressão de que iria partir para a briga.

— Johannes não vai poder ir — interrompeu.

— *Heil* Hitler! — A saudação de Josef foi seguida por quatro ecos.

— *Heil* Hitler — resmungou meu pai.

— Por quê? — perguntou Josef, olhando para ele e para mim com a boca aberta.

— Por quê? Você viu como ficaram os pés dele depois da última vez? Não quero que ele pegue uma infecção.

— Quem disse? — protestei.

— Bolhas não são um problema médico aceitável para se ausentar. Ele precisa ir.

— Meu filho vai ficar em casa e descansar com sua família este fim de semana. Não vai mais voltar para casa daquele jeito, sem conseguir andar, desmaiando de cansaço. Uma infecção pode levar à gangrena.

— Eu não *desmaiei de cansaço*! Eu peguei no sono! *Vater*, o senhor nem estava em casa!

Minha mãe, inquieta, mudava o apoio dos pés e disse a Josef que eu iria ao acampamento seguinte.

— Vou ter que dar parte se ele não comparecer a esse de agora. Vocês não me dão escolha.

— Mas ele não consegue nem andar — implorou ela. — Coitado do meu filhinho.

— Eu consigo, sim! São só bolhas... Quem liga?

— Ele deveria trocar de sapatos. Já falei que esses são inadequados.

— Como assim? — perguntou minha mãe.

— Não combinam com nosso estilo. Precisam ter cadarços, como os nossos. Os dele são escuros demais, grandes e volumosos demais. São sapatos *Land*.

O que ele queria dizer é que eram sapatos de camponês. Pude imaginar como minha mãe ficou magoada — enfim, um olhar bastou para eu perceber que ela nada fazia para ocultar o que sentia. Foi com orgulho que ela tinha me deixado usar os velhos sapatos de caminhar do seu pai, aqueles que ele havia usado quando menino. De repente, os sapatos de *Opa* não prestavam mais.

— Meu filho não tem noção dos perigos a longo prazo de tratar mal seus pés — interrompeu meu pai.

— Ele tem pé chato como o senhor? — perguntou Josef.

Meu pai ficou inicialmente perplexo e me examinou da cabeça aos pés com uma expressão de quem fora traído. Pé chato foi um assunto de conversa entre mim e Josef em volta da fogueira e eu mencionara os do meu pai, mas não como a coisa negativa que ele fez parecer.

— Não que eu saiba.

— Então é do interesse dele... e do seu interesse... que ele vá.

Josef era determinado. Mesmo sendo tão jovem, de farda ele passava a imagem de uma autoridade militar. Meu pai, dava para ver, ficou tentado a dizer o que pensava, mas o olhar de súplica da minha mãe de certa forma o impediu.

quatro

Depois de três anos de impaciência, Kippi, Stefan, Andreas e eu atingimos a idade para entrar na Juventude Hitlerista. Ficamos eufóricos, principalmente Kippi e eu, que sonhávamos em entrar para a guarda pessoal de Hitler quando crescêssemos, porque tínhamos ouvido que o processo seletivo era tão elitista que bastava uma cárie no dente para você ser rejeitado. Nós gostávamos de listar todos os defeitos que poderiam nos desqualificar e corrigi-los. Falta de força, de resistência e de coragem, com certeza, mas com maior frequência razões banais como cárie, contra a qual nós, entre poucos, lutávamos de tal forma que escovávamos os dentes durante o acampamento. Eu tinha uma unha que encravava e Kippi fazia operações nela. De modo algum eu teria um pequeno defeito mencionado na minha ficha médica. Esperavam de nós que suportássemos a dor sem piscar, mas não éramos exatamente um modelo de resistência estoica, porque ambos começávamos a rir assim que eu via a tesoura se aproximando. Kippi piorava a situação abrindo e fechando a tesoura como um bico raivoso, e minha expressão o fazia dobrar o corpo de tanto gargalhar. Às vezes, ele demorava vários minutos até conseguir parar de rir e reiniciar a brincadeira.

    Aos quinze anos, Kippi tinha pelos crescendo nas orelhas e concordamos que o *Führer* poderia interpretá-los como traços primitivos de ligação com os macacos. O olhar de humilhação em seu rosto bastou para que eu risse até parar de respirar. Foi quando me vinguei, pois as pinças tinham seu próprio bico raivoso, capaz de abrir e fechar antes de arrancar os pelos em chumaços de três.

    Acabou que os dias de brincadeiras e aventuras juvenis chegaram ao fim e nos despedimos da *Jungvolk*. Os acampamentos da Juventude Hitlerista eram árduos e a competição nos esportes também. Ninguém mais dizia "É só um jogo" porque não era — vencer era prova de superioridade. Mudar de categoria etária tinha suas desvantagens. Tendo sido o mais velho, de repente eu era o mais jovem e, comparativamente, o mais fraco. Os garotos mais velhos eram hábeis na esgrima. Eu os atacava brandindo o florete a esmo e, com alguns movimentos mínimos do pulso, eles me deixavam de mãos abanando. Sabiam cavalgar e saltar, enquanto eu tinha de esconder o medo sempre que precisava encilhar meu cavalo; toda vez que eu fazia o movimento de apertar os arreios, a criatura rabugenta me ameaçava com os dentes à mostra. Eu temia aqueles dias.

E o pior é que os meninos mais velhos infernizavam a vida dos mais novos e os obrigavam a limpar seus sapatos ou cuidar de suas partes íntimas. Ninguém gostava de fazer aquilo, mas eles surravam quem se recusasse. Às vezes, um garoto os delatava e eles se encrencavam, já que nenhuma forma de homossexualidade, por mais leve que fosse, era tolerada no regime de Hitler. Mas fofocas eram respondidas com represálias, represálias com uma nova fofoca, uma ameaça com outra ainda maior: aquilo nunca terminava. Quando íamos coletar dinheiro ou outros itens para os pobres no *Winterhilfe*, de outubro a março, alguns rapazes embolsavam o dinheiro e o gastavam com mulheres.

Em um exercício, tínhamos como objetivo matar patos num cercado torcendo o pescoço deles com as mãos. Isso era estressante porque, assim que abríamos a porteira, eles vinham em nossa direção na maior inocência e grasnavam como se soubéssemos exatamente o que queriam. Um dos patos era seguido por uma dúzia de patinhos, e eles também tinham de ser mortos. Era como se nos pedissem para matar nossa infância, de certo modo. Se um garoto chorava depois de praticar o ato, era ridicularizado de tal forma que ninguém gostaria de estar em seu lugar. Ele comia aves como todo mundo e se deliciaria com o pato uma vez que estivesse em seu prato depois que outros o tivessem preparado, não é mesmo? Não passava de um hipócrita chorão, um imprestável! Havia outros como ele? Desembuche! Em algum canto da minha mente, eu socava com meus punhos o piano que nunca havia aprendido a tocar. Talvez fosse isso o que me ajudava a não ouvir o esmigalhar dos ossos.

Kippi me perguntou depois se eu seria capaz de matá-lo pelo *Führer*, caso fosse obrigado. Olhei para ele e seu rosto me era tão familiar que eu sabia que não seria capaz; nem ele conseguiria me matar. Mas ambos concordamos que isso não era bom — éramos fracos e teríamos de trabalhar aquilo. O ideal, disse-nos um líder, era que conseguíssemos bater com a cabeça de um bebê na parede sem sentir nada. Sentimentos eram os inimigos mais perigosos da humanidade. Eram eles, acima de tudo, que deviam ser aniquilados se quiséssemos nos tornar um povo melhor.

O que mais estragava o clima eram os piratas que começaram a surgir por todo lado e, quanto mais falávamos que não tínhamos medo deles, mais tínhamos. Havia os Ciganos Durões de Essen, os Navajos de Colônia e os Piratas de Kettelbach, gangues da nossa idade proclamando guerra eterna contra a Juventude Hitlerista. Era inquietante como eles se deslocavam à vontade pelo *Reich* e até se infiltravam nas zonas de guerra. Estávamos nos arredores de Viena, em uma de nossas marchas rotineiras — devia ser o fim do verão —, e, de repente, houve uma considerável adição de vozes ao nosso canto. Ergui mais alto a bandeira, para que os recém-chegados pudessem ver as faixas vermelho-branco-vermelho e a suástica, mas não havia ninguém à vista... por isso, paramos de cantar até que ficou claro que a letra da nossa música —

Honra, Glória, Verdade,
Buscamos.
Honra, Glória, Verdade,
Colhemos.
Honra, Glória, Verdade,
Mantemos.
Na Juventude Hitlerista!

Tinha sido mudada para:

Mentira e desonra,
Eles procuram.
Sim, é verdade,
Eles chafurdam.
E nós, nós surramos,
Os Bebês de Hitler!

De trás da colina eles emergiram. Usavam camisas xadrez, shorts escuros e meias brancas, o que me pareceu muito inofensivo, mas logo estávamos cercados e em menor número. De perto, as flores edelvais metálicas que usavam no colarinho e o crânio e os ossos cruzados eram inconfundíveis. Eram os Piratas Edelvais. Havia algumas meninas com eles, que nos olharam de cima a baixo com desprezo, pois éramos um grupo exclusivamente masculino. Uma garota, encarando nosso líder Peter Braun, acariciou a genitália do rapaz atrás dela.

Enfiaram os dedos no nariz e nos olhos de Peter e logo o estavam chutando nas costelas e no rosto. Partimos em seu socorro, embora não com a eficiência desejada. Não demorou — pelo menos, não tanto quanto nos pareceu — para que estivéssemos todos no chão, nos contorcendo e gemendo de dor. Só um deles não se safou com tanta facilidade quanto imaginou que teria — ficamos com sua camisa e alguns de seus dentes.

Na escola, naquele ano, os crucifixos nas salas de aula foram substituídos por cartazes de Adolf Hitler. Aprendemos sobre a eugenia e a esterilização do que os americanos chamavam de "escória humana", praticada em trinta e tantas federações dos Estados Unidos desde 1907. Os retardados mentais, desequilibrados e doentes crônicos eram prejudiciais à sociedade e tinham de ser impedidos de trazer mais da sua espécie ao mundo. Populações degradadas deveriam ser esterilizadas também, pois, geração após geração, elas permaneciam pobres e alcoólatras. Suas residências estavam sempre em ruínas e suas filhas eram tão patetas quanto as mães e avós, incapazes de evitar gravidezes precoces que traziam novas gerações de promíscuos. Professores eméritos de importantes universidades americanas tinham provado que a tendência à pobreza e ao alcoolismo na vida das classes baixas era genética. Possuidores desses traços eram, portanto, proibidos de se multiplicar, e a cirurgia obrigatória colocada em prática nesses estados ajudava a limitar muitos grupos de pessoas indesejáveis como essas.

Aprendemos mais sobre a raça judaica. Sua história era uma longa crônica de traição, trapaças e incesto. Caim matou o irmão Abel com uma pedra no campo; Lot foi enganado e levado a ter relações com suas filhas para que pudessem ter filhos judeus, Moab e Benjamin; e Jacó ludibriou seu irmão faminto, Esaú, e lhe roubou o direito de primogenitura em troca de uma tigela de sopa de lentilha. Na Grande Guerra, enquanto morríamos aos milhares no *front* russo, os judeus estavam ocupados escrevendo cartas nas trincheiras! Isso torturava minha curiosidade. Para quem estariam escrevendo? O que era tão importante que, entre balas e bombas, quando estavam prestes a morrer, eles precisavam pegar pena e papel e escrever? Era uma despedida, uma declaração de amor derradeira a uma noiva ou a um parente? Ou informação confidencial do tipo "onde estavam escondidas as reservas de joias e de ouro"?

Aprendemos, também, que os judeus eram incapazes de amar a beleza e, em vez disso, preferiam a feiura. Inúmeras vezes, nos mostravam pinturas que eles haviam criado e admiravam, obras feias em que o olho de uma pessoa não estava no lugar certo mas no meio do rosto, pinturas em que mãos pareciam o úbere inchado de uma vaca, em que os quadris se uniam diretamente aos seios, em que as pessoas não tinham pescoço nem cintura. Uma delas parecia gritar com toda força, mas não tinha boca, como um espantalho decretando silêncio aos milharais infestados de corvos. Admito que esse conhecimento alimentava em mim uma fascinação mórbida pelos judeus, mas, antes que aquilo pudesse levar a ruminações equivocadas, o momento de buscar conhecimento havia chegado ao fim. Os bombardeios começaram e o destino quis que Viena virasse uma base de defesa aérea. Para meninos da nossa idade, era tão emocionante como estar no cinema. Nós éramos heróis aos olhos do mundo; gigantes que tinham cada movimento e cada palavra projetados na grande e eterna tela da vida chamada *História*. Nossas vidas eram ampliadas como se estivéssemos encenando um futuro e famoso evento mundial.

Peter Braun e Josef Ritter tinham idade suficiente para se alistar nas *Waffen-SS* porque, em 1943, a idade mínima foi reduzida de vinte para dezessete anos. Você só precisava ter quinze anos para ser um auxiliar na artilharia antiaérea, mas nós, que éramos os mais jovens, ficávamos com inveja, porque muitos dos postos no entorno das baterias antiaéreas eram ocupados por meninos que conhecíamos da Juventude Hitlerista, mas esses postos ainda não estavam abertos para nós, que éramos igualmente corajosos e capazes. Era como se eles ganhassem os papéis principais enquanto para nós sobravam apenas as figurações.

A ocasião para provar o nosso valor não tardou. Um grupo de bombardeiros Aliados se aproximou numa formação em V nos céus, as asas se tocando como pássaros indiferentes despejando suas bombas sobre nós. Aquela era uma atitude desprezível, e nós disparamos de volta nossa indignação, embora às vezes, bem no meio da ação, eu fosse lembrado de como era ficar totalmente distraído numa brincadeira com os amigos, só que, dessa vez, nossos brinquedos eram maiores e mais caros. Observar algo cair de tão alto era hipnótico. As bombas assobiavam, os aviões produziam uma triste melodia enquanto desciam sem obstáculos em direção ao chão. Kippi atravessou um campo para examinar o nariz e a cauda de um que caíra, quando de repente uma bomba foi lançada a uma distância relativamente segura dele, mas levantou uma montanha de detritos. Em um segundo, Kippi estava ali; no seguinte, foi substituído por um monte de entulho que parecia um estranho túmulo improvisado.

Se ao menos ele pudesse ter ressuscitado, teríamos rido como loucos de tudo aquilo; mas, sem Kippi, eu não ria nem falava mais com quase ninguém. Aquele foi o começo de uma solidão irreprimível, de caminhar com um grande buraco na barriga. Às vezes, eu me surpreendia ao olhar para baixo e me dar conta de que não havia nenhum buraco ali de verdade.

Mais transtornos se seguiram. Nós, auxiliares da artilharia, tínhamos nos acostumado a viver juntos, comendo no mesmo refeitório e passando as noites no mesmo dormitório. Kippi era meu melhor amigo, mas havia outros com os quais eu gostava de conviver. Então, de um dia para o outro, fomos separados e mandados para setores diferentes. À medida que a guerra avançava, tínhamos menos folgas e menos contato com nossa família. Viramos soldados, como todos os demais.

Raramente eu ia para casa e, sempre que ia, minha mãe não ficava lamentando minha partida quando era hora de eu ir de novo. Mal eu me sentava no sofá e ela já me perguntava que dia eu teria de partir. Assim que ficava sabendo o dia, passava a se interessar pela hora. Nunca me perguntava o que eu estava fazendo ou se havia arriscado a vida ou não. Eu me ressentia com o fato de que ela obviamente preferia que eu não estivesse em casa. Ficava nervosa com a minha presença, parecia até que tinha medo de mim. Quando eu estava no corredor e ela saía do quarto, voltava rapidamente para dentro. Se ouvisse que eu estava no andar de baixo ao mesmo tempo que ela, era capaz de ficar horas no banheiro. Parava o que estava fazendo se eu me juntasse a ela na cozinha. Certa vez, preparou um sanduíche para si, mas, ao me ver, começou a esfregar a pia, que parecia limpa aos meus olhos. Fiquei ali de propósito, mas ela persistiu e não comeu o sanduíche enquanto eu estava ali. Com frequência, à mesa, ela simplesmente remexia a comida no prato. Eu esperava que ela, pelo menos, fosse me servir, mas não conseguia chamar atenção para o meu prato vazio sem me sentir um mendigo.

Com a comida racionada, minha avó tinha ficado doente e passava a maior parte do dia repousando na cama. Quando meu pai e eu deparávamos um com o outro, ele sempre se mostrava ansioso por saber como eu ia e o que estava fazendo. Quando eu comentava sobre o comportamento da minha mãe, ele negava, suspirava e esfregava os olhos, ou alegava pressa e seguia em frente.

À medida que os bombardeios se intensificavam, eu e os outros nos postos de defesa aérea íamos ficando temerariamente corajosos. A atitude da minha mãe me tornava insensível a qualquer noção de perigo e, em momentos críticos, me levava a correr riscos. Era libertador não ter ninguém preocupado comigo, eu mesmo receava cada vez menos por mim... mas meu vazio aumentava. Durante um ataque aéreo, eu corria em busca de proteção vinte metros atrás de dois novos ajudantes na bateria, quando uma linha de fogo tornou difícil a minha próxima escolha de direção. Foi um ataque inesperado, ao amanhecer, depois que tínhamos presumido que os bombardeios da noite haviam cessado. A maneira como o entulho subia do chão dava a impressão de que o inimigo estava em terra, não no ar. Essa era uma maneira menos assustadora de pensar no assunto. Uma segunda vez, passou raspando por mim; eu acreditava que ia conseguir me safar ao correr disparado para tão longe quanto podia em uma direção ditada pelo meu instinto.

Eu fiquei feliz como um recém-nascido, devo confessar, quando acordei no hospital e vi minha mãe chorando sobre mim, me chamando de seu bebê, de seu pobre filhinho de novo. Isso foi antes de eu saber a extensão dos meus ferimentos. Num primeiro momento, ninguém quis me contar, porque a alegria de descobrir que eu ainda estava vivo era grande demais e eu mesmo não percebia nenhuma diferença sozinho. Mas a expressão no rosto do meu pai e da minha mãe os traiu: seus sorrisos eram falsos, ocultando algum remorso velado, e comecei a entender que havia algo errado.

Desejei nunca ter olhado para mim de novo. Eu havia perdido parte da maçã do rosto abaixo do olho esquerdo, não conseguia mais mexer o braço esquerdo, nem na articulação do ombro nem na do cotovelo, e tinha perdido também o terço inferior do antebraço. Eu estava em estado de choque, o que me enfraquecia mais, acho, do que meus ferimentos. Sempre que acordava na minha cama em casa, eu espiava por baixo dos lençóis para ver se o que eu temia era verdade, e cada vez que eu via que era irreversivelmente verdade, me deixava mergulhar de volta no conforto do sono. De vez em quando, eu mexia na cavidade no meu rosto, na pele solta e na cicatriz endurecida que mais parecia um verme.

Dormi durante meses. Minha mãe me acordava para me dar comida e eu engolia só uma fração do que ela esperava e caía no sono de novo. Ela me levava ao banheiro, segurava minha cabeça encostada em sua barriga e nunca se queixava da demora. Quando eu via de relance meu braço mutilado ou a expressão no rosto da minha mãe enquanto olhava para ele, minha força de vontade para me recuperar sofria um abalo.

No fim das contas, foi graças a Pimmichen que melhorei. Meus pais vieram me ver no meio da noite e, de cara, achei que era outro ataque aéreo, mas senti, no momento em que vi meu pai levar o lenço aos olhos, que estavam me levando para o leito de morte de Pimmichen. Exaurido ao chegarmos no andar de baixo, eu tive que me deitar na cama ao lado dela. Estávamos ambos de barriga para cima; e os gemidos de Pimmichen despertavam e renovavam os meus à medida que as horas passavam. O dia tinha trazido uma coluna brilhante e poeirenta de luz ao quarto no momento em que abri os olhos. Estávamos nariz a nariz e ela me olhava através de cataratas aquosas, seu sorriso preso em determinados pontos, como se os lábios tivessem sido costurados por fios de saliva que se soltavam.

Minha mãe disse que eu deveria retornar ao meu quarto para que minha avó pudesse descansar, mas nem eu nem ela queríamos nos separar. Pimmichen não conseguia falar, mas segurava minha mão do jeito que podia enquanto eu me agarrava à dela. Nossos movimentos eram descoordenados, mas isso criava um vínculo entre nós. Havia algo engraçado na maneira como lutávamos para ficar sentados sozinhos, quando minha mãe vinha nos dar de comer, porque, apesar da diferença de idade, estávamos no mesmo barco. Cada um de nós ansiava para ver o outro e sempre que o chá escorria pelo queixo, ou minha mãe se entusiasmava demais com a quantidade de batata que enfiava em uma boca, fazendo grande parte cair para fora, nós dávamos uma risadinha. Pouco a pouco, Pimmichen começou a comer mais — meia batata a mais, duas colheres de sopa a mais — e eu também. Ela percorreu o quarto sozinha atrás de uma toalha, e então eu fiz o mesmo. Tinha orgulho dela, e ela de mim.

Assim que Pimmichen conseguiu falar de novo, me contou muitas coisas que eu não sabia. Pimbo, meu avô, costumava caçar com um pequeno falcão chamado Zorn, mas, um dia, quando foi alimentá-lo, ele bicou seu dedo. Felizmente, Pimbo estava de anel, por isso a bicada não o machucou muito. Não fosse isso, poderia ter perdido o dedo. A bicada do falcão era forte o suficiente para partir um camundongo ao meio — talvez tenha sido o anel reluzente que o tenha levado a bicar. Os pássaros são imprevisíveis, disse-me ela. Um dia, uma pega entrou pela janela aberta e roubou um colar de rubis seu. Por sorte, ela a viu com os próprios olhos, caso contrário teria culpado a faxineira polonesa.

Meus pais disseram que se Pimmichen podia falar, ela estava recuperada e era hora de eu voltar para o meu quarto. Foi quando notei uma série de coisas estranhas e me perguntei se minha avó estava realmente bem, ou seria minha mãe quem estaria doente? Por exemplo, todo dia, minha mãe arejava a casa — abria bem as janelas, com chuva ou sol. Mesmo assim, quando eu me levantava de manhã, sentia um cheiro horrível de fezes, o que significava que minha mãe podia estar com algum problema de saúde, ou Pimmichen, mas isso era menos provável porque o quarto de Pimmichen ficava no andar de baixo, mais perto do banheiro, e ela parecia muito bem ultimamente. Digo isso também porque uma vez vi minha mãe esvaziando um vaso de cerâmica, mas ela pareceu tão envergonhada que não consegui perguntar o que havia de errado. Ela obviamente estava fraca demais para sair do quarto à noite.

Eu tive a certeza de ter escutado passos no corredor no meio da noite e me perguntei se seria meu pai caminhando. Apurei os ouvidos com atenção e podia jurar que, apesar dos passos quase perfeitamente sincronizados, havia duas pessoas andando, então minha mãe devia estar com ele. Mencionei isso, mas ela disse que não era ela, nem ele, daí teria de ser minha avó passeando no andar de cima. Isso era esquisito, porque eu dormia ao lado do quarto dos meus pais, portanto, quaisquer ruídos que eu ouvisse eles também ouviriam, mas sempre afirmavam que não tinham escutado nada. Só por curiosidade, perguntei a minha avó o que ela fazia andando àquelas horas da noite, mas ela não fazia a menor ideia do que eu estava falando. Tive de explicar e repetir, até que caiu a ficha, e então ela me contou que era sonâmbula fazia tempo. Pimbo contava a ela sobre o episódio de sonambulismo na manhã seguinte e, não tivesse ele jurado por sua mãe mortinha, ela nunca teria acreditado em uma palavra.

O som de passos à noite acabou, mas, cerca de um mês depois, ao amanhecer, minha mãe deu um grito agudo. No café da manhã, ela se desculpou comigo e com Pimmichen por nos ter acordado com o grito — ela tinha tido um pesadelo. Apoiou a cabeça na mesa, colocou o rosto entre as mãos e admitiu que tinha visto no sonho o momento em que fui ferido... Pela primeira vez, me dei conta de que ela se preocupava muito mais comigo do que eu imaginava.

Na noite seguinte, algo caiu com um estrondo e eu saí correndo do meu quarto para ver o que era. Achei que minha avó havia tropeçado no aparador com o abajur, mas vi pedaços do vaso de cerâmica espalhados no chão.

Meu pai estava agachado ao lado da minha mãe e ajudava a recolher os cacos. Ela não conseguiu erguer o olhar para mim enquanto eu observava, boquiaberto, e então notei que suas mãos tremiam. Se estava tão doente a ponto de não poder ir ao banheiro, não deveria tentar carregar o vaso sozinha; era uma imprudência da parte dela.

Meu pai a abraçou e disse que tudo ficaria bem, que ela deveria tê-lo acordado para que a ajudasse... pediu desculpas por não ter conseguido ouvi-la... De camisola, minha mãe parecia mais magra do que quando usava roupas normais; seus seios haviam diminuído, seus pés estavam ossudos e as maçãs do rosto, salientes de uma maneira que cruzava a linha tênue entre a beleza e a aflição. Inacreditavelmente, meu pai começou um sermão dizendo que eu pegaria, em pleno verão, uma bronquite ou pneumonia se não voltasse para a cama rápido, rápido, rápido. Ele me ajudou, seu braço me servindo de apoio, depois se demorou à minha porta, como se fosse confessar algo. Pela primeira vez, temi que minha mãe estivesse morrendo de uma doença incurável como o câncer. Ele respirou fundo e só me disse para dormir bem. A sonolência veio, mas o sono, não.

cinco

Meu pai voltava cada vez menos da fábrica para casa e, quando o fazia, era geralmente ao meio-dia, sempre às pressas, por tempo suficiente apenas para pegar alguns papéis. No rosto, a barba por fazer; os olhos, cansados e injetados. Em algum momento ele deve ter se dado conta do estado em que se achava, porque, um dia, parou de vir para casa. Só para uma hora ou duas de sono, disse ele, não valia a pena. O silêncio pesado que deixou para trás fazia minha mãe pular a cada pequeno ruído, como se ela o estivesse esperando a qualquer minuto e houvesse muitos minutos em seu dia.

Por fim, ele apareceu com um quebra-cabeça debaixo do braço, escondido atrás de uma revista de negócios. Eu sabia que o quebra-cabeça era para mim e fiquei feliz, porque estava entediado, com pouco a fazer o dia inteiro a não ser contemplar minhas feridas e ler jornais, mas até as boas notícias se tornavam monótonas: a superioridade de nossas forças armadas e uma vitória seguida da outra. Ele subiu as escadas de dois em dois degraus e desceu com um punhado de pastas. Houve um pequeno lapso de tempo em que achei que ele estava verificando a correspondência, quando, para minha tristeza, percebi que ele havia saído de novo e se esquecido de me dar o presente. Fiquei imaginando quantos dias se passariam até que nós o víssemos de novo, então decidi pegar eu mesmo o quebra-cabeça. Afinal, ele tinha muita preocupação na vida, achei que não fosse se importar.

Não encontrei o jogo em lugar algum; não estava no escritório dele nem em qualquer outro lugar no andar de cima. Eu o tinha visto subir com o quebra-cabeça e descer sem ele, portanto, era para estar lá. Mas não estava, nem nos lugares mais improváveis, e eu vasculhei absolutamente tudo. Aquilo não fazia o menor sentido. Como eu era canhoto de nascença, e como era mais fácil tirar coisas do lugar do que as colocar de volta, acabei devolvendo caixas, cartas e documentos aos seus lugares de uma maneira meio desajeitada. Para minha surpresa, achei um retrato da turma do meu pai na escola primária, e consegui identificá-lo entre outros rostos menos maduros. Encontrei também moedas estrangeiras, velhos relatórios escolares de boa conduta e cachimbos cheirando docemente a tabaco, mas não o que eu procurava. Desisti tantas vezes quantas renovei minha busca.

— O que você está fazendo aí em cima, Johannes? Aprontando alguma? — gritou minha mãe.

— Nada — respondi, e ela me convocou a descer para lhe fazer companhia.

Eu me queixei das longas ausências do meu pai, e, então, ela me contou que iria vê-lo na fábrica. Fiquei feliz quando ela disse que eu poderia ir também, porque aí teria a oportunidade de lhe perguntar sobre o quebra-cabeça.

Era preciso pegar quatro bondes para chegar à fábrica, que ficava fora dos limites da cidade, no lado oriental — do lado oposto de onde vivíamos, depois do vigésimo quinto distrito, Floridsdorf, o que era uma boa distância. Qualquer homem pode imaginar como me senti humilhado quando uma velha senhora se levantou para que eu me sentasse, mas tive de aceitar, pois estava com falta de ar e ainda não tinha me recuperado o suficiente para ser capaz de me segurar durante freadas e acelerações. O último bonde chegou ao ponto final, e nós, os passageiros que haviam sobrado, tivemos de desembarcar. Desci e minha mãe se agarrou ao meu braço com mais força que de costume; acho que eram os prédios bombardeados que a incomodavam, costelas de aço se projetando de entranhas de pedra. Tínhamos uma longa caminhada pela frente até a fábrica, e eu precisava descansar em bancos ao longo do percurso, ao passo que minha mãe ficava contente cada vez que botava no chão a cesta que carregava. O entorno estava despido de toda alegria, para dizer o mínimo. Havia cervejarias, moinhos e outras fábricas muito maiores que as do meu pai cujas chaminés pareciam estar causando aquele teto sombrio carregado de nuvens cor de pedra; um teto que parecia prestes a desmoronar e cair, mais cedo ou mais tarde.

Desde pequeno, eu nunca gostei de ir à fábrica. Ela exalava odores que me obrigavam a respirar o mais devagar possível para impedir ao máximo que eles entrassem em meus pulmões. A náusea que me provocavam era tanto mental como física. Eu me imaginava entrando em uma máquina ruidosa que fumegava e cuspia, cujo estômago era um caldeirão incandescente, o coração, uma bomba clamorosa, e as artérias, canos; e eu não passava de um menino qualquer que vinha observá-la. Se eu não conseguisse ser útil ao seu processo de vida, ela me consideraria um dejeto.

Na sala do meu pai havia papéis cobrindo a maior parte da mesa, uma caneta sem a tampa e uma xícara cheia de café à sua espera. Coloquei a mão ao redor da xícara para aquecer a ponta dos dedos, mas estava fria, e foi então que vi uma foto de Ute e de mim que nunca tinha visto, num barco em que meu pai remava. As montanhas de picos nevados pareciam tão reais refletidas na superfície do lago escuro quanto se assomando acima de nós sob o céu aberto. Eu não me lembrava de ter ido ao Mondsee ou a qualquer outro lago perto de Salzburgo. Então, um operário da fábrica reconheceu minha mãe e gritou para outro, que bateu no ombro do homem ao seu lado.

Não demorou até que um grupo de homens cheirando a colônia, embora não barbeados, estivesse reunido à nossa volta, comendo com os olhos a cesta da minha mãe. Vi um deles cutucar com o cotovelo a costela de outro, mas ninguém parecia disposto a ajudar.

— Estou procurando meu marido. Você me reconhece, não, Rainer?

Rainer fez que sim com a cabeça.

— Falou para nós que ia voltar hoje — resmungou ele.

— E?

— Não voltou, madame.

— Ele tinha alguma visita externa?

Rainer olhou à sua volta para que alguém respondesse, mas tudo o que conseguiu obter foi um dar de ombros generalizado.

— Você sabe onde ele está? Onde posso encontrá-lo? — perguntou minha mãe. — Trouxe umas coisas para ele. Ele vai voltar?

— Ele disse que ia voltar hoje — falou o homem que cutucou a costela do outro. — É tudo o que a gente sabe.

Minha mãe e eu ficamos sentados pelo que pareceu uma eternidade em um cano enferrujado jogado do lado de fora. Lentamente, dividimos um sanduíche e, então, mais lentamente ainda, uma maçã. O céu escureceu e ameaçou um aguaceiro que não veio; somente uma névoa depositando gotículas transparentes do tamanho de cabeças de alfinete em nossos cabelos. Trens cortavam os campos longínquos como um exército interminável de criaturas vermiformes. Amassamos folhas, quebramos galhos, cutucamos o chão com uma pena esgarçada; chegamos até a disputar pedra, papel e tesoura como fazíamos antigamente, mas meu pai não apareceu.

Em casa, minha mãe recebeu um telefonema informando que meu pai havia sido levado para um interrogatório de rotina. Ela tinha certeza de que os cliques que ouvia não eram apenas das famílias bisbilhoteiras que compartilhavam nossa linha telefônica. Pimmichen deu a minha mãe toda a atenção possível e trouxe as pantufas dela, bules de chá e bolsas de água quente para confortá-la enquanto ela perguntava ao teto, sentada por horas na cozinha, o que eles queriam de uns coitados como nós. Numa tentativa de justificar o comportamento da minha mãe, minha avó me confidenciou que a Gestapo revistara nossa casa mais de uma vez quando eu estava fora, em combate — motivo que levara minha mãe à beira da loucura. Pimmichen segurou a mão dela e beijou sua testa, mas minha mãe nem percebeu. Estava presa em seu mundinho, e, quanto mais ela vociferava, mais eu a via como uma pessoa fraca e irracional.

Eu estava convencido de que, se ela se sentia relutante em apoiar o *Führer*, era somente por fidelidade ao meu pai; por isso, aproveitei a detenção dele para esclarecer os fatos, explicando de novo o sonho de Adolf Hitler e também o fato de que interferir em seus planos, se tinha sido o que meu pai tentou fazer, era crime. Se quiséssemos nos tornar uma nação saudável e poderosa, tínhamos de estar preparados para sacrificar todos aqueles que se opunham a nós, inclusive nossos familiares. Ela devia parar de choramingar, senão, de certo modo, também seria uma traidora. Minha mãe fingia ouvir, mas dava para ver que uma grande parte dela estava em outro lugar, e a parte que estava comigo não concordava com o que eu dizia, embora assentisse com a cabeça e repetisse: "Eu sei, eu sei."

Eu queria fazê-la admitir que meus ferimentos foram heroicos, então a segui pela casa para convencê-la disso. Quanto mais ela se recusava a responder às minhas perguntas diretamente, mais eu suspeitava de que ela não quisesse mesmo ver as coisas da minha maneira. Eu me ressentia com meu pai por tê-la cegado à verdade. Pouco tempo depois, não consegui me conter, aquilo ainda estava na minha cabeça, portanto, trouxe à tona de novo meus ferimentos e disse a ela que a causa era mais importante que eu, meu pai ou qualquer outro indivíduo. Acrescentei, para sua informação, que, se eu tivesse de morrer por Adolf Hitler, ficaria mais do que contente em fazê-lo.

— Você vai morrer! — replicou ela. — Você vai morrer! Se não tomar cuidado e abrir os olhos, você vai morrer!

Fiquei chocado, pois nunca a tinha ouvido gritar daquele jeito antes... Quer dizer, já contra um rato ou outra coisa assim, mas nunca *contra uma pessoa*. Ela correu até o sofá, puxou um panfleto de baixo das almofadas e o jogou na minha barriga.

— Veja aí! Leia isso! É o que me espera! Você e seu *querido Führer*! Fico feliz que Ute tenha morrido! Fico feliz de verdade! Se não tivesse morrido, eles a teriam matado!

Eu me sentei e li enquanto ela bufava. O panfleto dizia que os pais de um bebê deficiente tinham pedido a Adolf Hitler que seu filho fosse assassinado. Depois disso, ele mandou que o chefe de sua chancelaria pessoal matasse todas as crianças com deficiências biológicas ou mentais, de início, aquelas com até três anos de idade, e, depois, ampliando a faixa para dezesseis anos. O panfleto alegava que cinco mil crianças tinham sido mortas por injeção letal ou desnutrição. Não tive coragem de assegurar à minha mãe que tinha sido melhor assim, pois sabia como ela se sentia por causa de Ute.

Continuei lendo e cheguei à parte que dizia respeito à infeliz necessidade de livrar a comunidade de todos os seus fardos, que incluíam os deficientes mentais e físicos e, entre estes, os veteranos inválidos da guerra de 1914-18, o que me deixou pasmo. Pelo menos 200 mil párias biológicos tinham sido mortos e um novo processo de gás de monóxido de carbono estava sendo desenvolvido. Li o parágrafo três vezes. Só mencionava os veteranos da Grande Guerra, não aqueles que tinham sido feridos lutando pela causa do *Führer* em nossa época. Mas será que isso não acabaria sendo estendido para nós mais adiante? Fiquei nauseado, e, depois, enraivecido, por ter duvidado da única pessoa que eu idolatrava. Rasguei o panfleto e gritei à minha mãe para não ser tão crédula, para não cair numa armadilha dessas, aquilo era simplesmente propaganda inimiga. Eu seria condecorado quando a guerra terminasse. As páginas rasgadas permaneceram no lugar onde haviam caído no dia seguinte e no próximo.

Aquela noite, tive um pesadelo em que um grupo de homens falando uma língua que eu não conseguia entender estava prestes a me atirar de um penhasco. O ódio em seus olhos era inequívoco, e eu implorava a eles que me explicassem: "Por quê? Por favor, o que eu fiz de errado?" Um deles apontou para o meu braço e, quando olhei, estava mais feio do que realmente era: frangalhos de tecido pendiam do cotoco e o osso estava aparecendo de tal modo que tive de empurrá-lo para dentro. "Eu posso dar um jeito nele", implorei, "eu juro! Só preciso de uma hora!", mas eles não conseguiam entender e, de qualquer maneira, estavam com pressa para me jogar do penhasco porque um piquenique os esperava sobre uma toalha xadrez atrás deles e, mais estranhamente, a roda-gigante do Prater a distância, cheia de crianças brincando de empurrar umas às outras.

Acordei e ouvi passos de novo, por isso fiquei prestando muita atenção até ter certeza de que havia dois passos de cada vez, mesmo que soassem como um, porque de vez em quando um passo do-calcanhar-ao-dedão-do-pé tinha um calcanhar ou um dedão a mais. Por alguma razão, no meio da noite, era fácil imaginar que o fantasma do meu avô caminhava com minha avó em seu passeio de sonâmbula, fazendo companhia a ela. Esse pensamento me deixou com medo demais para me levantar e ir ver, ou para voltar a dormir. Queria muito acender uma luz, mas era proibido, porque os bombardeiros podiam nos localizar e, além do mais, eu não queria estender o braço para fora das cobertas por medo do fantasma.

Na manhã seguinte, quando minha mãe saíra atrás de pão e eu estava no banheiro, ouvi a aldrava batendo. Quando consegui chegar à porta, eu não esperava encontrar mais ninguém lá, menos ainda meu pai. No começo, não o reconheci porque tinha perdido peso, seu nariz estava quebrado e sua roupa, tão surrada e miserável como a de um mendigo. Meu pensamento seguinte foi por que diabos estaria batendo na porta de sua própria casa? A surpresa em meu rosto fez surgir desprezo no dele.

— Não, não estou morto. *Perdão.*

Fiquei sem fala e com isso ele me empurrou para o lado e começou a se ocupar de procurar coisas. Ouvi as gavetas do seu escritório abrindo e fechando e os móveis sendo deslocados por toda a casa. Então, ele desceu e me encarou fixamente nos olhos dizendo:

— Você andou mexendo nas minhas coisas, não foi, Johannes?

Eu devia ter explicado sobre o quebra-cabeça, mas não fui capaz de me articular. Tudo o que conseguia fazer era negar com a cabeça.

— Engraçado, nada está como deixei. Você pode mexer sempre que quiser, nada tenho a esconder, mas, se fizer isso, pelo menos *tente* colocar as coisas de volta onde estavam.

Agi como se não tivesse a menor ideia do que ele falava, mas ele tinha na mão papéis que eu sabia que havia desarrumado e, ao reconhecer a foto de sua classe se destacando, desviei os olhos. Minha conduta só confirmou suas suspeitas. Quando minha mãe voltou para casa, ele já tinha partido carregando pastas amontoadas até o queixo. Ela pegou os quatro bondes, desta vez sem mim, e eu passei o tempo odiando meu pai por suas falsas acusações. Não, eu não o havia denunciado.

Apesar de as colunas dos jornais alegarem nossa superioridade, os bombardeiros Aliados continuavam a infligir danos. Não tínhamos mais ferrovias, nem água, nem eletricidade. Um dia, vi minha mãe carregando um balde de água para cima, o que era ridículo, porque, se não tínhamos água suficiente nem para nós mesmos, por que se preocupar com as ridículas plantas? Ela se preocupava porque as plantas eram criações de Deus e tinham o direito de viver, como tudo mais. Depois, ela se preparava para cozinhar batatas, mas não tinha água suficiente para cobri-las. Pensei na quantidade de água que ela levara para as plantas e fui ver se havia sobrado um pouco. Fiquei surpreso ao ver o balde vazio, as plantas rijas e a terra absolutamente seca.

Comecei a espionar minha mãe pelo buraco da fechadura e, a certa altura, eu a vi carregar um sanduíche e duas velas acesas para o andar de cima, o que poderia ter sido uma coisa normal, mas ela desceu em pouco tempo com apenas uma vela. Na manhã seguinte, eu vi gotas de água escorrendo pela escada enquanto ela se arrastava sob o peso do balde cheio. Esperei impaciente e, depois, quando ela ajudava minha avó a tomar banho com uma simples bacia de água, me esgueirei. Não havia absolutamente nada, ninguém. Olhei por toda parte, debaixo das camas gêmeas do quarto de hóspedes, no armário no escritório do meu pai, em cada canto e brecha do sótão. Nada.

Quanto mais eu a espionava, mais testemunhava um comportamento estranho e me perguntava se ela não estaria ficando louca. No meio da noite, subia de novo com velas e qualquer alimento que não tivesse comido. Estaria praticando rituais? Comunicando-se com os mortos? Ou queria simplesmente comer longe de mim? Às vezes, ela não voltava tão rápido assim, ou nem voltava. Sempre que ela saía de casa e Pimmichen estava dormindo, eu fazia inspeções. Havia um cheiro, com certeza havia; o quarto de hóspedes não tinha cheiro quando desocupado. Procurei escutar alguma coisa, mas não havia nada, pelo menos não do lado de dentro. Talvez os ruídos baixos que eu ouvia de vez em quando viessem do lado de fora. Ao forçar os olhos para o nada, absolutamente nada, me perguntei se não seria *eu* quem estaria ficando louco.

Quando minha mãe me perguntou se eu ia para o andar de cima quando ela não estava em casa, eu não fiz ideia de como ela teria desconfiado, porque eu tinha tomado o cuidado de deixar as coisas exatamente como eu as havia encontrado e de estar de volta no meu quarto folheando gibis na cama quando ela voltava.

— Como é que a senhora sabe?

Ela demorou algum tempo para achar uma resposta.

— Sua avó às vezes chama e você não ouve.

Dava para ver que era uma mentira descarada, pois minha mãe não sabia mentir. Assim, continuei minha busca e revistei nosso porão e o quartinho atrás da cozinha. Embora tenha levado tempo, examinei toda a casa, centímetro a centímetro. Mesmo quando ela estava lá, eu caminhava por toda parte, observando as junções nas paredes. Aquilo a deixava nervosa.

— O que é que você procura tanto? — perguntava.

— Ratos.

Foi quando ela começou a arrumar desculpas para me tirar de casa. Pimmichen precisava de um remédio ou outro, mesmo quando Pimmichen insistia que não era o caso — sim, sim, ela precisava, estava com erupções de pele nas costas, sua garganta estava seca, devia estar em vias de inflamar, e necessitava também de um creme de mentol para sua artrite. No momento em que ela sugeriu que eu me oferecesse como voluntário para ajudar no esforço de guerra, vi que estava tentando se livrar de mim. Em uma cidade sendo bombardeada, o que eu mais precisava para o meu bem-estar era de ar fresco!

Por isso, voltei à minha divisão da Juventude Hitlerista e me ofereci como voluntário. Estavam muito necessitados de ajuda e não viam problemas na minha deficiência. Naquele mesmo dia, eu estava de volta à minha farda, carregando fichas de recrutamento a pé pela cidade. Achei que tinha havido um engano quando um homem na casa dos cinquenta anos pegou uma ficha e disse que era para ele e não para seu filho, que tinha morrido. A mulher que abriu a porta no endereço seguinte era mais velha e, quando ela chamou "Rolf", o marido veio até nós, encurvado, com dor nas costas, para pegar sua ficha. Por que motivo idosos estavam sendo recrutados, eu não conseguia entender. Algumas portas depois, eu massageei os nós dos dedos e bati no número 12 da Wohllebengasse, no quarto distrito e, depois de uma longa espera, *Herr* Grassy entreabriu a porta e botou a cabeça para fora. Examinou meu rosto coberto de cicatrizes, a farda e a manga troncha, como se, em vez de se orgulhar de mim, estivesse desapontado com aquilo que eu me tornara. Ele havia envelhecido desde que eu o vira pela última vez e seus olhos caídos e sua calvície lembravam uma tartaruga, ou talvez fossem apenas seu ar lúgubre e seus movimentos lentos.

— Obrigado — disse ele e rapidamente trancou a porta.

De volta para casa, eu queria urgentemente costurar a manga de um jeito que parecesse menos patético. Procurando nas gavetas da máquina de costura da minha mãe, encontrei uma velha lata de bombons Danube Dandy contendo carretéis de linha tão compactados uns aos outros que era difícil tirar um que fosse. Como eu queria comparar os tons de marrom para encontrar o tom mais próximo do meu tecido, bati com o punho nos fundos da caixa até que os carretéis finalmente caíram. Foi quando notei que a lata tinha na verdade dois fundos e, entre eles, um passaporte havia sido cuidadosamente escondido.

Ao abrir o documento, vi uma pequena foto em preto e branco de uma moça de olhos grandes e com um pequeno e belo sorriso. Inicialmente, pensei que fosse alguém da família quando mais jovem, mas então vi o "J" acrescentado ao lado, assim como o nome Sarah acompanhado de "Elsa Kor". Meu coração disparou. Estariam meu pai e minha mãe ajudando essa judia? Será que eles a teriam ajudado a fugir para o exterior?

Todo tipo de pensamento passou pela minha cabeça naquele momento. Eu teria examinado o passaporte mais detidamente, mas precisei adiar isso antes que alguém descobrisse que eu sabia da existência dele. Eu estava furioso com meus pais por arriscarem suas vidas, mais ainda porque faziam aquilo em nossa casa, o que poderia me incriminar também. Àquela altura, porém, o que eu mais lamentava era a burrice deles. Eram obviamente ilógicos e anticientíficos. Então, fui tomado por um medo irracional: e se Elsa Kor fosse alguém da nossa própria família? Teria meu pai traído minha mãe com uma judia? Será que algum dos meus ancestrais — só um, por acaso — era judeu? A possibilidade de eu não ser um ariano puro era o que mais me desolava. Se algum dia esse passaporte fosse encontrado, algum fato oculto poderia cair sobre mim. Talvez fosse isso, acima de tudo, o que me impedia de confrontar meus pais.

Da vez seguinte que minha mãe e Pimmichen saíram para tomar um pouco de ar, eu rodei a casa gritando: "Alô, tem alguém em casa? Alô, tem alguém no andar de cima? No andar de baixo? Responda!" Eu estava certo de que tinha ouvido um pequeno ruído no andar de cima, um estalido, não mais que isso, algo quase imperceptível. Tomando o cuidado de fazer pouco barulho, subi o primeiro lance de escada e até o segundo, mais íngreme, indo em direção ao fim do corredor e até o escritório do meu pai e, então, refiz meus passos de volta ao quarto de hóspedes, até chegar a uma parede para a qual, por algum motivo, eu não conseguia parar de olhar, pois me parecia que ela estava prendendo a respiração.

Naquela noite, eu subi devagar, passo a passo, e, só depois que cheguei ao alto, acendi a vela. Levei muito tempo, porque tinha de avançar um pouco de cada vez para evitar que o assoalho rangesse. Logo senti uma presença e fiquei com medo, como se meu avô estivesse entre nós. A parede parecia respirar em seu sono, por mais de leve que fosse, eu podia jurar ter ouvido isso. Foi então que vi, à luz bruxuleante da vela, uma linha na parede, tão fina que não dava para ser vista à luz do dia; porém, à noite, a sombra a acentuava. Eu a acompanhei com os olhos e ela me conduziu a outra linha e depois a outra. O teto era inclinado porque os quartos neste terceiro andar ficavam diretamente sob o telhado; toda essa seção costumava fazer parte do nosso sótão. Por isso as paredes eram curtas e uma delas, meio metro à frente da original, era feita de tábuas revestidas de papel de parede. Era tão bem feito que ninguém jamais suspeitaria. Atrás, havia um espaço em forma de cunha amplo o suficiente para alguém se deitar nele, mas sem poder se mexer com facilidade; alto o suficiente para ficar sentado, mas não em pé; e, quando sentado, o pescoço deveria inevitavelmente se dobrar. Havia alguém atrás dessa parede.

Durante toda a noite, eu me virei e revirei na cama, pensando no que fazer. Não posso negar que cogitei denunciar meus pais, não pela glória do meu ato, mas porque se opunham ao que era bom e correto indo contra o nosso *Führer*. Senti que tinha de protegê-lo de seus inimigos. Mas, na verdade, eu temia demais por minha própria vida se algum imprevisto acontecesse. A melhor solução seria eu matar a menina, se é que ela estava escondida lá. Minha mãe a encontraria morta e teria merecido isso, ao menos para ser trazida de volta à realidade. Antes de mais nada, ela não tinha o direito de proteger uma judia suja.

Meu problema seguinte era quando e como matar a jovem. Decidi que esperaria até a próxima saída de minha mãe e, então, a estrangularia. Seria a maneira mais limpa, mas talvez não fosse possível para mim com uma só mão, porque pela foto dava para ver que era uma jovem dissimulada e ágil. E se ela escapasse? Não, eu cortaria sua garganta com um dos meus canivetes. Examinei-os cuidadosamente e descartei um a um antes de escolher um dos mais velhos de Kippi, presenteado a mim por sua mãe. Daquela maneira, Kippi estaria me ajudando.

Dois longos dias se passaram até minha oportunidade chegar; dois dias intermináveis e duas noites inquietas. No instante em que minha mãe fechou a porta da casa, larguei tudo o que estava fazendo para correr escada acima, sem me importar se minha avó estava dormindo ou não; eu não podia esperar mais. Por um longo instante fiquei segurando meu canivete com tanta força que as pregas do cabo em forma de espinha machucaram minha mão. Então, precisei abrir a tábua, o que não conseguia fazer porque continuava esquecendo que não tinha mais as duas mãos. Depois de pensar rápido, enfiei a ponta da lâmina em uma das frestas e fiz um movimento de alavanca até ela ceder. Estava presa por cinco dobradiças sujas de óleo e abriu na largura de um polegar. Respirei fundo, e, então, usei o ombro para abri-la completamente. Resolvi descer o canivete com toda a força no que pudesse encontrar ali. Mas meu braço se mostrou desobediente aos comandos do meu cérebro. Encolhida no pequeno espaço a meus pés estava uma jovem. Uma mulher. Eu olhava diretamente no seu rosto enquanto ela inclinava a cabeça para cima na minha direção. Uma mulher madura, com seios, cuja vida era inteiramente minha, olhava para mim com um medo sufocado — ou talvez fosse apenas curiosidade, um simples interesse em saber quem seria seu assassino. Eu diria até que, pelo canto do olho, ela observava minha lâmina com resignação, como se, qualquer que fosse a minha escolha no próximo décimo de segundo, ela a aceitaria. Não se mexeu nem um pouco, nem mesmo os olhos, nem resistiu de qualquer maneira.

Eu não conseguia respirar, não conseguia desviar o olhar. Aproximei o canivete dela de forma insolente, só para provar a mim mesmo que eu era capaz. Quando a lâmina parou diante do pescoço dela, me senti doentiamente fascinado. Eu sabia, naquele momento, que se não a destruísse, judia que era, ela me destruiria, mas, no entanto, o perigo tinha um sabor ao mesmo tempo doce e amargo. Era como se eu tivesse uma prisioneira na minha própria casa, uma judia em uma jaula. De certo modo, era empolgante. Ao mesmo tempo, eu sentia nojo de mim mesmo por ter falhado no cumprimento do meu dever. A jovem deve ter sabido que o canivete não era mais seu inimigo, porque lágrimas assomaram aos seus olhos e ela desviou o olhar, burramente expondo o pescoço. Fechei a placa de madeira e saí.

seis

A partir daí, passei a observar minha mãe para ver se ela tinha ficado sabendo do ocorrido. Se soube, nada em sua expressão a traía, nem o mais ligeiro piscar descompassado dos cílios. Era mais discreta que nunca e, no entanto, tudo o que fazia, tudo o que levava para cima ou para baixo, por mais privado que fosse, imediatamente se tornava muito óbvio. Eu precisava fingir o tempo todo que não tinha conhecimento da organização interna que mantinha a garota viva e, cada vez que abria a boca, ficava com medo de dar com a língua nos dentes.

Quem era ela? Como meus pais a conheceram? Eles pertenceriam a alguma organização clandestina? Há quanto tempo ela estava aqui? Anos? Teria ela passado de menina a mulher em nossa casa, trancada em um espaço tão pequeno e escuro? Seria possível aquilo? Ou será que a foto de seu passaporte tinha sido tirada muitos anos atrás? Fui dar uma olhada nele para verificar as datas, mas ele havia sumido; na verdade, toda a caixa de carreteis de linha não estava mais lá.

A partir daquele momento, o que quer que eu fizesse, livremente, não podia evitar comparar com o que ela devia estar fazendo, sentada no escuro, tateando as paredes. Eu me perguntava o que ela estaria pensando lá em cima e o que teria achado de mim. Teria medo de mim? Achava que eu a faria ser presa? Esperava me ver de novo? Disse algo a minha mãe? "Seu filho tentou me matar." "Tome cuidado, ele sabe."

Ao mesmo tempo, eu sabia que não havia ficado à altura dos padrões de Adolf Hitler, e um sentimento de culpa se instalou dentro de mim. Tentei me convencer de que não tinha me comportado tão mal: afinal, que danos ela poderia causar ao *Reich* enquanto estivesse encarcerada? Ameaçando ninguém, como um camundongo dentro da toca? E quem saberia que eu sabia? Além do mais, ela não era hóspede em nossa casa, era prisioneira.

Quando meu pai veio passar o fim de semana em casa, foi mais gentil comigo, o que me levou a questionar se ele sabia que eu sabia; talvez por isso tivesse mudado de atitude e decidido que eu não era tão mau como ele pensava. Eu não tinha como saber. Lancei indiretas para Pimmichen e falei sobre esqueletos no armário e sobre as pessoas nunca sabendo ao certo quantos moravam realmente debaixo de seu teto, mas ela não fazia ideia do que eu estava falando e achava que eu me referia a fantasmas, então me pediu para não embarcar em conversas malucas. Seu comportamento era a prova de sua inocência porque, à medida que as rações se tornaram menores, ela geralmente passava as sobras da minha mãe para o meu prato, ignorando os protestos dela. Minha mãe me olhava para ver se eu ia comer ou não, querendo descobrir se eu sabia ou não. Eu a encarava e comia.

Pouco a pouco, passei a ter a sensação de que Elsa se materializava em todos os cantos da casa. A mesa ficava dois andares abaixo dela e do lado oposto de seu esconderijo, mas, ainda assim, eu sentia sua presença. À noite, eu trocava de lugar com ela, eu encurralado em seu esconderijo sem ar, ela desfrutando a maciez do meu colchão.

Eu me forcei a esperar alguns dias antes de ir visitá-la de novo, mas, depois de uma semana, perdi a paciência. Não sei o que eu esperava, certamente respostas para minhas perguntas, mas mudei de ideia pelo menos duas vezes antes de subir. Do que eu tinha medo? De ser flagrado por meus pais? Pela Gestapo? Não era só isso.

Ela franziu a testa sob a luz do dia; acho que machucava seus olhos.

— Não sei mais quando é dia e quando é noite — disse ela, estremecendo e cobrindo o rosto com as mãos pequenas, cujas unhas estavam roídas até o sabugo. Então, ela abriu dois dedos para descortinar um olho, como minha irmã fazia quando brincava de esconde-esconde comigo.

Seus cabelos eram primitivos, grossos e pretos, e não eram penteados fazia algum tempo; e havia penugens pretas espalhadas nos lados do rosto e no pescoço. Seus olhos tinham um brilho primal tão escuro que eu precisava olhar com muita atenção para divisar as pupilas. Até seus cílios eram numerosos o suficiente para que ela fosse definida como cabeluda. Desviei a vista com nojo e vislumbrei a mim mesmo refletido no vidro de uma litografia emoldurada de Viena do século dezenove, com mulheres de vestidos longos e chapéus emplumados. Emoldurado, de certa forma, meu rosto parecia uma daquelas pinturas degeneradas que nos fizeram rolar de rir quando nosso professor as mostrou na escola. Metade aparecia como devia ser, mas a cicatriz puxava meus lábios do lado desfigurado, os esticando em um leve sorriso, como se a morte não quisesse que eu esquecesse jamais que ela havia pregado uma peça em mim. Em vez de me unir a ela, era ela que se unia a mim; estava viva e caminhava comigo, rindo de cada movimento meu.

Achei difícil olhar para a jovem depois que me vi refletido, mas ela me contemplou como se eu fosse só peculiar, e não apenas por causa do meu rosto. Quer dizer, do jeito que ela me olhava, eu nunca saberia que tinha sido ferido. Várias pessoas olhavam de um lado para o outro e tentavam escolher um lado para falar, mas eram atraídas pelo lado da cicatriz enquanto se esforçavam para ficar focadas no lado bom. Eu via toda esta confusão passar pelo rosto delas. Mas nada na minha face parecia fora do lugar para Elsa. Era um rosto inteiro diante de uma pessoa, e, então, para minha simultânea satisfação e insatisfação, lembrei que os judeus gostavam do tipo de arte feia que faziam.

Na minha cabeça, eu tentava adivinhar quantos anos ela tinha a mais do que eu — cinco, seis, pelo menos — antes de perguntar:

— Qual é o seu nome?

— Elsa Kor.

— Acho que você quis dizer "Elsa *Sarah* Kor."

Ela não respondeu e eu teria gostado de sentir uma raiva que não sentia. Olhei para baixo para ver no que ela estava mexendo: aparentemente era um quebra-cabeça de um campo de margaridas. Havia outras peças ao redor dela, bem como migalhas e tocos de vela.

— Há quanto tempo você está aqui na minha casa?

Ela fez uma expressão de quem não sabia, mordendo os lábios; lábios que não necessitavam desse expediente para atrair olhares: além de serem cheios, o superior descia em curva bem no meio, como o topo de um coração. Eu a observei enquanto ela pegava mais peças do quebra-cabeça e as examinava individualmente junto ao olho, como se estivesse testando monóculos. Da última vez, ela estava com uma camisola da minha mãe, mas nesse momento, apesar do calor, se cobrira com um xale adicional. Havia algo proibido nela, talvez fossem as Leis de Nuremberg, que tornavam ilegal aos arianos manter relações físicas com judeus.

Falei que ela podia sair. Ela apenas agradeceu e, então, começou a roer as unhas de novo. Ficamos em silêncio até eu sentir vontade de ir embora, mas sem saber exatamente como. Eu queria simplesmente trancá-la e sair, como tinha feito da última vez, só que não conseguia, e desejava que ela dissesse algo. Finalmente, Pimmichen tossiu e nós dois fingimos pular. Na minha pressa de fechar a placa de madeira, e na dela de me ajudar, ela perdeu uma peça do quebra-cabeça. Eu a peguei e virei e revirei, do papelão em branco, de forma estranhamente humana, ao fragmento amorfo de um campo. A visão limitada o tornava ainda mais vasto e desejado, muito como observar um jardim pelo buraco da fechadura de uma masmorra. E o coloquei no bolso.

Depois daquilo, por algum motivo, eu queria que ela me ouvisse tanto quanto possível. Voltava para casa esperando que minha voz soasse jovial e fosse ouvida lá em cima. "Pimmichen! Sou eu! Já voltei!" Antes de me recolher: "Pimmichen, boa noite! Estou indo para a cama!" "*Mutti*, onde você colocou meu mapa? Eu queria verificar uma coisa." Eu me deslocava pela casa pisando com força, arrastava a cadeira da minha escrivaninha e irradiava cada tosse e cada bocejo. Queria que ela tomasse consciência da minha presença como eu tomava da dela. A tal ponto que minha mãe me mandou não fazer tanto barulho, mas Pimmichen lembrou a ela que era o único jeito que havia de me escutar com seus ouvidos ruins.

Poucos dias depois, fui vê-la de novo, desta vez tamborilando com os dedos no tabique antes de abri-lo. Na verdade, eu sentia que estava invadindo sua privacidade, quando era ela a invasora em minha casa! Meu pretexto era que ela havia perdido uma peça do quebra-cabeça e eu agia como se simplesmente a tivesse achado no chão. Foi quando ela viu minha mão ou, eu deveria dizer, minha ausência de mão. A dor em seu rosto foi terrível e abalou meu coração. Foi como se ela tivesse tido uma visão de mau-agouro e, quando se recompôs, estendeu as mãos e a apertou, quero dizer, o local onde minha mão deveria estar. Embora eu soubesse muito bem que ela era inferior a mim e, por isso, eu não tivesse motivo para apreciar seu gesto, nenhuma mulher jamais havia feito uma coisa dessas comigo.

— Esse era meu maior medo quando tocava violino — sussurrou ela. — Perder a mão com a qual pressionava as cordas. Eu costumava comentar isso com Ute e a fazia rir.

Ao ouvir o nome de minha irmã fiquei perplexo. Uma vaga lembrança se fez presente... sim, algo no rosto dela me era familiar e ela sorriu diante das centelhas de reconhecimento. Sim, era ela. A menina que costumava vir sempre para estudar violino com Ute!

Baixei o olhar para a mão que ela estava e não estava segurando e fiquei tão comovido com o fato de ela — uma mulher, qualquer mulher — não considerar aquilo repugnante, que achei que iria chorar. Tinha de me afastar rápido antes que isso acontecesse.

Naquela noite, uma embriaguez tomou conta de mim. Minha vida, tão intolerável naqueles meses depois que fui ferido, com minutos e horas extremamente entediantes, tomara um rumo inesperado. Cada minuto era intenso e meu coração batia forte no peito quando eu tomava consciência de mim mesmo, antes até de abrir os olhos ao acordar. Iria ou não iria vê-la? Como faria aquilo? Era excitante, imaginativo e desafiador, e eu me sentia mais do que apenas vivo. O jogo havia virado. De repente, era eu quem sugeria que minha mãe saísse de casa para tomar um pouco de ar, que ela estava muito pálida. Ou que tal irmos visitar meu pai na fábrica? Comprar mantimentos? Quando minha mãe se aprontava com a cesta pendurada no braço, eu era subitamente tomado pelo cansaço e dizia a ela que teria de ir sem mim.

Se é verdade que eu havia tentado tirar a jovem da cabeça, àquela altura eu também tentava parar de pensar em Adolf Hitler. Sua constante censura a minhas falhas me cansava: minha incapacidade, falta de decoro, infidelidade; tudo isso me deixara fora do padrão Hitler de qualidade. Sempre que eu topava com uma foto dele em uma revista, meu estômago embrulhava e eu rapidamente virava a página.

*

Por mais de um ano, ela e eu vivemos juntos na mesma casa dessa maneira insana, tempo em que o perigo latente fazia a confiança ir e vir. Eu a visitava sempre que era possível sem que ninguém soubesse, e gradualmente uma afinidade estranha se desenvolveu entre nós. Perguntei a ela sobre minha irmã e lhe contei sobre Kippi, os acampamentos de sobrevivência e a maneira como fui ferido, mas tinha de ser cuidadoso com o que dizia. Estranhamente, era mais difícil, para mim, falar com ela do que, para ela, falar comigo, uma vez que se censurava menos. Eu dizia a mim mesmo, tendo ou não razão, que isso ocorria mais por causa da solidão dela do que por qualquer confiança real que tivesse em mim: eu era a única pessoa com idade próxima à dela com quem podia conversar. Às vezes, parecia feliz em me ver, mas isso eu também atribuí à sua vontade de escapar ao confinamento.

Ela me contou muito sobre seus pais, *Herr* e *Frau* Kor, que discutiam o modo correto de se servir de manteiga. *Frau* Kor cortava uma fatia fina do lado, enquanto *Herr* Kor a raspava na parte de cima. Tinham duas linhas de pensamento a respeito de tudo, desde como as meias deviam ser dobradas — uma sobre a outra horizontalmente ou embolada uma dentro da outra — até como fazer suas orações pontualmente em voz alta balançando o corpo para a frente e para trás, como agradava a Deus, ou espontaneamente para nós mesmos em qualquer momento do dia, uma vez que Deus não precisava de orelhas ou de hora marcada para ouvir. Também me contou sobre seus dois irmãos mais velhos, Samuel e Benjamin, que sonhavam em emigrar para a América para comprar e vender carros de segunda mão e, principalmente, me falou sobre seu noivo, Nathan.

Nathan era um prodígio da matemática e sabia falar quatro idiomas: alemão, inglês, francês e hebraico. Quem, argumentei, consideraria hebraico uma língua? Mesmo que você não o leve em conta, são ainda três línguas fluentemente escritas, lidas e faladas, o que é mais do que a maioria das pessoas consegue fazer, você precisa concordar. Não concordei. Eu queria discutir que um judeu não deveria ter permissão para falar a língua alemã, mas não podia insultá-lo sem insultá-la, o que acabava ocorrendo em várias ocasiões.

Nathan não praticava nenhum esporte e passava a maior parte do tempo estudando história, filosofia e teoria matemática. Eu não conseguia entender o entusiasmo dela por um cara tão entediante. Ela era capaz de falar dele por horas e horas, durante as quais seus olhos escuros se iluminavam, seu peito se expandia e sua expressão facial se suavizava. Ela jogava os cabelos para os lados enquanto permanecia sentada com as pernas curtas de menina dobradas para um lado, depois para o outro, os pés encurvados descalços no tapete, dando a impressão de estar usando sapatilhas de cristal invisíveis e pequenas demais. Quando eu lhe fazia uma simples pergunta sobre o que ele achava disso, ou fazia em relação àquilo, principalmente para manifestar minha própria superioridade, lá ia ela falando sem parar. Às vezes, fechava os olhos e inclinava a cabeça para o lado como se imaginasse que ganharia um beijo dele antes que os abrisse de novo. Eu acabava me irritando toda vez que ela invocava o nome dele, em parte porque havia um ariano superior bem diante dos olhos dela, mas sua atenção estava completamente voltada para Nathan! Não que eu a desejasse, ou sentisse ciúme.

Um dia (*muito depois* de ter aprendido que a cor favorita dele era o azul, porque era o raio mais curto do espectro luminoso e o mais curvo, por isso penetrava mais fundo no céu e no mar, e era por esse motivo que o mar e o céu eram azuis; que a palavra favorita dele era serendipidade — ele gostava de repeti-la sem qualquer motivo nos ouvidos dela; que ela soube que tinham sido feitos um para o outro desde o primeiro encontro porque ele tinha nas mãos o *Tractatus Philosophicus* de Ludwig Wittgensqualquercoisa, e ela também, embora essa tenha sido uma coincidência boba, porque os dois estavam na seção de filosofia da mesma biblioteca pública, onde as únicas pessoas no mundo que tinham ouvido falar nesse escritor pertenciam ao bando de vienenses enfadonhos que vagabundeavam por ali toda tarde!; e que os pés dele eram gregos, porque o segundo dedo era mais comprido que o primeiro, mas suas afinidades gregas acabavam por aí), reuni coragem para perguntar se ela tinha um retrato dele.

Foi estranho. Eu me senti traído porque ela tinha um retrato dele, bem ali na minha casa, escondido naquele espaço secreto! Eu disse a mim mesmo que minha raiva se devia apenas ao fato de que me foi imposto, de certo modo, um segundo hóspede judeu indesejado. Ela me mostrou orgulhosamente seu namorado judeu: cara de camundongo louro-escuro com horrorosos óculos tartaruga. Se eles ampliavam letrinhas pequenas, certamente ampliavam também seus globos oculares — pareciam duas bolas de bilhar! Como podiam dois olhos humanos ser tão protuberantes e, no entanto, tão vazios? Ele era mais feio que eu. Os judeus *gostavam* de coisas feias: gostavam, sim, gostavam, sim! Queria dizer a ela que não trocaria meu rosto pelo dele por nada neste mundo. Fiquei zangado com ela também, por enxergar maravilhas em um tampinha tão miserável.

— Ele não é uma graça? Não é? — insistia ela. — Quando a guerra acabar, vamos nos casar. Esse homem culto e gentil será meu marido.

Eu a observava acariciar carinhosamente o contorno da cabeça com cérebro de ervilha dele. Eu não queria, nem torcia, para que a guerra acabasse, mas minhas razões ainda não eram claras para mim. Não seria esse o caso por muito tempo mais.

Se Elsa tinha virado uma figura muito presente na minha vida, o mesmo acontecia com Nathan. Juntava-se a mim para refeições à mesa, se estendendo em uma rebuscada teoria enquanto ela pestanejava para ele, e não para mim. Ele estava enfiado naquele minúsculo espaço com ela, abraçando-a; dava para sentir. Eu queria arrancá-lo de lá pelos pés e jogá-lo pela janela de uma vez por todas! Nossa casa inteira era seu playground, eles subiam e desciam correndo as escadas de mãos dadas e davam risinhos ao tropeçar em nossos sofás e camas. Como seria doce aquele beijo, tão aguardado e por tanto tempo, após cada um dos sentidos dela ter se embotado naquela clausura. Imaginei os dedos magros dele tocando o rosto dela, puxando-o mais para perto até seus lábios se tocarem. Aquilo me enraiveceu. De vez em quando, eu imaginava aquele beijo sendo meu e sentia um frio na barriga, além de uma espécie de torpor no corpo. Estaria ficando doente? Estaria ela me contaminando? Eu estava me rebaixando, mas, de certo modo, não me importava. Quem ficaria sabendo?

Comecei a ler os jornais com outro olhar. Cada vitória trazia Elsa mais para perto de mim. Cada ataque inimigo somente a afastava de mim. A guerra perdeu qualquer outro significado. Ganhar significava *ganhá-la*. Perder significava *perdê-la*.

O beijo se tornou uma obsessão. Eu, que tinha passado por todo tipo de prova de coragem, que havia defendido o *Reich*, descobri que era covarde demais para levar a cabo este ato ínfimo. E ela nem era ariana! Fiquei furioso comigo mesmo por gastar tantas horas com ela, pensando em mais nada, e então me mostrar incapaz de fazer outra coisa a não ser ouvi-la falar, cativado por todo movimento dos seus lábios em forma de coração, assentindo com a cabeça o tempo todo. Era uma agonia, principalmente quando ela começava a falar dele: tudo o que parecera possível se tornava impossível como se por magia negra. Cada despedida me deixava com uma profunda sensação de fracasso.

Jurei a mim mesmo, por minha honra, que, na próxima vez que a visse, eu simplesmente a beijaria, ponto final. Ensaiei o beijo mil vezes na minha cabeça. O fato de que eu estava na minha casa me fazia sentir que ela era mais propriedade minha do que dele. Então, a hora chegou. Ela havia parado de falar e houve um breve silêncio. Eu não tinha me movimentado ainda, mas estava para fazê-lo — já tinha tomado a iniciativa na minha cabeça e estava me concentrando ao máximo — quando ela olhou para mim, para a ridícula expressão que eu devia estar exibindo no rosto, e explodiu numa risada.

Embora eu costumasse gostar do modo como ela fechava um olho mais que o outro quando ria, como se piscasse para mim, aquilo de repente me irritava muito. Seus lábios também me irritavam, tão esticados que sua risada parecia um choro, de tanto que gargalhava.

— Você ainda se lembra daquela vez, Johannes, em que veio ao quarto da sua irmã para jogar pantufas em nós?

Sua risada se avolumou e se tornou melódica.

— Nunca vi tanta irritação em toda a minha vida! Você disse que era sua vez de tocar com ela. Quase quebrou o violino, não queria soltá-lo! — Ela continuou rindo e bagunçou meus cabelos.

Então, era assim que ela me via! Um garotinho sendo arrastado pela gola. Como me senti infeliz naquele momento. Ela ainda me via como o irmãozinho da Ute. Verdade, eu era mais novo que ela e seu querido Nathan, mas àquela altura estava com dezessete anos. Não só era homem feito, como também já tinha sido soldado; será que ela não se dava conta, um soldado? Eu era mais homem quando tinha onze anos, treinando e frequentando os acampamentos de sobrevivência, do que ele seria aos trinta, quarenta e até mesmo aos cem anos! Seu camundongo judeu não seria capaz de levantar um naco de queijo!

Depois daquela afronta, fui entregar fichas de recrutamento... e vagueei pela cidade, cometendo um erro após o outro. Eu devia ir à Sonnergasse, no décimo segundo distrito; em vez disso, fui à Sommergasse, no décimo nono. Fui à Nestroygasse no segundo distrito sem saber (ou verificar) se havia outra Nestroygasse em Viena; e havia, no décimo quarto. Fiquei o tempo todo pensando coisas ruins em relação à Elsa, a ponto de não reparar em nada mais ao meu redor. Ela é que deveria estar morrendo de vontade de atrair a minha atenção. Ainda que ferido, meus genes estavam intactos e eram superiores aos dele, e tudo o que ela fazia era falar sem parar naquele joão-ninguém, o que demonstrava que ela também era uma joana-ninguém, e eu deveria abrir os olhos e ver como era inferior o ser com quem eu vinha perdendo o meu tempo. Não nos ensinaram na escola tudo o que a gente precisava saber sobre os judeus? Por que eu a tratava como uma exceção? Por que não a denunciava? Seria a melhor maneira de me livrar dela. E já estava mais do que na hora, considerando há quanto tempo ela vinha rindo da minha cara — até onde eu podia me lembrar.

Uma mulher estava vendendo maçãs caras na rua e, ao passar por ela, vi a seus pés o que parecia um buquê de margaridas de jardim dentro de um balde, cujos dois centímetros de água eram provavelmente da última chuva que caíra; e me senti perdoando Elsa e desejando lhe dar as margaridas. Não havia preço visível, por isso busquei o olhar da mulher para perguntar, mas ela deu um passo atrás, sem fazer esforço algum para ocultar seu espanto ao me ver, como se eu tivesse cometido a indelicadeza de pegá-la desprevenida com um rosto como o meu. Minhas pernas não foram rápidas o suficiente para escapar do som do suspiro profundo da mulher.

Eu tinha uma última ficha para entregar e, embora soubesse que as chances de ver Elsa àquela hora do dia fossem praticamente nulas, corri para terminar meu trabalho. A melhor parte seria quando eu batesse na porta para que ela soubesse que eu estava de volta — eu a imaginava esperando o dia inteiro só para ouvir aquele barulho. A verdade é que eu queria fazer com que esperasse muito, mas de repente a separação me incomodava mais do que provavelmente a ela.

A caminho de Hietzing, cruzei com uma mulher em um pelourinho, o cartão de papelão pendurado em seu pescoço anunciando que ela tivera relações com um eslavo. Sua cabeça tinha sido raspada, por isso, de início a confundi com um homem. Um grupo de pessoas a insultava e um recém--chegado leu o cartão e cuspiu no rosto dela. O pequeno cartaz parecia estar enfiado no queixo dela, impedindo-a de baixar o rosto a fim de se esquivar, pelo menos psicologicamente, dos ataques verbais mais duros, sem falar na cusparada.

Eu me senti estranho ao caminhar livremente, minhas pernas ficando pesadas a cada passo e grudando no chão, até que acabei arrastando uma delas. Assim que me afastei daquela cena, tentei dialogar com o menino que eu havia sido e me desvencilhar do que quer que estivesse tomando conta de mim, mas a batalha já estava quase três quartos perdida.

Minha última ficha de recrutamento nunca foi entregue. Isso porque, antes de chegar a Penzing, trombei com um bando de alemães da minha idade vestindo roupas inglesas chiques e com cabelos não só cobrindo as orelhas, mas à altura do queixo, dançando música americana de metais nas ruas. Esses "Swingkids", como eles mesmos se chamavam, não estavam realmente *dançando*, pois a dança requer dignidade e autocontrole. Não, grupos de dois ou três deles rodavam em torno de uma única garota, nenhum deles cortês o suficiente para recuar e ceder a vez ao outro. Saltitavam como coelhos, batiam palmas e até esfregavam o traseiro uns nos outros! Um camarada com dois cigarros na boca, segurando uma garrafa de bebida, se arrastava de joelhos, a cabeça jogada para trás. Outros estavam com o corpo dobrado, o torso pendendo à frente enquanto remexiam os ombros. Não estavam doentes, não — tudo isso fazia parte de sua suposta dança!

Tive a sensação naquele momento de que perderíamos tudo. Na verdade, bastava olhar para a destruição ao meu redor para ter certeza disso. Pela primeira vez, eu sabia que íamos perder a guerra e, com ela, o moral, a disciplina, a beleza e o sentimento de perfeição humana pelo qual tínhamos lutado. O mundo estava mudando, eu podia sentir isso, e não na direção certa. Até eu mesmo. Aquela era a parte mais decepcionante de todas. Eu havia decepcionado Adolf Hitler, a quem reverenciava.

Não voltei para casa naquela noite, simplesmente não consegui. Tudo que fiz foi caminhar a esmo pela cidade, os bombardeios periféricos soando como fogos de artifício e despertando em mim uma certa nostalgia.

sete

Minha mãe estava me esperando com o rosto colado ao vidro da janela e, antes mesmo de eu chegar ao portão, ela correu para me dar um abraço carinhoso. O ano anterior tinha lhe cobrado um preço alto... mechas grisalhas invadiam seus cabelos castanhos; os lábios, rachados nos cantos, e as olheiras profundas emprestavam a ela uma aparência de derrota... Durante nosso abraço, apoiei o queixo na cabeça dela e olhei para o vapor condensado de sua respiração na vidraça, o não dito progressivamente se apagando.

Naquele exato instante, debati comigo mesmo se deveria contar a ela que sabia de Elsa. Elsa não achava uma boa ideia, pois receava que, se eu o fizesse, minha mãe ficaria preocupada com a minha segurança, e ela já andava ansiosa demais. Eu estava convencido de que se Elsa fosse encontrada, *Mutter* assumiria toda a responsabilidade; no entanto, eu temia que, se ela soubesse que eu sabia, acabaria tendo de levar Elsa para algum lugar longe dali. Por outro lado, abrir o jogo aliviaria as tensões e talvez eu pudesse vê-la mais vezes. Eu detestava quando dias inteiros se passavam sem que eu pudesse fazer mais do que arranhar a parede ao passar, ou enfiar pela fresta um bilhete, que mais parecia o rabisco de um menino de cinco anos, com uma de nossas velhas saudações — *Grüß Dich, Guten Tag, Hallo, Servus*. Ela tinha de esconder o papel e eu tinha de jogá-lo fora quando nos encontrávamos de novo, para que minha mãe o visse.

Cedo na manhã seguinte, saí da cama decidido a contar tudo para a minha mãe, mas um imprevisto me impediu, quando Pimmichen, me ouvindo passar, resmungou que não estava se sentindo bem. Acho que só queria que eu levasse seu café na cama como Pimbo fazia; e, quando entrei e abri as persianas, o brilho em seus olhos me mostrou que eu estava certo. O outono era pior que o inverno na nossa casa, porque ainda não havíamos colocado carvão no aquecedor, então havia um período em que fazia frio, mas não frio o suficiente para usarmos aquecimento. Teria de esfriar mais para que pudéssemos nos esquentar.

Foi quando vi "O5" pintado na casa do outro lado da rua e, de início, achei que havia sido escrito para que eu visse ao abrir as venezianas, o que era uma teoria ridícula, pois não era eu quem costumava abri-las. O quarto de Pimmichen ficava do mesmo lado do nicho de Elsa, por isso imaginei que alguém tivera a intenção de ameaçá-la e, consequentemente, a nossa casa. "O" era a inicial de "Oesterreich", Áustria, como se escrevia novecentos anos atrás, e "e", a letra seguinte, era a quinta do alfabeto, daí O5. Nos tempos modernos, o "O" e o "e" foram substituídos por "Ö", logo, "Österreich". Era o código da resistência austríaca, pintado em cartazes políticos e paredes administrativas por toda a cidade, e eu não conseguia tirar os olhos dele. Nossos vizinhos, *Herr* e *Frau* Bulgari, estavam em suas janelas também e nos entreolhamos desconfiados. Era evidente para mim que eles sabiam. Teriam visto Elsa aparecer à janela uma só vez? Estariam espionando minha mãe? Ou tinha a ver com meu pai e suas longas ausências? Estariam todos estes temores de certa forma entrelaçados? O que significava aquilo?

Minhas preocupações foram substituídas por receios ainda piores quando minha mãe foi dar uma olhada lá fora e voltou correndo depressa. Estava pintado em nossa casa também — era nisso que *Herr* e *Frau* Bulgari mantinham os olhos grudados. Minha mãe considerou aquilo mais uma acusação do que uma propaganda, pois não estava em nenhuma das outras casas. Sem perder tempo, fui ao porão pegar uma última lata de tinta amarelo *Schönbrunner*. Uma camada de pele teve de ser removida para se chegar à parte líquida; jogada sobre o jornal parecia o sol radiante de um desenho de criança. Por mais camadas que *Mutter* e eu nos revezássemos aplicando, o amarelo não conseguiu extinguir completamente um traço de preto, visível o bastante para quem olhasse com atenção.

Depois daquilo, minha mãe ficou uma pilha de nervos, e quando eu cometia o erro de entrar num cômodo sem me anunciar, ela girava nos calcanhares, levando a mão ao coração. Toda vez que o vento sacudia uma janela, ela dava um grito. "O que é isso?", "Quem está aí?" Alegava que ouvia pequenos ruídos quando pegava o telefone, ruídos que nada tinham a ver com a respiração bisbilhoteira das mulheres que compartilhavam nossa linha telefônica. Descia as escadas de manhã nunca acreditando que as coisas estivessem como as havia deixado. "O que aquela xícara está fazendo ali?" "É minha, *Mutter*, não lembra?" Arrumava compulsivamente cinzeiros até seu nervosismo me afetar, e cuidava menos das necessidades de Elsa, receando que estivesse sendo vigiada. Cuidava menos de si mesma também, ficava de roupão e pantufas o dia todo, e tirava longos cochilos. Elsa começou a viver no escuro durante dias sem fim, e sem trégua. Sua sorte era que eu passava por lá na parte da tarde para lhe oferecer uma palavra bondosa, água potável ou uma batata assada.

Os dias começaram a encurtar. Já estava escuro antes do fim da tarde e assim permanecia quando o relógio mostrava que a manhã já ia adiantada. Aquele outono me pareceu excepcionalmente frio; talvez fosse apenas porque estávamos comendo muito pouco. Havia dias em que nada mais tínhamos além de um caldo ralo, pão velho e um nabo murcho. Eu ia para a cama com as roupas do dia, o pijama embolado debaixo de mim, e só quando a temperatura ficava suportável é que eu fazia a troca.

Às três horas da madrugada, certo dia, um som de choro me acordou; dei um pulo da cama e encontrei Elsa de joelhos com a cabeça encostada na moldura da minha porta. Levei um segundo para entender exatamente em que posição ela estava porque seus cabelos cobriam o rosto como um véu; inicialmente, me pareceu que suas pernas iam para trás no sentido errado. Corri até ela; era a primeira vez que segurava uma mulher. Estava tão fria: eu apertei e esfreguei todas as partes dela que podia, ciente de cada osso. Ela cheirava a urina e sua boca tinha a acidez da fome, mas aquilo não me incomodava.

— Ela não vem mais, sua mãe, *Frau* Betzler. *Tsures!* Vou morrer! — gritou.

Fiz sinal para que ela viesse até a cama para se esquentar comigo, mas não funcionou. Ela ficou chupando o polegar sem responder, até que propus uma solução alternativa. Ela poderia se aquecer na minha cama sem mim — se fosse rápida, ainda a encontraria com o calor do meu corpo. Ela aceitou minha proposta e permitiu que eu esfregasse suas costas por cima das cobertas.

— Por favor, Johannes, traga alguma coisa para eu comer.

Achei o caminho da cozinha com a ajuda de uma vela, não dando a mínima se minha mãe ouviria ou não. Acendi o gás e embebi o pão que encontrei em uma sobra de caldo para amolecê-lo. Durou uma eternidade até que os primeiros vapores subissem e, enquanto isso, os roncos de Pimmichen me irritavam. Um homem adulto não conseguiria emitir tanto barulho pelo nariz em plena luz do dia mesmo que tentasse — eu sabia porque já havia tentado e não conseguira —, então, como é que ela conseguia fazer aquilo dormindo? Imediatamente, fiquei tão zangado com ela quanto com minha mãe.

A volta foi mais complicada, porque não dava para eu segurar a vela entre os dentes e debaixo do braço envolvia riscos. Acabou que tive de derreter a vela em uma bandeja larga o suficiente para conter a tigela também, e caminhar com tudo aquilo foi uma proeza de equilibrismo. Fiquei feliz que Elsa não estivesse olhando quando desajeitadamente coloquei a bandeja sobre a cama, de modo que a chama parecia nos envolver com seu brilho pálido.

Ela quase engasgou comendo o pão da palma da minha mão. Voltei para pegar um pouco de água e levei aos seus lábios, meu braço ruim fazendo o melhor que podia para sustentar a cabeça dela. Seu rosto estava grudento e molhado de comer e chorar. Seus olhos, iluminados com aquele brilho perceptível de inteligência, eram encaixados em um rosto incomumente pálido e magro, com olheiras sob eles, e montados acima de um nariz perfeitamente reto, dando a ela uma aparência majestosa que poderia, em outras circunstâncias, ter beirado a arrogância. Suas sobrancelhas eram o único detalhe assimétrico e davam a impressão de que cada olho sentia algo diferente do outro. Ela respirou de modo resignado, um olho contente, o outro preocupado, e eu a beijei antes que soubesse o que estava fazendo. De sua parte, ela nada fez para me beijar ou me rejeitar. O que era amor para mim devia ser apenas gratidão passiva para ela.

— Preciso voltar agora — resmungou e, lento demais para inventar um motivo para adiar sua partida, eu a segui obediente, me sentindo desajeitado. Com devoção, eu me ajoelhei e a cobri com meu edredom, que ela aceitou depois de muita insistência. Eu contaria a minha mãe como ela o havia conseguido no dia seguinte.

Eu me levantei às cinco da manhã, portanto, não haveria como ela chegar a Elsa antes de mim, principalmente porque eu não queria que ela reagisse mal diante de qualquer explicação que Elsa pudesse lhe dar. Esperei no sofá do corredor diante do quarto dos meus pais, que ficava à esquerda da escadaria, para que não pudesse perdê-la. Levantei-me para verificar a hora — apenas cinco minutos tinham se passado desde a última vez que olhei. Às sete horas eu já não aguentava mais de impaciência, mas, ainda assim, minha mãe não respondia às minhas batidas. Incapaz de resistir mais, ousadamente entrei no quarto.

— *Mutter*... — comecei a falar, mas parei de repente, pois sua cama estava feita e não havia sinal dela em parte alguma.

Aonde tinha ido? E quando? Tinha se juntado a meu pai? Fazia ele parte da resistência? Eu tinha um palpite de que não era a primeira vez que ela havia passado a noite fora de casa. De certa maneira, me sentia aliviado — não tinha encontrado as palavras certas para usar, mas, ao mesmo tempo, eu tinha a impressão de que estava encrencado de alguma forma. Minha avó não fazia ideia de onde minha mãe estaria, embora sugerisse "Talvez tenha ido comprar brioches no Le Villiers. Já está aberto, não?" Ela estava na época errada: Le Villiers, a delicatéssen francesa na Albertina Platz, não existia mais havia cinco anos.

Verifiquei os quartos no andar de baixo, caso minha mãe tivesse pegado no sono enquanto lia, e, quando estava prestes a destrancar a porta do quarto de Ute, ouvi meus pais chegando.

— Às vezes me pego esperando que nossa história com ela acabe de uma vez por todas — dizia minha mãe em voz baixa. — Eu me sinto má temendo por minha própria família. O amor aos meus está fazendo de mim uma pessoa má.

— Não diga isso — respondeu meu pai. — Você fez de tudo para salvá-la. Foi muito corajosa. Tenho muito orgulho de você.

— É um peso muito grande. Eu acordo esperando ver um fanático com uma arma apontada para mim! Estou mudando. Não mereço mais que sintam orgulho de mim.

— Você não terá de lidar com isso por muito mais tempo, Roswita, eu lhe prometo.

— Eles já deviam estar aqui a esta altura... Onde estão? Tudo o que fazem é nos bombardear! Civis! Pessoas que os estão ajudando!

Esperei que passassem e, então, contornei a biblioteca pelo outro lado, atravessando o *boudoir* e, esfregando os olhos, topei com eles.

— Ah, bom dia, *Mutter, Vater*.

— Bom dia, filho — respondeu meu pai.
— Ora, ora — disse minha mãe. — De pé tão cedo como eu.

Meu pai não saiu do lado dela e seria esquisito levantar a questão com ele ali, por isso frustrei a ambos e a mim mesmo com uma conversa trivial. Primeiro, eu os segui até o porão, depois à cozinha, e vi meu pai pegando uma bolsa de água quente debaixo da pia enquanto fingia uma dor no ombro. Depois, soube de Elsa que ele havia colocado caldo quente para ela na bolsa, lhe dando uma dupla função: fonte de calor e alimento.

Eu me demorei junto à escada, pronto para interceptar minha mãe sozinha, mas parece que meu pai já a tinha liberado dos cuidados com Elsa. Quando minha mãe reassumiu sua tarefa, não chegou a reparar no meu edredom ou, se o fez, deve ter achado que foi coisa do meu pai — assim eu esperava.

Naquele primeiro dia, meus pais se fecharam em seu quarto por um longo tempo. Meu pai foi o primeiro a emergir, agarrou Pimmichen pela cintura e começou a valsar, mas ela protestou, dizendo que não era certo dançar sem música.

— Como assim, *Mutter*, está realmente ficando surda? Não ouve a *Fledermaus Overture* de Johann Strauss? — perguntou meu pai com um ar incrédulo, fingindo que ele ouvia.

Ela ficou prestando a maior atenção com seu rosto castigado pelo tempo, até que se animou — sim, sim, também conseguia escutar. Então, minha mãe também fez uma tentativa, de roupão e pantufas, que a fizeram tropeçar a cada três passos. Mas logo desistiu por uma razão que, segundo meu pai, só uma mulher poderia inventar: ela não era capaz de dançar a valsa sem os cabelos presos num rabo de cavalo. Por isso, ele retirou o grampo que impedia os cabelos dela de caírem sobre seus olhos e os prendeu na parte de trás. Só precisou de alguns minutos para entender como funcionava, mas a improvisação foi respeitável. Mesmo que não tenha durado muito, nossa risada durou.

Ele voltou do jardim com um saco de cânhamo e um sorriso maroto. A refeição que preparou foi — como eu poderia definir? — original. Fez salada amarga de urtiga, castanhas assadas como prato principal e coletou cogumelos para darem mais sabor ao nosso caldo. Não era tão eficiente quanto a *Mutter* em lavar as sobras de terra e cortar as partes estragadas, mas não nos importamos. O jardim ficou esgotado depois de uma pilhagem, então ele deve ter ido ao mercado negro no dia seguinte porque ninguém acreditou na sua lorota — de que estava a caminho de casa quando por acaso topou com um filhote de porco-do-mato perdido no meio da rua... como se um caçador o tivesse ferido e ele tivesse escapado para poucos metros do nosso forno.

Ignorando a advertência de minha mãe de que não haveria carvão suficiente para atravessar o inverno, ele encheu bem a lareira. Seu comportamento era atípico, mas eu não ia objetar. Deslizamos nossas poltronas para perto da linda lareira, feita de azulejos verdes elaborados, observando, hipnotizados, o fogo aquecer o suficiente para que a portinhola inferior fosse fechada. Aquilo continha todo o mistério de uma peça trágica que ninguém conseguia entender, com atores inflamados proclamando seus corações em uma língua morta. Minha mãe se enroscava em meu pai e eu desejava que Elsa estivesse comigo... e sabia que eles pensavam nela também, porque minha mãe falou algo no ouvido do meu pai e ele se mostrou inquieto.

Embora não estivesse infeliz com eles, eu não via a hora de ficar sozinho. Tinha ímpetos inexplicáveis de rabiscar o nome de Elsa na parede perto da minha cama ou de arranhá-lo no meu braço. Eu reimaginava nosso beijo e ansiava por beijá-la mais ardorosamente, beijar seus ombros, seu pescoço e seus dedos de unhas roídas. O fato de meus pais não notarem meu ar sonhador só mostrava a que ponto estavam preocupados com seu próprio destino. Acho que, a partir daquele momento, minha mente nunca teve um segundo de descanso dela. Para outras pessoas, eu talvez parecesse o mesmo, mas, para mim, ela estava lá tanto quanto eu, se não mais. Era de se admirar que ninguém pudesse vê-la sentada no meu colo.

Certa noite de inverno, não havia lua alguma. Todas as venezianas estavam fechadas e as janelas sem venezianas tinham tapetes pregados nelas. Os pôsteres haviam duplicado em todos os bairros: "O inimigo vê sua luz. *Verdunkeln!* Escureçam tudo!" A luz tinha se transformado em inimigo, me fazendo ficar de joelhos e tatear meu caminho até ela. De certo modo, a escuridão era minha amiga ao esconder meu rosto e qualquer estranheza de meu corpo. Finalmente, eu poderia lhe confessar que a amava, pois não conseguia mais me conter. Se perdêssemos a guerra, poderíamos emigrar para a América, e eu me casaria com ela, não me importava em casar com uma judia; além do mais, ela não era como as outras de que eu ouvira falar, era realmente uma exceção. Além do mais, ela sempre poderia se converter ao catolicismo. Se meus pais a tinham protegido, o que teriam a dizer contra nossa união?

Meu coração batia forte quando parei no alto da escada e ensaiei de novo minhas palavras. Eu estava convencido de que ela se agarraria ao privilégio de ser minha mulher, a mulher de um ariano. Naturalmente, ela aceitaria. Se havia resistido a mim até aquele momento, era só porque eu não havia lhe oferecido nenhum compromisso; deve ter imaginado que eu estava brincando com ela, procurando apenas me divertir. Quando me senti pronto, apoiei o rosto em seu tapume e tamborilei com os dedos da nossa maneira especial.

— Sim? — perguntou ela, com um tom chateado.

— Sou eu, Johannes.

Tive de batucar de novo na madeira e demorou algum tempo até que ela abrisse. Enamorado, estendi o braço na sua direção com a força da juventude, mas, curiosamente, ela não fez nenhum esforço para sair. Tentei enfiar a cabeça para um beijo, mas ela me repeliu com um suspiro.

— Qual é o problema? — perguntei, achando que estivesse zangada comigo porque não viera procurá-la antes.

Eu estava em apuros porque sabia que, antes que eu compartilhasse meus planos, ela hesitaria, mas era difícil falar de tais questões antes que ela demonstrasse algum sinal de afeto por mim.

Sua voz parecia francamente incomodada quando desabafou:

— Não consigo mais viver nessa escuridão absurda. Tenho vontade de gritar, de arrancar os cabelos! Se fosse apenas por mim, eu não me importaria! Mas se eu morresse, o que mudaria? Para mim não há diferença entre acordar e dormir! É tudo preto, preto, preto!

— Shh... — falei, acariciando seus cabelos. — Quer que lhe dê minha lanterna... com a única pilha boa que tenho?

— E ainda precisa perguntar?

Não esperava que ela fosse falar comigo daquele jeito brusco, mas decidi que era só por causa do tremendo desconforto pelo qual estava passando. De certo modo, devo dizer que me senti lisonjeado, porque aquilo significava que nós tínhamos ultrapassado a barreira entre o coleguismo e a amizade. Ainda assim, demorei na busca da lanterna, pois queria que ela se arrependesse da forma como falou comigo. Deu certo. Quando voltei, ela estendeu o braço para sentir que era eu.

— Aqui está.

Para demonstrar como funcionava, coloquei minha mão em torno da sua, mantendo-a ali, mesmo depois de ter explicado sobre a lanterna, mas, com pequenas torções, ela se desvencilhou.

— Elsa — comecei, mas, de repente, tudo o que tencionava dizer parecia fora de lugar.

Ela me despachou, de qualquer maneira, apontando a lanterna para a minha cara. Quando estendi o braço às cegas para recuperar a lanterna, ela já a tinha escondido no seu nicho, que eu começava a odiar. Por mais que dependesse dos outros, havia algo de autônomo nela quando se agarrava ao seu canto.

— *Preto* — recomeçou ela — não é sequer uma cor. Nathan me explicou que o preto nada mais é que a ausência de todas as cores. Logo, eu estou vivendo na ausência da cor. Não consigo nem me ver, portanto devo supor que sou ausente. Eu não existo mais.

— Você existe para mim — falei, me inclinando para a frente. — Eu te amo.

Seus lábios se contorceram e eu me vi beijando seus dentes enquanto ela gritava tão alto que temi que meus pais fossem ouvir, então não tive escolha senão cobrir sua boca. Aqueles foram os últimos segundos de minha feliz ilusão. Achei que tinha sido o que eu falei que causou tanta emoção nela, o amor igualmente intenso que ela compartilhava comigo, mas, depois de um suspiro profundo que quase levou a palma da minha mão junto, ela pronunciou, estou quase certo, o nome dele.

Chocado, recolhi minha mão; ainda assim, ela continuou, entre os ofegos em busca de ar:

— Nathan, Nathan. Me ajude, me ajude, você é tudo que me mantém viva. Nathan.

Eu estava completamente despreparado para o choque da rejeição. Na verdade, era mais do que uma rejeição: era como se nós estivéssemos juntos e ela tivesse me traído com *ele*. Ouvir os aviões acima de nós foi um alívio e desejei naquele exato momento que ela fosse morta. Quando uma bomba explodiu perto da nossa casa, o impacto de certa forma me liberou e eu gritei da dor que ela causara dentro de mim. A sirene do ataque aéreo lançou seus uivos familiares; quando minha mãe me chamou no andar de baixo, eu desci as escadas sentado. Eu a ouvi derrubando coisas no meu quarto e batendo na minha cama no escuro.

Quando agarrei minha mãe pelas costas, ela não se importou de onde eu tinha vindo; o que contava era descer para o porão. Meu pai havia levantado Pimmichen nos braços, porque ela insistia que não queria morrer sem a dentadura — por favor, ele não podia ir buscá-la? Pimmichen havia descrito muitas vezes o tipo de funeral que queria ter. Devia ser enterrada com seu vestido de noiva, seu véu (estendido entre as duas colunas de cima da cama, até onde vai minha lembrança) cobrindo seu rosto, a cantata de Johann Sebastian Bach *"Adormeça agora, seus olhos tão cansados"* sendo entoada enquanto o caixão era levado. Tão bonita como no dia do seu casamento e, por favor, não devíamos esquecer sua dentadura! Meu pai regularmente brincava com ela: "Sim, caso você decida sorrir!"

Nossas roupas de dormir não ofereciam nenhuma proteção contra a umidade cortante do porão, e a lâmpada tremeluzente só tornava tudo mais melancólico. Minha mãe, meu pai e Pimmichen não tiveram tempo de colocar as pantufas e o piso não passava de terra fria. Olhei para baixo e esperei que ninguém se perguntasse como as pantufas tinham ido parar nos meus pés. Arranquei a película de tinta seca do jornal e a retorci nervosamente, tentando afastar a preocupação que me assolava, apesar do resíduo de raiva por Elsa, que estava excluída de um abrigo adequado.

As paredes tremiam a cada explosão. As estruturas de pedra eram nossa única proteção, mas sabíamos que podiam, de um instante para o outro, se tornar nossos carrascos. Pimmichen continuava:

— Meus dentes. Se algo acontecer, vocês vão ter de atravessar os escombros para buscá-los. Estavam bem na pia.

— Se o telhado for arrancado — disse minha mãe, virando-se para meu pai —, já imaginou o que vão poder ver lá de cima? Se a casa desmoronar e os vizinhos virem? — Ela enterrou o rosto nas mãos e choramingou. — Estaremos perdidos!

— Não se preocupe. — Meu pai a tranquilizou. — Se isto acontecer, estaremos todos mortos.

A casa foi sacudida de novo e eu vi a lâmpada oscilar na ponta da fiação, nossas sombras gigantes passeando para lá e para cá nas paredes.

— Podiam estar na minha cama. Vocês vão ter de verificar.

— E se alguns de nós morrermos, mas outros não? Ou se a maioria morrer e um só sobreviver? Apenas um? Já pensaram nisso?

Minha mãe apertava as mãos enquanto repassava na cabeça os vários cenários. Acredito que aquele que mais a perturbava era o da morte de nós quatro e Elsa ficar desprotegida. Mas o pior mesmo talvez fosse aquele em que eu sobrevivesse, com um corpo extra a ser explicado.

Meu pai a abraçava com força, a cabeça dela junto ao ombro dele, e dizia:

— Faremos o melhor que pudermos para morrermos *todos*, não é?

— Em que belo estado eu ficaria. Olhem para mim: pés descalços e sujos, desdentada, parecendo uma mendiga. Não me dariam um enterro decente...

— Se esta casa cair — observou meu pai —, a senhora humilhará Tutancâmon. Pode imaginar as toneladas de escombros que vão ter de escavar para resgatá-la? Talvez venha a ser famosa daqui a dois séculos.

A poeira levantada tinha sabor de areia entre nossos dentes.

— Não deboche. Um enterro é uma coisa séria, poderia significar a diferença entre o céu e o purgatório. Venho de uma família respeitável, você sabe.

— Sempre lhe disse, a senhora vai viver para enterrar todos nós. Somente personagens bíblicos vivem tanto tempo assim.

— Não se preocupe, sinto tanto frio, isso vai me matar com certeza. Notaram como eles bombardeiam mais quando esfria? Fazem isso de propósito. Se não nos pegam de um jeito, pegam do outro. Nosso país não contabiliza aqueles que morrem de gripe, vítimas da guerra como os demais. Mas não, nós que nos arrastamos lentamente com força e coragem não veremos nossos nomes gravados em placas de bronze. Não entalharão *nossos* nomes em nenhuma peça monumental de granito.

— Jesus teria muita dificuldade cruzando o mar revolto com alguém como vocês. Cada um é pior que um rombo no casco de um navio — disse meu pai, e mandou que déssemos as mãos, e Pimmichen enfiou meu braço esquerdo debaixo do dela.

— Quando eu era menino na escola — disse ele —, ainda lembro o que cantava com os colegas:

Cantai
Para o Reino por vir,
Cantai,
Até que Sua vontade seja feita.
Temei,
Siga e fuja.
Que a Fé
Volte para mim,
Justa
É poderosa Sua espada,
Cantai,
E louvai o Senhor."

Pimmichen se juntou ao coro, pois conhecia a letra, e, depois de alguns versos, minha mãe modestamente elevou sua voz conosco. Cantei, mas era como se outra pessoa cantasse por mim, pois eu estava em outra parte da casa, o medo da morte — minha, dela, de toda a minha família — tendo convertido minha raiva em uma violenta poção do amor. Era a primeira vez que eu fazia amor com Elsa na minha cabeça, mais intensamente do que a vida me teria permitido. Fui trazido de volta à realidade quando a lâmpada quebrou ao se chocar com o teto. Ficou escuro como a morte, mas continuamos cantando, como se nada tivesse acontecido... e eu enfiei o dedo na terra e escrevi "Elsa" até que a sujeira debaixo das minhas unhas machucou. Estou certo de que a inscrição permanece lá até hoje.

oito

O alerta de bombardeio cessou e, tirando termos congelado até os ossos, estávamos intactos. Meu pai insistiu que saíssemos à rua pela porta do porão, porque, se a casa tivesse sido atingida, algo poderia cair na nossa cabeça se voltássemos para dentro dela. Minha primeira impressão ao emergir foi de como o ar estava incrivelmente quente. Isso antes de eu ver a casa da *Frau* Veidler, duas casas depois da nossa e do outro lado da rua, tomada pelas chamas; e os Bulgari e um novo vizinho, o jovem Dr. Gregor, oferecendo palavras de consolo, mas sem obter muito efeito. Ao ver meus pais, *Frau* Veidler disse:

— Não me importo com a casa, mas, por favor, salvem meus passarinhos, salvem meus queridinhos!

Desde que enviuvara, ela havia comprado gaiolas cheias deles. Os vizinhos reclamavam do barulho e diziam que a casa fedia; certa vez o carteiro nos contou que não dava para entrar sem cobrir a boca com um lenço. Meu pai às vezes brincava conosco, dizendo que, já que não havia o suficiente para comer, será que nós não gostaríamos que ele fosse lá pegar um dos passarinhos fedorentos?

O telhado afundou, envergando suas vigas de madeira, um lado da estrutura cedeu e não havia nada que pudéssemos fazer nem salvar para *Frau* Veidler. Enquanto isso, as chamas me aqueciam, uma sensação que eu apreciava, me sentindo culpado por isso. Achei que Pimmichen sentia o mesmo e, sem disfarçar, esfregava as mãos, quando o olhar de reprimenda de minha mãe a fez remanejá-las em uma configuração desajeitada de prece.

De repente, um pássaro branco exótico, delicado como se feito de renda, voou da estrutura que queimava. Foi um espetáculo grotesco, sua cauda alongada e suas asas em chamas. Não sei se seus gritos nos acusavam de sermos maldosos ou nos amaldiçoavam como espécie, o que no fim teria dado no mesmo. *Frau* Veidler ergueu as mãos à cabeça e gritou com um tom de voz agudo: "Anita!" Depois de uma última e breve suspensão no ar, o pássaro caiu ao chão, onde as chamas seguiram seu curso.

Eu quis apagá-las com os pés, mas não conseguiria fazê-lo sem machucar o pássaro já em sofrimento. Sabia que deveria acabar com a sua agonia — lembrei do que tinha aprendido na Juventude Hitlerista —, mas fazer aquilo me dava nojo. Sua caixa torácica estufava e encolhia com notas sibilantes como um acordeão furado, até que finalmente *Frau* Veidler a asfixiou entre os seios. Então, ergueu o pássaro morto para o céu e gritou: "Aqueles animais mataram meu pássaro! Malditos assassinos! Meus passarinhos tão bonitos!"

Ninguém conseguia acalmá-la, nem mesmo meu pai, que também tentou.

Uma sensação de angústia se apossou de mim ao ver que nossa casa estava cada vez mais cercada de fumaça. Eu podia sentir claramente que algo estava errado. Teria Elsa deixado o esconderijo? Estaria perambulando pelas ruas? Sem dar uma palavra, voltei às pressas e verifiquei que o telhado e as janelas estavam intocados; no entanto, senti sua ausência e subi correndo as escadas, esperando algo vago, mas terrível.

Quando irrompi no quarto, fiquei surpreso ao ver que nada tinha mudado, mas havia um curioso detalhe que a teria entregado, fosse eu outra pessoa. Mechas de seus cabelos saíam pela fresta inferior do tapume fechado, de um modo que teria atraído a atenção de qualquer um. Com um misto de emoções, eu me curvei e enrolei o cacho fino e escuro em meu dedo... Depois que entendi que ela estava bem, meu ressentimento voltou com força total e eu puxei para fora aquela mecha de seus cabelos. Se precisava de consolo, que fosse Nathan a cuidar dela.

Jurei não falar com Elsa nunca mais, mas, a odiando, eu já sentia falta dela, e era uma cruel ironia que o único ser humano que poderia me consolar era aquele que me fazia sofrer. Não, eu decidi que deveria puni-la para que nunca mais me maltratasse. Meu comportamento era sem dúvida infantil, fruto do impulso, e não da reflexão. Havia uma garrafinha de chá que ia ser levada para ela e, antes que me desse conta, eu tinha tirado a tampa e colocado sal lá dentro.

Longe de estar satisfeito, eu me ofereci para limpar a cozinha e, ao fazê-lo, coloquei sabão nas sobras de comida que, eu sabia, eram destinadas a ela.

Mas o feitiço virou sobre o feiticeiro, pois as sobras foram servidas de volta a nós e tive de comê-las sem demonstrar que havia algo errado. Pimmichen, para meu alívio, não reparou, ao contrário de minha mãe, que comeu um pouco, fez uma careta e olhou de soslaio para meu braço. Comentou que sabia que com tão pouca água não era fácil, mas que eu deveria ter tirado melhor o sabão dos pratos.

A camisola que Elsa usava tinha sido lavada e dobrada, junto com uma toalha. Cortei um pouco dos meus cabelos, os picotei e os espalhei no interior do tecido, dobrando tudo de novo do jeito que estava. Esperava que aquilo a fizesse sentir coceiras terríveis. As coisas ficaram quites, pois eu apertava sua mecha de cabelos junto a meu corpo enquanto dormia.

No dia seguinte, meus pais saíram cedo para a fábrica e eu caminhei de um lado para o outro no quarto de Elsa, pisando forte com minhas botas. Ela não ousou dizer meu nome, nem uma só vez, observei amargamente. A única coisa com que se preocupava era salvar a própria pele. Esperava que a pilha da lanterna que lhe dei enfraquecesse e apagasse, mas esse detalhe em particular foi resolvido depois da volta dos meus pais, de um modo que eu não poderia ter antecipado, quando dois homens à paisana apareceram à nossa porta.

Perguntaram se podiam conversar conosco — tinham apenas poucas perguntas que os ajudariam a proteger a vizinhança. Nossa casa, por exemplo, fora atingida? Sofreu algum dano? Podiam dar uma olhada ao redor do jardim? Meus pais não fizeram nenhuma objeção e, assim, eles caminharam em volta da casa, comentando sobre as espécies de árvores que possuíamos, perguntando a idade delas, se tínhamos sido nós que as havíamos plantado. Olharam várias vezes para a janela do sótão do quarto de hóspedes, enquanto minha mãe lhes oferecia mais informações sobre o chorão, a árvore complicada que era, seus galhos como chicotes e suas folhas caindo o ano inteiro, sua seiva ácida, também, que impedia a grama de crescer à sua sombra...

Esperaram educadamente que ela terminasse e, então, perguntaram:

— De quem é aquela janela lá em cima?

— De ninguém. Ou, eu deveria dizer, de todos nós. É um quarto de hóspedes, sabe, mas não temos tido hóspedes há séculos — explicou minha mãe.

— Não?

Meu pai aparteou.

— Não. Ninguém.

— Vocês estavam no porão durante o bombardeio?

— Sim, todos nós.

— Quantos são ao todo?

— Minha mulher, minha mãe, meu filho e eu mesmo.

— Quatro?

— Sim, quatro.

— Não esqueceram ninguém no andar de cima?

— Não.

— Então, algum de vocês deve ter deixado uma luz acesa.

— Não havia nenhuma luz acesa. Nossa casa estava às escuras — replicou minha mãe.

— Uma luz acesa foi vista naquela janela durante todo o bombardeio.

Minha mãe não conseguia ocultar seu medo.

— É mentira. Quem disse isso?

— Nós mesmos a vimos, madame.

— Isso não é possível.

— Eu estava lá antes do bombardeio. Desculpe, *Mutter* — falei. — Não conseguia dormir. Estava tentando ler com a ajuda de uma lanterna. Não lembro se a apaguei quando os bombardeiros chegaram. Foi uma estupidez minha, eu já devia estar acostumado com eles a essa altura.

Os homens olharam atentamente para mim.

— Como se chama?

— Johannes.

— *Hitlerjugend?*

— Sim, senhor.

— Você deve tomar cuidado. Sabe que aquilo poderia ser interpretado como um sinal?

— Quem ajudaria o inimigo a bombardear a própria casa? — interrompeu meu pai.

— Sua casa foi bombardeada?

— Não.

— Sua vizinha não teve tanta sorte. Ao que sabemos, a luz na sua janela era o alvo deles.

Meu pai interrompeu o silêncio perguntando se sua mulher podia preparar um café para eles. Não fizeram objeção. Uma vez dentro da casa, mostraram interesse pelas várias pinturas e peças de mobiliário, comentando como a casa era bonita, e, então, perguntaram se poderiam dar uma olhada. Quando abriram a porta do quarto de Pimmichen, encontraram-na recostada na cama com seu rosário de cristal rosado, olhando para o espaço com a boca semiaberta. Seus cabelos estavam repuxados para trás em um coque apertado, o que tornava seu nariz ainda mais protuberante. A esta altura, eles se viraram para meu pai e perguntaram:

— Seu pai?

Ele pigarreou para alertá-la antes de esclarecer educadamente com um gesto do braço.

— Minha mãe.

Nem se minha mãe tivesse colocado uma quantidade excessiva de creme nas mãos, ela as teria esfregado tanto uma na outra quanto naquele momento. Meu pai a conduziu à cozinha, enquanto eu seguia os dois homens escada acima, onde prestaram menos atenção nas mobílias do que no teto, no assoalho e nas paredes. Um deles passou os dedos no tapete persa do corredor, se referindo à sua qualidade, mas era apenas um pretexto para olhar debaixo dele. Fizeram o mesmo com nossas camas. Quando subimos ao último andar, não ousei falar, temendo que minha voz entregasse meu nervosismo. Tudo em que eu conseguia pensar era se alguns fios dos cabelos dela ainda estariam na fresta. Seria o fim de todos nós. Perguntava a mim mesmo, se eles a encontrassem, conseguiria eu fingir surpresa? E se nossos olhares se cruzassem? Era um pensamento horrível porque eu a amava e seus olhos me eram mais familiares do que meus próprios e, no entanto, para sobreviver eu teria de negar saber da sua existência. Imaginei o olhar em seu rosto enquanto eu a estivesse tratando como uma completa e indesejada estranha. Muitos podem me julgar por este gesto, mas, quando a morte bate à sua porta, nem todos agem da forma lisonjeira típica dos tempos de paz.

Eles examinaram uma parede antes de se dirigir à seguinte, percorrendo-as com os olhos de cima a baixo até que pareceram mais ou menos satisfeitos; então, abriram a janela e espiaram através dela. Uma visita detalhada ao sótão se seguiu e outra, breve, ao escritório do meu pai, depois do que um dos homens pareceu farejar algo e então ergueu um dedo no ar para anunciar:

— O café está pronto.

Achei que a provação tivesse terminado quando, bebericando seu café, um dos homens perguntou se eu não me importaria de lhes mostrar a lanterna que eu tinha usado.

— Vamos, mostre para eles — mandou minha mãe.

Eu me levantei e eles se levantaram também, o que me deu um acesso de pânico, principalmente quando me seguiram até o meu quarto, impossibilitando que eu fosse buscar a lanterna com Elsa. Por sorte, ainda tinha a lanterna que Stefan e Andreas me deram nos meus doze anos. Um dos homens espanou a poeira e tentou ligar a lanterna algumas vezes, mas a pilha tinha acabado muito tempo atrás. Eu me vi olhando para ela com cara de bobo.

— Tem certeza de que foi esta?
— Sim, senhor.
— Não tem outra?
— Não, senhor.
— Mas não funciona.
— Devo ter deixado acesa muito tempo.
— Só uma noite?
— Já a tinha usado bastante, antes.

O homem passou a lanterna ao colega, que retirou a pilha e encostou a ponta da língua nela.

— Sem carga — concluiu e a enfiou no bolso.

Ficaram, então, com pressa de partir e nem se deram ao trabalho de terminar o café.

Do lado de fora, o mais alto disse a meus pais:

— Vocês têm um filho excelente; podem se orgulhar dele.

— Sim, com certeza nos orgulhamos — replicaram, sorrindo tensamente enquanto, um de cada lado, me enlaçavam pela cintura em uma pose de família exemplar.

*

Minha mãe ficou furiosa comigo e, querendo me ver pelas costas, me mandou para a casa do Dr. Gregor, onde *Frau* Veidler estava hospedada.

Eu deveria levar uma mala contendo toalhas, roupas de cama e agasalhos e perguntar se havia algo que pudéssemos fazer. Dr. Gregor ficou feliz ao me deixar entrar, em parte, acho, porque ao ceder um ouvido a *Frau* Veidler, o dele poderia descansar. Ela me alugava durante horas e era torturante fingir que eu estava interessado no que ela dizia: quais pássaros tinham afinidades com quais, quais ela costumava colocar juntos na mesma gaiola, quanto alpiste cada espécie consumia por dia, quais deles tomavam banho na água do bebedouro, quais se ressentiam disso e não tocavam na água se houvesse penas ou cocô nela, ainda que estivessem morrendo de sede. Eu sabia que as patas deles podiam apodrecer? Às vezes, eles as cortavam com o bico, assim como nós cortamos as unhas. Bravamente, declarou que agora estava livre para ir aonde quisesse e, quando a guerra acabasse, de fato iria. É verdade que *Frau* Veidler não tinha uma casa para chamar de abrigo, mas, vendo as coisas pelo lado bom, também não tinha mais uma casa que pudesse chamar de prisão e que a mantivesse trancada. Estava livre como o vento pela primeira vez em quarenta anos. Notando que estava prestes a chorar, me apressei em lhe fazer uma pergunta sobre bicos de aves.

 Voltando para casa, não havia ninguém à vista, nem Pimmichen. E ali, sobre minha cama, estava a lanterna que eu dera a Elsa. Teria Elsa conseguido colocá-la ali? Seria um sinal de rejeição? Ou meus pais a teriam descoberto? O que Elsa teria dito? Finalmente, tinha o pretexto de que precisava para ir vê-la. Não tanto um pretexto para encontrá-la, como uma quebra da promessa que fizera a mim mesmo de não a ver mais. Mas, antes que eu desse um passo em sua direção, alguém atacou a aldraba da porta, enquanto gritava em um tom cada vez mais agudo: "*Frau* Betzler? *Frau* Betzler?"

 Achei que tais gritos só poderiam vir de *Frau* Veidler, por isso optei por me afastar na ponta dos pés, mas não fui muito longe. Uma figura alta invadiu a casa, com um vestido longo que parecia feito de um cobertor axadrezado escocês. Os cabelos grisalhos eram compridos demais para sua idade, bem como desgrenhados e ensebados, embora sua aparência não fosse tão de bruxa quanto poderia ser, considerando a verruga no queixo que, vista mais de perto, poderia não passar de uma mera cicatriz.

— Preciso ver sua mãe, meu jovem. Imediatamente.

— Ela não está em casa.

— Quando vai voltar?

— Ela não disse.

Ela girava um pedaço de barbante de embrulho ao redor dos dedos, cujas pontas estavam enegrecidas pelo que imaginei ser graxa de automóvel, enquanto os berloques de seu bracelete retiniam.

— É a respeito de um assunto urgente. Vou partir às sete da noite e não volto mais. Preciso vê-la antes disso. Questão de vida ou morte. Diga a ela! Apenas isso! Ela sabe meu endereço.

— Ela precisa saber seu nome, madame...

— Vai saber quem eu sou.

— Desculpe. Meus pais conhecem muita gente.

— Ela vai saber de quem você está falando. Tome aqui...

Estava em vias de me dar um de seus berloques de ouro, que tilintavam, selecionando primeiro uma cruz, que deixou de lado ao escolher uma abelha, antes de mudar de ideia, preferindo fazer um nó de marinheiro com o barbante. Assim que ela partiu, coloquei o nó sujo de graxa em um vaso, me perguntando com que tipo de gente minha mãe se associava.

A lanterna servindo de desculpa, não recorri a qualquer de meus velhos protocolos antes de abrir o tapume de Elsa, com a intenção de impressioná-la com minhas novas atitudes másculas. Não pude acreditar no que meus olhos viam... ela não estava lá... havia sumido do pequeno espaço, como se nunca tivesse existido... Meus pais me enganaram; foi por isso que minha mãe quis que eu fosse ver *Frau* Veidler: para que eles pudessem transferir Elsa para outra casa.

As horas que se seguiram foram cruéis e eu nada podia fazer a não ser vaguear pela casa como se fosse estranha para mim, ou eu para ela. Até respirar se tornou um desafio; e quando minha mãe voltou para casa, meu pesar era grande demais para que eu conseguisse dissimular. Ela deu um passo atrás quando me viu, mas não me perguntou o que havia de errado. Eu a encarei, esperando que dissesse algo, qualquer coisa... mas ela nada falou; simplesmente ficou me olhando, apreensiva.

— Onde está o papai? — perguntei.

— Na fábrica.

— Onde está Pimmichen?

— Tive de levá-la para o hospital. Estava cuspindo sangue.

— Que hospital?

— Wilhelminenspital.
— E onde estava a senhora, *Mutter*?
— Estamos fazendo muitas perguntas hoje.
Eu queria gritar: "Onde está Elsa?"
— Como vai *Frau* Veidler? — perguntou ela.
— Muito triste por causa dos pássaros.
Ela espiou pela janela e suspirou.
— Dá para entender. Um dia estão aqui; no dia seguinte, não mais.
— Ela não consegue pensar em outra coisa — falei.
— Quando se está acostumado à companhia deles, quando não se tem mais ninguém...
— Eu sei exatamente como ela se sente.
— Sabe?
— Estou sentindo a mesma coisa.
— Em relação a Pimmichen?
— Não exatamente.
— *Vater*?
Não respondi e minha mãe coçou a sobrancelha.
— E então, *Mutti*?
— Não faço ideia. Por que não me ajuda?
Dei de ombros.
— Maior do que uma cesta de pão? — tentou ela.
— Me diga a senhora.
— Não sei do que está falando.
— Tenho certeza de que sabe.
— Algo que perdeu? Quer dizer sua lanterna? Eu a coloquei de volta na sua cama.
— Onde a encontrou? — perguntei.
Parecia sinceramente intrigada.
— Achei no pé da escada. Pensei que você a tivesse colocado lá.
Ela não sabia ainda do desaparecimento de Elsa? Me contive e respondi:
— Sim, devo ter botado a lanterna lá.
Por que eu não aproveitara a saída deles para revistar a casa? Minha falta de imaginação embrulhava meu estômago, parado ali, cheio de rodeios com ela; mas se não era franco com minha mãe, ela também não o era comigo.

A certa altura, minha voz falseou e ela correu à frente para me pegar em seus braços. Mexendo-me tão pouco quanto podia, enxugava as lágrimas rapidamente para que ela não notasse.

Ouvir o telefone tocar me trouxe alívio, pelo menos a ocuparia por algum tempo enquanto eu recuperava minha compostura, mas ela só me apertou ainda mais forte para mostrar que eu, somente eu, era sua prioridade. Agarrei-me a ela também, para protegê-la de quem ligava que, pela minha intuição, era a mulher estranha que havia nos visitado antes e que tinha me parecido uma encrenqueira. O telefone continuou tocando sem parar até que minha mãe se desvencilhou de mim e pegou o receptor, tamborilando com os dedos na maçã do rosto enquanto escutava. Imobilizada por seus pensamentos, ela recolocou o receptor no gancho sem o largar.

— Se for importante, vão ligar de novo... — disse em voz baixa.

Tentei retomar nossa conversa, mas era tarde demais e ela não queria mais flertar com o segredo... Por mais que eu fizesse referências a ele, ela se recusava a morder a isca. Observei minha mãe se movimentar pela casa como se não houvesse nada de errado, e minha vontade era agarrá-la, girá-la de frente para mim e obrigá-la a contar o que tinha feito com Elsa. Ela deve ter sentido isso, porque, ao se virar, viu que eu a encarava; e isso a fez esboçar aquele seu sorrisinho angelical de mártir.

Revistei a casa toda, de cima a baixo. Era uma provocação e ela sabia, no entanto, se recusava a reagir. Quando eu exagerei nos movimentos bruscos, empurrando móveis por toda parte e batendo portas, ela suspirou:

— Ah, os ratos devem estar voltando...

Continuei minha busca pela vizinhança, olhando para cima em cada árvore, esperando ver as pernas de Elsa pendendo de um galho alto. Cheguei até a caminhar por entre as ruínas da casa de *Frau* Veidler, sabendo que Elsa não poderia ter buscado refúgio lá, mas isso demonstra como eu estava ficando desesperado. Minúsculos esqueletos de aves se espalhavam pelas cinzas, cada um deles dando a impressão de que estava fugindo a nado, usando uma braçada diferente, quando foi paralisado em um átimo por alguma magia lançada sobre ele.

Fiquei a postos por duas noites inteiras, de olho no buraco da minha fechadura, e nada de a minha mãe subir ou descer a escada; ela permaneceu em seu quarto a maior parte do tempo. Antes de ir para a cama, separou meias, verificou contas e se sentou encolhida em uma poltrona para folhear um livro de culinária italiana. Eu podia sentir que ela estava aliviada por ter menos responsabilidade. Uma ou duas vezes eu a peguei enchendo uma garrafinha com água, mas a levou ao seu próprio quarto ao se recolher. Só tinha a si mesma para cuidar agora; não precisava se preocupar com mais ninguém.

No terceiro dia, ela estava indo de um lado para outro, ignorando os objetos que havia reorganizado repetidas vezes em seu estado ansioso anterior, e, de repente, eu não consegui mais suportar aquilo. Também não aguentava mais sua aparência afetada, os vestidos bem passados, os cabelos arrumados, as unhas bem lixadas — quanto tempo ela tinha passado a dedicar aos cuidados pessoais de repente! Sua atitude não demonstrava qualquer remorso, e foi isso que, no fim, mais me incomodou.

— Onde está ela? Me diga, onde é que ela está? — indaguei, o lado ruim do meu rosto se contraindo. Minha mãe olhou para mim alarmada, mas nada respondeu. — Me diga! Onde está ela? A senhora sabe!

— Quem?

— Não minta para mim!

— Não estou mentindo.

— Me diga!

— Não sei do que você está falando.

Cheguei mais perto e, com o movimento, derrubei alguns objetos de decoração.

— O que há de errado com você?

Entre os cacos espalhados pelo chão havia um fragmento intacto do gargalo de um vaso, do qual caiu o nó de marinheiro que a mulher estranha tinha feito. Do jeito como minha mãe se abaixou para pegá-lo, vi que significava algo para ela.

— O que é isto?

— Um nó.

— Como foi parar no vaso?

— Uma maluca apareceu por aqui. Não quis dizer o nome. Essa é uma nova modalidade de cartão de visita?

— Quando foi isso? — perguntou, o nó tremendo em suas mãos.

— Desculpe, esqueci de avisar. Dois dias atrás. Ou três?

— Ela disse o que queria? Algum recado em particular?

— Só que queria conversar. Estava indo embora, então era naquele dia ou nunca mais.

Minha mãe colocou as mãos na mesa para se apoiar. Achando que ela estava tentando me enrolar, perdi a paciência.

— *Mutter*? Por favor. Me diga agora! Preciso saber!

— Saber o quê?

— A senhora está me matando!

— Fale baixo.

— Tem medo de que ela me ouça? — perguntei.

— Quem? Quem poderia ouvir você? *Frau* Veidler?

— Não me refiro à *Frau* Veidler!

— Quem então? — perguntou.

— Elsa.

— Elsa?

— Elsa Kor!

— Nunca ouvi falar dela. Quem é?

— Elsa *Sarah* Kor! — repliquei, abraçando minhas costelas para impedir uma tremedeira.

Minha mãe olhou para mim por um longo tempo e, então, disse:

— Não, esse nome não me diz nada.

— A amiga da Ute que vocês abrigaram. A senhora cuidou dela, durante anos, atrás daquela parede lá em cima. Deu comida para ela, cuidando para que ela se mantivesse limpa. Vi com meus próprios olhos.

— Aquele closet que *Vater* fez para nossas velhas cartas? Você deve estar imaginando coisas.

— Elsa! Ela tocava violino com Ute. O passaporte dela estava na sua lata de costura. Bombons Danube Dandy? Não lembra?

— Seu acidente deve tê-lo traumatizado. Vá lá ver, só tem cartas lá em cima. Não tenho lata de costura. Nenhum bombom.

— Ela ocupou o lugar da Ute para a senhora, não foi? No seu coração? Não cuidou como devia das injeções de Ute, então queria se redimir, sua consciência culpada. Mas, agora, sua máscara de anjo caiu.

Depois de um silêncio, a voz de minha mãe soou fria.

— O que você quer com ela?

— Preciso falar com ela.

— Não.
— Eu preciso!
— Esqueça.
— Onde ela está?
— Ela não é para você.
— A senhora não tem como saber.
— Ela não é para você e você não é para ela. Você é jovem demais para ela, Johannes, além de tudo mais. Por favor, tire Elsa da sua cabeça.
— Preciso saber onde ela está.
— Não está mais aqui. Para o seu bem, esqueça que ela esteve aqui um dia.
— Onde ela está?
— Não sei.
— Quem sabe?
— Nenhum de nós sabe.
— Vocês a mandaram embora.
— Não, ela se foi por vontade própria. Fui ao esconderijo e estava vazio. Fiquei tão chocada quanto você está. Ela partiu. Partiu para sempre.
— A senhora está mentindo!
— Eu confiava nela. Talvez tenha feito isso esperando nos proteger... — admitiu minha mãe.

Em sua agitação tentando se desvencilhar de mim, ela perdeu o equilíbrio, o que me fez tropeçar, mesmo que possa ter parecido que eu me joguei em cima dela de propósito. O remorso corroía minhas entranhas porque eu sabia que tinha ido longe demais, mas precisava continuar.

— Johannes, se você ficar sabendo, vai arriscar sua vida e a minha também. Se o torturarem, vão arrancar tudo de você. Vai colocá-la e colocar a si mesmo em perigo. Tem noção disso, não tem?

Eu a soltei e ela se levantou, trôpega, limpando cacos de porcelana da saia.

— Está vendo? Estou arriscando a vida do meu próprio filho agora mesmo para escapar da dor. Para evitar encrencas. Eu. Sua própria mãe!

De joelhos, implorei a ela a verdade.

— Você estaria disposto a morrer por uma bobagem dessas?
— Estaria.
— É só uma paixonite, coisa de adolescente. Nada tem a ver com amor. Não vai dar em nada.

— Eles nunca me vão me torturar como estou sendo torturado agora.

— Você não sabe o que é tortura. Eles lhe infligem dor, dor e mais dor, até que a única esperança à qual você se agarra é sentir menos dor, a qualquer preço, seja a morte de alguém, incluindo sua mãe, seu pai, até você mesmo.

— Eu amo Elsa, *Mutter*.

Ela se ajoelhou e me abraçou.

— Sei que você acredita que a ama. Mas você não sabe nada da vida. Quando for adulto, vai ver que eu estava certa. Vai amar outra pessoa, alguém feito para você, um amor verdadeiro. Todo mundo tem um primeiro amor e todo mundo se cura dele, acredite. A vida continua. Nós todos poderíamos ter jurado que nunca sobreviveríamos sem ele. Sei do que estou falando.

— *Mutter*...

— Os sentimentos serão mais brandos, porém verdadeiros, maduros.

— Me poupe!

Ela respirou fundo e cruzou as mãos sobre o colo.

— Ela está a caminho da América. Assim que me informarem da sua chegada, eu lhe conto. — Ficou sentada em silêncio por algum tempo. — É a verdade, por Deus. Ela está a caminho de Nova York. Seus irmãos já estão lá há muito tempo. Um no Queens, o outro vivendo muito bem em Coney Island.

Como ela evitava olhar nos meus olhos, eu aproximei o rosto o suficiente para um beijo, caso fôssemos namorados. Ela tentou cobrir o rosto com a mão e uivou de frustração.

— Pare de me olhar assim! O que você quer? Uma *mentira*? Se prefere uma mentira, posso lhe dar uma.

Não deixei que afastasse o rosto do meu.

— Prefere que eu diga que ela morreu? Isso tornaria mais fácil esquecê-la?

— O paradeiro certo dela!

— Ótimo! Foi você quem pediu! Mas primeiro deve me prometer que nunca irá vê-la. Você vai deixar isso tudo de lado. Jure pela minha vida.

Naquele momento, ela me levou ao seu quarto, indicou quatro tábuas do assoalho que não pareciam diferentes das outras e disse:

— Ela vai embora amanhã. Seu pai fez isto alguns anos atrás, para o caso de um dia nos vermos nesta situação.

Ela me mostrou um prego retorcido que, com a ajuda de um copo de ferro fundido, podia ser usada para erguer o conjunto. Os únicos buracos pelos quais Elsa podia respirar eram onde pregos tinham sido removidos.

— Está sã e salva. Você não tem mais nada com que se preocupar. Acredite em mim, ela vai ser feliz.

Meu coração afundou no peito. O espaço ali embaixo tinha o tamanho de um túmulo. Ou aquilo era *mentira* — ninguém sairia dali vivo — ou Elsa já devia estar morta.

nove

Quando Pimmichen voltou do hospital na manhã seguinte, meu tormento por causa de Elsa eclipsou qualquer alegria que eu poderia ter sentido. Sem ela, eu estava incompleto, reduzido à metade de um corpo, e, de uma hora para outra, me tornei mais consciente da ausência do meu antebraço e da metade paralisada do meu rosto. Ao sentir falta dela, eu sentia mais falta ainda dessas partes. Tal insuficiência havia desaparecido durante nossa convivência — eu tinha me tornado inteiro de novo, minha existência havia duplicado; eu era duas pessoas, não uma, não meia. Eu vivi a vida no cantinho dela tanto quanto no meu, se não mais. Agora, de repente, era um amputado de novo — seccionado dela. Sangrava até a morte: não há outra maneira de descrever o que acontecia comigo.

Pimmichen serviu um *Kräutertee* para mim e, depois, para si mesma. Seu dedo mindinho, que em geral ficava arqueado quando ela tomava chá, numa demonstração de decoro, agora se mantinha pragmaticamente aquecido com os outros ao redor da xícara. Tomou um golinho para aplacar a tosse.

— Tem mais gente no hospital do que haverá fora dele se esta guerra não terminar — disse ela. — Quando vencermos, não precisaremos de mais terra, precisaremos de menos. O que meus velhos olhos não viram em um dia — gemeu ela, sacudindo a cabeça. — Homens com a mandíbula arrancada, queixo, língua e tudo mais. Eu não sabia que era possível sobreviver assim. Uma enfermeira os alimentava, meu Deus, não podem mastigar, sorrir, falar... o rosto termina ali, nos dentes de cima. Nada abaixo, apenas o buraco que vai até o estômago. Não, meu querido, confie em mim, qualquer um que olhe para você ainda consegue ver como era bonito antes. Aqueles que vi tinham perdido sua individualidade, sua humanidade! Parecia que algum escultor maluco havia aparecido e cinzelado parte do rosto deles.

Pimmichen continuou, me contando que remédios a tinham feito tomar, sem que nenhum médico a houvesse examinado, e como as enfermeiras a olhavam de cara feia, como se ela não tivesse o direito de ocupar um leito de hospital na sua idade. Sabia que seria melhor ir embora de manhã antes de receber uma dose de cicuta.

— E aqueles nem eram os piores! — acrescentou ela, depois de apoiar o rosto nas mãos por um instante, imersa em pensamentos. — Havia outro que tinha perdido o rosto até a base do nariz. Dois olhos sobre um pescoço... Como pode sobreviver desse jeito? Só resíduos daqui para baixo. Esse está perdido; ninguém vai querer se casar com ele. Como alguma mulher poderia fazer isso? Uma olhada nele, e ela desmaia. Imagine acordar de cara para *aquela coisa*? Teria sido melhor para ele se tivesse morrido. Não, *mein Sußer Jo*, comparado a eles, você deu sorte...

Aquilo só estava me deixando cada vez mais deprimido. Basicamente, o que ela dizia era que, se não houvesse mais ninguém no mundo além de uma peça de rosbife enfiada num espeto e eu, uma mulher certamente me escolheria. Mas que mulher seria privada de todas as outras opções?

Quando me aproveitei da distração da minha mãe para me levantar, ela agarrou a parte de trás do meu cardigã.

— Não, não — falou. — Você vai ficar aqui quietinho comigo.

— Eu só ia pegar a revista em quadrinhos que deixei lá em cima.

— Vou com você.

— Ele já é bem grandinho para ir buscar sozinho, Roswita — disse Pimmichen e, então, sorriu para mim. — Você não é mais nenhum bebê, não é mesmo, querido?

— Eu só ia pegar minha revista em quadrinhos, nada mais — insisti, encarando minha mãe.

— Tudo bem.

Quando eu estava na metade do caminho, na escada, ouvi minha mãe falar:

— Ah, meus óculos.

Desnecessário dizer que estavam no quarto dela. Em certo momento, ela desceu para pegar um livro que havia deixado no primeiro degrau da escada, onde tinha o hábito de depositar qualquer coisa que precisasse levar para cima. Como eu estava no meu quarto, ao lado do dela, só tive tempo de correr, colocar a boca no chão e perguntar:

— Elsa? Elsa? Você consegue me ouvir?

Não houve resposta e, de qualquer maneira, eu não podia ficar esperando.

Minha mãe e eu tínhamos pulado o almoço, ficando cada um em seu quarto, mas, depois, ela veio ao meu para dizer que eu precisava ir fazer compras com ela. Fingir uma dor de estômago foi meu último recurso. Ouvindo a porta de casa ser fechada, deixei um minuto passar, por garantia, e entrei sorrateiramente em seu quarto, encontrando ninguém menos que ela própria, sentada na cama de braços cruzados.

— Você me decepciona, Johannes. Não se lembra do acordo que fizemos? Que você jurou pela minha vida? Pois bem, agora que está se sentindo melhor — disse ela, estendendo uma lista à frente —, por que não vai à rua e traz essas coisas para mim?

O tempo agia contra mim e cogitei todo tipo de plano para aquela noite, como arrumar meus travesseiros na cama para fazê-la pensar que eu estava dormindo e talvez colocar um dos remédios para dormir de Pimmichen na sua água. No fim, foi mais simples do que eu esperava, porque minha mãe, sem nenhuma explicação, saiu pelos fundos da casa. Pimmichen ficou zangada e disse para eu ficar de olho nela, pois, sem meu pai por perto, alguém poderia se aproveitar dela. Disse que teria uma conversa séria com ele na próxima oportunidade.

Eu estava convicto de que aquilo era uma armadilha e que, ao levantar a tampa, encontraria minha mãe de braços cruzados e de cara feia para mim. Fosse o que fosse, eu não me importava. Se *Mutter* estava lá, pelo menos eu saberia quem não estava.

Seu quarto tinha acabado de receber uma faxina e parecia maior, além de quase sem uso. De início, como as tábuas do piso haviam sido muito bem enceradas, tive dificuldade em localizar as quatro tábuas certas; mas, então, vi o prego... Só que ele não cedeu, nem com a ajuda da alça de uma caneca. Que burrice a minha, acreditar na mentira dela. Eu me levantei furioso e prendi minha meia no outro prego.

Bati com os punhos e gritei "Elsa? Elsa? Diga alguma coisa!", mas não houve resposta. Naquele instante, tive uma visão: Elsa enchendo os pulmões com a brisa marinha a caminho do Novo Mundo. Meus pensamentos e meu coração se aceleraram. Eu a encontraria ou não? Morta ou viva?

Quando consegui erguer as tábuas do piso alguns milímetros, uma traça se esgueirou para fora, e um fedor desagradável me provocou náuseas. Sofri um choque inicial ao ver jornais forrando o espaço estreito e, então, mais páginas emboladas e escurecidas, além de uma tigela de água de um lado dela e um pão seco do outro. Tinha perdido o vigor e estava mais magra, com manchas marrons no rosto mais pálido e encovado. Seus olhos se desviaram para me evitar, ou talvez fosse a luz, porque, quando me viu, ela estendeu os braços freneticamente para cima, tentando baixar as tábuas.

— Peço desculpas pela maneira como tratei você. Me perdoe! Não sei o que deu em mim. Eu estava...

Eu não conseguia entender os sons que ela emitia.

— É verdade. Eu sinto muito! O que você quer que eu faça? Diga que eu faço!

Não dava para compreender quais eram os anseios dela, por isso afastei os punhos que tapavam sua boca e, entre inspirações e expirações ofegantes, entendi algo como "Não tenho permissão para falar com você... Se não sair, as coisas vão ficar ruins para o meu lado."

— Quem disse?

— *Frau* Betzler. Sua mãe.

— As coisas já estão ruins.

— Podem ficar ainda piores...

— Vou falar com ela.

Ela tentou recobrar o fôlego.

— Não. Sua mãe já me odeia do jeito que as coisas estão. Ela encontrou a lanterna e achou que eu a tinha usado para fazer sinais. Disse que eu quebrei sua confiança... Que arriscou a vida da família dela por mim, e que estou querendo acabar com a vida de vocês todos.

— Por que não contou a verdade a ela?

— Eu contei, não tive escolha. Só piorou tudo; ela disse que eu não tinha o direito de envolver você.

— Ela está te punindo! — falei.

— Ela está me protegendo. Essa é minha última chance. Seu pai foi pego na fábrica.

— Eu sei. Mas vai voltar. Como da última vez.

— Ele foi mandado para um campo de trabalhos forçados — disse ela.

— Como você sabe?

— *Frau* Betzler me contou. Falou que vão torturá-lo. É por isso que eu estou aqui. Se o assunto vier à tona, estou mais protegida e você também vai ficar, *ach Gott,* e você também *ficaria.*

— Falei para eles que a luz da lanterna estava acesa por minha causa... que era eu lendo.

Ela levou o dedo aos lábios.

— Eu sei — falou. — Ela me contou o que você fez por mim, Johannes. Nunca esquecerei. Se algo acontecer a você ou a ela, a culpa será minha. Eles revistaram a fábrica depois daquilo. Ela está certa, é minha culpa. Mas eu não estava fazendo sinais para ninguém... Só não queria ficar naquela escuridão maldita.

Aproveitei o movimento de ajudá-la a se sentar e a abracei. Ela pareceu contente, embora tenha mantido os braços cruzados sobre os seios.

— *Frau* Betzler me diz que não será por muito tempo e que os anos se esgueirarão do futuro para o passado sem que ninguém perceba. Ela diz que não vai durar muito mais; e eu vim de uma jaula no andar de cima para este buraco. Não quero morrer, não posso, não sem ver... de novo.

E engoliu o nome dele.

Ela não viu o sofrimento em meu rosto enquanto eu a acariciava.

— É horrível aqui... Como vou viver? A tampa comprime meu rosto, meus pés, não tem ar suficiente...

— Tenho certeza de que minha mãe vai deixar você voltar para cima; vai ser maior... melhor, comparado com aqui. Tenho planos para o futuro, é só você aguentar um pouco mais.

— Isso me lembra uma história que minha mãe costumava contar quando eu era criança — disse ela, triste. — Uma idosa foi consultar um rabino para se queixar de que sua casa era pequena demais. "Que preces devo fazer para ter uma casa maior?", perguntou ela. "Nada de preces", respondeu o rabino. "Você tem de agir." Ao que ela perguntou: "O que devo fazer?" E ele respondeu: "Uma boa ação. Acolha todos os sem-teto da aldeia." A pergunta seguinte da idosa foi: "E onde é que vou colocá-los?" "Deus proverá, ele abrirá as paredes...", foi a resposta do rabino. Ela recolheu cinco sem-teto de Ostroleka. Havia tão pouco espaço, que precisou encostar sua cama na parede e dormir com eles. Quando acordou, nenhuma mudança havia ocorrido, então ela voltou ao rabino, que explicou que Deus estava testando sua bondade. Os sem-teto ficaram lá o inverno inteiro... e sua casa ficou menor que nunca. "Com o verão, sua benção chegará", ele lhe prometeu. O verão chegou e o milho e o trigo ficaram maduros. Com a colheita, cada um dos sem-teto encontrou trabalho em diferentes partes. Depois que eles partiram, ela voltou para o rabino e disse: "Que os céus o protejam, rabino, o senhor tinha razão. Deus ampliou minhas quatro paredes a perder de vista. Minha casa nunca foi tão grande."

*

Minha mãe voltou para casa dois dias depois completamente mudada e o rude provérbio francês de Pimmichen, *Qui va à la chasse, perd sa place*, foi proferido com sua risada despreocupada. Minha avó insinuava que meu pai havia deixado o lugar livre para outro homem, de cujos braços minha mãe acabava de retornar, segundo a lógica insana dela. Minha mãe tentou afofar o travesseiro de Pimmichen, embora esta tenha resistido, e pediu que ela deixasse de ser ridícula. Imagino que minha mãe soubesse que eu vinha visitando Elsa, mas nem ela, nem eu, tocamos no assunto. Ela havia deixado de cuidar totalmente de Elsa e sua atitude indicava que o que ela desconhecia, agora, passaria a tolerar.

Ela nos informou que meu pai, por causa de seus conhecimentos de metalurgia, estava em Mauthausen supervisionando um campo que fabricava armas bélicas, mas nos garantiu que logo estaria de volta. Ela passou aqueles dias ouvindo o rádio e tricotando um suéter para ele. Pimmichen disse que meu pai não ficava bem de vermelho — ela sabia porque o havia vestido quando menino. Além do mais, explicou, "esta é a cor da *Viena vermelha*, não vamos querer que se vista como um comunista, não acha?" Minha mãe assentiu ou negou com a cabeça, como se esperava dela, mas continuou tricotando, seu sorriso se ampliando e dando uma nova leveza ao seu espírito. Isso mexeu com Pimmichen, que passou a tricotar um suéter para ele também, mas naquele velho verde austríaco que domina a roupa de nossa população até hoje. Os novelos de lã rivais competiam, saltitando e rodando, como se o primeiro a terminar fosse o vencedor, envolvendo meu pai na forma de seu pulôver favorito.

Observei o fio sendo arrancado de sua forma redonda, que rolava como alguma linha do tempo singular que se prendia aos nós retesados do presente. Enquanto eu fingia interesse por seu trabalho, gradualmente os pequenos retalhos de lã cresciam e a única coisa que passava pela minha cabeça era Elsa — se ainda estava lá, se eu ainda conseguiria vê-la. Cada movimento das agulhas era outra volta e outro beliscão em mim, enquanto me convencia a esperar um pouco mais, mas as camadas de fios saíam dos novelos languidamente, conforme eu as observava com toda a atenção. A certa altura, agi como se procurasse algo debaixo da minha poltrona e, depois de vasculhar a sala, me dirigi à escada. Minha mãe não tirava os olhos daquilo que estava fazendo e movia as agulhas cada vez mais depressa, assumindo a dianteira. Em alguns segundos, as agulhas de Pimmichen pararam de repente, seu novelo pendendo acima do tornozelo, a cabeça caída sobre o peito em outro cochilo involuntário.

Eu me ajoelhei junto ao local quase reverentemente e estendi a mão até a madeira. O desejo que sentia era intenso, e era como se, ao levantar as tábuas, eu estivesse prestes a despir Elsa. Pensei em ir ao banheiro, pois, se ela visse, poderia confundir aquilo com um sinal de desrespeito, mas o tempo urgia. De início, apenas a escuridão me recebeu, um sinistro manto negro que me fez forçar a vista para escapar dele, e, então, consegui ver expostos seus pequenos pés arqueados, dando a impressão de que ela estava no meio de algum êxtase interminável... e, sob o tecido macio que a cobria, a forma convidativa de suas pernas, os quadris largos, a barriga afundada, os seios, os ombros, o pescoço e o rosto frágeis, os cabelos espessos e revoltos. Visualizei-a em sua totalidade, apesar da minha atração por cada parte em separado.

Ela não abriu os olhos ao inspirar o ar fresco, seus lábios empalidecidos se abrindo, e prendi a respiração por um instante, esperando que o cheiro forte que vinha lá de dentro se dissipasse. O peito dela expandiu com a inspiração e eu ousei observar aquele espetáculo. Então, minha mão se estendeu para acariciar o ar acima de seus seios e era incrível como parecia carregado, magnético — talvez fosse apenas o calor que se desprendia de sua pele que me dava essa impressão. Mesmo deitada sobre o forro de jornais sujos, ela era, para mim, tão sensual como se estivesse entre os lençóis do nosso leito matrimonial; e eu ansiava por tocá-la, apertá-la, senti-la como uma realidade sólida, não apenas outra daquelas frustrantes amostras grátis que entravam e saíam da minha mente.

— Obrigada... — murmurou ela.

Acho que ela estava me confundindo com a minha mãe quando estendeu os braços para que eu a ajudasse a sair. Pensando retrospectivamente, vejo agora o que ela havia pretendido; mas, naquela ocasião, interpretei como se estivesse me convidando para me abaixar sobre ela. Era arriscado, pois minha mãe poderia chegar a qualquer momento, um pensamento que ilogicamente acentuou meu desejo. Lembro da excitação de pensar que estava sendo convidado para entrar em seu recanto e, sentindo seus seios debaixo da camisola se separarem sob meu peso quando me deitei sobre ela, admito com vergonha que experimentei um clímax precoce. Não creio que ela tenha notado, pois minhas pernas estavam de lado, porque eu só havia deitado a parte superior do corpo sobre ela. Se notou, deve ter considerado meus movimentos ineptos resultado do desconforto da minha posição.

— Johannes? É *você*? Sua mãe disse que eles estão ganhando a guerra. Logo ficarei livre — sussurrou roucamente em meu ouvido, perguntando e afirmando ao mesmo tempo.

Ela não poderia ter dito coisa pior, principalmente naquele momento tão vulnerável.

— É uma das mentiras mais cabeludas que já ouvi — respondi, com raiva.

Ela agiu como se não tivesse me ouvido.

— Logo vou ficar *livre* — disse para si mesma.

— Perdão, eu não devia contar a verdade. Minha mãe está simplesmente tentando dar a você falsas esperanças.

Ela esperou antes de recomeçar.

— Você não sabe que os americanos entraram na guerra no verão passado? Estão ajudando os britânicos no Norte da África e na França. Estão lutando para nos libertar.

Por trás da pretensa confiança, sua voz parecia assustada.

— A maioria do povo americano não aprova o envolvimento deles. Querem que o presidente retome a postura de isolacionismo político.

— Sua mãe ouviu sobre os progressos deles na BBC.

— É, e, ontem mesmo, ela achou que ouviu meu pai pedindo cola para consertar o papel de parede do seu esconderijo. — Isso, aliás, era verdade.

— É normal. Ela passa a maior parte da noite fora, portanto, não dorme, e, por isso, sonha acordada.

— Ouvi a palavra *Amerikanisch* muitas vezes, tenho certeza. Minha audição se tornou mais acurada desde que passei a usar menos os olhos.

— Então, você deve saber que os japoneses entraram na guerra do nosso lado? Deve ter ouvido que nós temos uma arma secreta? Nunca que vamos perder a guerra.

— Sua mãe ouviu que os alemães estavam se esforçando muito, mas ela disse que os americanos...

E perdeu a voz.

Peguei os jornais que a cercavam e os esfreguei em seu rosto. As manchetes eram a favor do *Reich* e as datas que indiquei eram recentes. Levou algum tempo para que seus olhos se ajustassem, e, então, ela ficou piscando diante das manchetes.

— Não quero lhe dar falsas esperanças, Elsa. Posso lhe dar verdadeiras. Pensei em maneiras melhores de ajudar.

Ela não me perguntou quais eram, nem quando peguei sua mão e esperei que me encorajasse. Em vez disso, ela se virou de lado, com as costas para mim. Era a única parte dela de que eu não gostava — independente, teimosa, rude — e estava prestes a cutucá-la pedindo atenção quando um dos jornais sobre os quais ela dormia atraiu meu olhar. Na primeira página, havia uma foto de um enforcamento público em Colônia-Ehrenfeld, o que, na época, era bastante comum, mas o extraordinário foi que reconheci o rosto do Pirata Edelvais que tinha atacado nossa marcha da Juventude Hitlerista. Examinei a foto e tive certeza de que era ele. Os líderes tinham sido capturados e enforcados. Dobrei a página e a coloquei no meu bolso, lamentando que Kippi não estivesse mais entre nós para mostrar a ele.

*

A situação da guerra estava, na verdade, ficando desesperadora, e me mandaram coletar pilhas, ferro velho — qualquer coisa que pudesse ser usada como material bélico. Indo de casa em casa, eu encontrava alguns malucos.

Algumas pessoas me ofereciam pregos enferrujados, colocando-os na palma da minha mão como se fossem moedas de ouro. Um homem me deu os grampos de cabelo de sua falecida mulher e os ganchos de suas ligas, e uma senhora me ofereceu um punhado de verduras jurando que havia ferro nelas. Sem brincadeira.

Acrescentei o rádio da minha mãe aos itens que estava entregando, embora ela tivesse resistido bastante, dizendo que eu devia alegar que não tínhamos o aparelho. Meu pretexto era imperdoável, olhando em retrospecto. Eu falei que não podia mentir. Peguei os jornais que ela deixava pelos cantos, arranquei as páginas com os artigos que não queria que Elsa lesse e os joguei nos carvões ardentes.

Eu não queria encarar a verdade, mas sabia que Elsa tinha razão. Logo perderíamos a guerra e ela ficaria livre. Não tinha ideia do que poderia fazer para mantê-la, mas acreditava que ela pudesse aprender a me amar. Estava convencido de que meu único inimigo era o tempo. Tempo para que ela me conhecesse melhor, tempo para que esquecesse Nathan. Instintivamente, eu sabia que, quanto mais desesperadora fosse a situação dela, mais chances eu tinha. Precisava manter seu nível de desespero, e, então, me oferecer a ela como sua única esperança, ou como sua única chance de ser feliz. Todo dia, eu torcia por uma reviravolta milagrosa do destino. Se pelo menos pudéssemos ganhar a guerra, minha vida seria salva.

A fumaça densa cobria a cidade. O Ópera havia queimado; e o Burgtheater, o Belvedere e o Hofburg (que Pimmichen ainda chamava de Palácio Imperial dos Habsburgos) estavam danificados, assim como os palácios de Liechtenstein e Schwarzenberg. Lembro que a Catedral de Santo Estêvão foi atingida, a mesma catedral em que o Cardeal Innitzer havia pregado contra Adolf Hitler. Não havia bombeiros a postos para apagar o incêndio porque todos estavam em combate.

Viena foi declarada a nova frente de batalha. *Volkssturm* idosos passavam correndo por mim com as pernas rígidas e apertando a metralhadora junto ao peito cansado. Aqueles que não tinham dentes suficientes para assobiar através deles, usavam os pulmões para emitir os assobios. Os mais chocantes *Volkssturm* que vi, porém, foram crianças que não deviam ter mais de oito anos de idade. Com capacetes e botas enormes de adultos, reviveram em mim uma lembrança perdida de Ute, recém-saída do banho, desfilando diante do espelho de parede do quarto dos meus pais com as pantufas de pompom da minha mãe, os peitinhos brotando, sacudindo os tornozelos.

Depois de cada ataque, mais pessoas passaram a morar em porões e catacumbas, e a vaguear pelas ruas. Comecei a ver beleza na destruição e na feiura; e pensei comigo mesmo, com humor e melancolia, que devia estar sendo influenciado pela convivência com Elsa.

Em um dia chuvoso, fui designado para coletar materiais bélicos no vigésimo primeiro distrito e, ao passar pelo Floridsdorfer Spitz, vi onde um enforcamento público havia acontecido. Pensando nos Piratas Edelvais que eu tinha visto no jornal dias antes, estudei o rosto dos traidores que, segundo o cartaz postado na frente deles, haviam ajudado o inimigo a minar seus compatriotas e a matar sua própria gente ao apoiar a Resistência.

Pendiam ali como se não tivessem a menor preocupação no mundo, e eu pensei neles como marionetes, me imaginei manipulando suas cordas para que ganhassem vida, as pernas marchando, os braços balançando, a cabeça mexendo; eu puxava suas cordas com mais força para que os casais dançassem, girando e saltitando. E foi então que vi que uma das marionetes, que dançava com um dos outros homens, era minha mãe. Isso não vai fazer o menor sentido, mas, naquele momento em que tudo parou, a Terra dilatou dentro dos meus ouvidos e bloqueou ruídos, o tempo, solidificou o céu, como uma redoma enclausurando a maior parte de mim para sempre. Um outro eu — surdo, entorpecido, denso — saiu do meu eu antigo e continuou em frente até o pedestal totalmente fora de foco, os guardas me segurando, e eu buscando organizar as palavras para fazer com que entendessem quem eu era e quem era ela, não conseguindo que eles me ouvissem, me debatendo contra eles com animosidade, atacando o destino, sendo arrastado para longe, sem peso, impotente, jogado na lama, encarando a escuridão onde eu inicialmente estivera de pé assistindo a tudo tão despreocupadamente.

Minha avó logo entendeu que era doloroso demais, para mim, falar na minha mãe. Entendeu isso sem que eu tivesse de dizer nada. Falar teria reduzido a santidade da minha mãe, me amando na vida como eu sentia que ela me amava na morte. Meu silêncio era minha maneira de mantê-la nas alturas; falar, só a traria de volta ao nosso mundo desolador. Minha avó tinha sua própria maneira de expressar sua dor. Juntou os retalhos do suéter vermelho que minha mãe nunca terminou e criou o hábito de usar esta peça por dias sem fim. Não chegava sequer à sua cintura, e as bordas pendiam em franjas esfarrapadas; com o tempo, elas se desfizeram e o suéter foi subindo aos poucos. Só quando me referi a ele como seu sutiã vermelho sexy foi que ela entendeu a indireta e o guardou no baú com cheiro de naftalina, que abrigava artigos preciosos pertencentes ao vasto artefato que chamamos de passado.

dez

Depois de remover as cestas de cartas que minha mãe havia enfiado no antigo esconderijo, carreguei Elsa nos braços, levando-a de volta para cima. Ela não conseguia nem ficar sentada sozinha, de tão atordoada, quanto mais se pôr em pé e andar. Cuidei dela da melhor maneira que pude, mas devo dizer que não foi fácil. Eu nunca tinha comprado mantimentos, cozinhado, nem feito faxina, e, de repente, tinha de fazer tudo isso, além de tomar conta de Elsa e de Pimmichen. Eu cometia um erro após o outro. Botei leite no chá de Pimmichen — estava quente demais para ela poder tomar daquele jeito — e o leite talhou. Eu tinha comprado leitelho em vez de leite. Elsa quase não tocava nos sanduíches que eu fazia, mesmo eu não tendo botado sal nem sabão neles. No fim das contas, precisei arrancar dela o motivo pelo qual não comia. Foi aí que fiquei sabendo que sua barriga doía ao ingerir certos alimentos de origem animal.

As refeições que eu preparava eram verdadeiras catástrofes. Das profundezas da sua cama, Pimmichen explicava tudo que eu precisava saber. Era preciso colocar um pouco de banha na frigideira, algumas fatias de batata, depois cobri-las com ovos batidos. Depois de cozida, a omelete devia ser dobrada. Bem, ela só se esqueceu de mencionar que as batatas precisavam ser cozidas antes. Então, eu quis fazer estrogonofe de carne para lembrar a ela de suas antigas estadias em Budapeste, assim como para impressionar Elsa. Gastei todos os nossos cartões de racionamento para conseguir uma porção de carne, mas calculei que sobraria comida para o resto da semana, e tudo o que eu teria de fazer seria esquentá-la. Não pedi instruções a Pimmichen, afinal, quão complicado poderia ser aquilo, já que era só cortar e misturar tudo? Joguei a carne, a cebola e o sal, mas faltava algo, porque o estrogonofe da minha mãe sempre tinha muito molho. A carne estava ficando seca e a cebola, preta, então acrescentei um litro de água e observei os pedaços flutuando. Fui a Pimmichen em busca de ajuda, e ela disse que era preciso acrescentar uma xícara de farinha para engrossar o molho, mas isso formou bolhas que, quando cutucadas com o garfo, viravam pó de novo. Depois de muita evaporação, o molho ganhou consistência, mas a carne estava dura demais, até para mim que tinha todos os dentes. No fim das contas, piquei os pedaços com a máquina de triturar queijo ou cenoura ou sei lá o quê, e o gosto da comida acabou refletindo sua aparência.

Desnecessário dizer que os suprimentos eram um problema diário. O preço do sabão tinha aumentado muito, e eu passei a ir comprá-lo em blocos brutos numa casa isolada em Neuwaldegg, onde uma solteirona o fazia à moda antiga. Primeiro, levava metade da tarde caminhando até lá e, então, gastava boa parte das minhas economias. Não dava mais para confiar no mercado negro; e os tíquetes de pão vinham sendo falsificados tão grosseiramente que eram rejeitados pelo primeiro padeiro que botasse os olhos neles. As florestas iam ficando escassas de veados e de javalis e, à medida que a qualidade e a quantidade caíam, os preços subiam. Muitos intermediários inescrupulosos ficavam ricos à custa da fome da população, e os donos de pequenos armazéns que faziam escambo eram os piores. Um açougueiro ganancioso ofereceu trocar 250 gramas de banha pelos sapatos que eu tinha nos pés!

Certa manhã, no mercado público, eu era o último numa fila tão grande como a de uma feira de fim de semana, quando um fazendeiro esticou a cabeça para fora de seu caminhão em uma zona de estacionamento proibido e sussurrou que suas batatas eram mais baratas que aquelas pelas quais eu esperava na fila. Fiquei receoso em abandonar meu lugar, pois vários recém-chegados já se enfileiravam atrás de mim. O fazendeiro se mostrou agitado e diminuiu o preço até eu ficar interessado em pelo menos dar uma olhada.

O saco que ele exibiu para mim era maior do que o que nós tínhamos permissão de comprar, e realmente barato, mas, como eu fazia as compras a pé, era ao mesmo tempo convidativo e proibitivo. Lendo meus pensamentos, ele disse que me ajudaria a carregar o saco assim que encerrasse suas vendas. Aceitei, e ele derrubou o saco aos meus pés. Então, voltou ao caminhão para pegar as moedas do meu troco, e eu fiquei sem ação quando ele ligou o veículo e partiu. Era impossível, para mim, levantar o saco sozinho, e alguns desconhecidos, condoídos pela minha deficiência, me ajudaram a colocá-lo no ombro. Carregar o saco para casa foi tão desajeitado como carregar um cadáver, e igualmente estressante, porque eu poderia ser pego em flagrante em posse de um produto adquirido ilegalmente; a quantidade já bastando como prova. O saco caía a cada cem metros e eu tinha de esperar pela ajuda de alguém de novo; algumas pessoas, antecipando meu problema, atravessavam a rua para me evitar.

A certa altura, deixei o saco onde estava e ofereci vender o conteúdo para os passantes, mas todos estavam a caminho de casa com os braços cheios e não queriam se sobrecarregar ainda mais. Acabei tirando algumas batatas do meu saco e as descartei. Para subir a ladeira, tive de jogar fora quase metade do saco, e em seguida olhei para trás, arrependido, e vi pedestres fazendo a colheita ao longo da calçada.

Quando fui preparar as malditas batatas para o almoço, já era uma e meia da tarde. Eu estava atrasado, porque geralmente levava a refeição de Elsa ao meio-dia e a de Pimmichen cerca de uma hora depois. Ao lavar a terra das batatas, o volume original se dissolveu diante dos meus olhos e expôs unidades bem menores. Ao descascá-las, sofri outro golpe, pois havia iguais porções de partes claras e escurecidas. Extirpei brotos, cavei podres, cortei a base, o topo e as laterais, até que me restaram batatas tão pequenas como dados. Eu teria matado aquele fazendeiro se o houvesse encontrado no dia seguinte. Seu saco gigante me proporcionou uma tigela de batatas que teria custado um décimo do preço caso eu as tivesse comprado honestamente como todo mundo, sem falar nos riscos que eu corri e no estresse que enfrentei!

Não tive mais sorte com a limpeza e a arrumação da casa. Passei nos móveis empoeirados a cera de abelha que minha mãe usava, e a poeira ficou grudada nela como mel, assim como as formigas que entravam marchando pelo peitoril das janelas. Lavei nossas roupas e fiquei surpreso ao ver que algo tão pequeno como uma meia era capaz de manchar com sua tinta todas as outras peças. Passar era ainda pior, principalmente porque eu passava um lado da roupa e, quando via o outro lado, estava tudo vincado; além disso, acabei deixando a marca do ferro impressa em muitas das nossas roupas.

Nosso conforto material se deteriorava, para dizer o mínimo. Eu me lembro das tiras de jornal para uso no banheiro, uma sensação desagradável, embora talvez menos desagradável do que se eu as tivesse lido. Nosso telefone não funcionava, nem a eletricidade. Então, um dia, em plena madrugada, um ladrão serrou uma das nossas janelas venezianas. Corri escada abaixo e cortei os dedos dos pés nos cacos de vidro, as molduras da janela abanando meu rosto, ninguém à vista. Nathan foi o primeiro que me veio à mente: tive um palpite de que ele estaria agachado atrás da janela arrombada, esperando para me emboscar. Isso foi antes de eu reparar na cornija da lareira vazia e perceber que nossos relógios de cartel, e sabe-se lá mais o quê, haviam sumido.

O ato de carregar todo dia água potável e água de banho para Elsa, subindo e descendo, era uma tarefa árdua, e nem sempre havia água disponível, por isso, eu precisava sair à procura dela antes de qualquer coisa. Elsa se mostrava relutante em me dar o penico, mas não tinha escolha — acho que era muito difícil para ela, que não conseguia me encarar. Eu não queria deixá-la constrangida, mas, quando olhava de relance ou não conseguia prender a respiração, eu acabava não conseguindo impedir o reflexo da ânsia de vômito. Falei para ela centenas de vezes que eu não me importava, mesmo que meu corpo tivesse maneiras peculiares de reagir por conta própria.

A coisa mais humilhante para ela eram os sangramentos mensais, que, na verdade, vinham diminuindo com o tempo. Eu limpava o cantinho dela dia e noite, mas as traças se multiplicavam. Ofereci deixar uma lixeira lá, para que ela mesma pudesse descartar o que quisesse, mas ela me disse que era perigoso — se alguém examinasse o lixo, saberia que não era nem de Pimmichen nem meu. Por um lado, ela tinha razão. Precisei de alguma lábia para convencê-la a me deixar enterrar aquelas coisas no jardim juntamente com as cascas de legumes e frutas.

Mais ou menos por volta dessa época, Pimmichen foi acometida por uma série de infecções pulmonares, intestinais e gripais; e eu cuidei de suas necessidades tanto quanto atendia às de Elsa, usando comadre e tudo mais. Não sei se alguém conseguiria imaginar o impacto que essas mudanças tiveram na minha vida. Eu era adolescente, ansioso por aventuras, e me vi no papel de dona de casa, fazendo compras e faxina, cozinhando; uma sina que me mantinha, de um jeito ao mesmo tempo doloroso e reconfortante, ligado à minha mãe. Quando ocupei o lugar dela, pude ter uma ideia melhor de como tinha sido a sua vida, ou pelo menos pude vivenciar alguns aspectos dessa vida. De vez em quando, na minha cabeça, eu conversava com minha mãe sobre preocupações domésticas das quais antes eu nada sabia. Quase não havia um momento de descanso e eu preferia assim, considerando como me sentia culpado. Deduzi que o recado que eu havia deixado de dar à minha mãe havia resultado em sua morte, e que o nó que a mulher tinha me dado pretendia adverti-la sobre o enforcamento. Eu me corroía por dentro ao pensar que, depois de ter encontrado minha mãe, eu não havia continuado a procurar pelo meu pai entre os enforcados. Ou será que ele estava no meio da multidão quando a execução ocorreu? Será que sabia o que tinha acontecido? Estaria sofrendo como eu? Ou ainda estava a salvo no campo de trabalho? Tentei me engajar no que, com certeza, minha mãe costumava fazer: esvaziar a mente no cronômetro ininterrupto do trabalho doméstico. Mas era mais difícil, para mim, dar conta do meu cronômetro. Com apenas uma das mãos, a tarefa mais banal — passar manteiga no pão — custava a mim o dobro do tempo. Ou talvez isso tivesse mais a ver com a minha inexperiência do que com qualquer outra coisa. Mais de uma vez, ao queimar a parte da frente de uma camisa com o ferro, ou ao esturricar o pão no forno, eu gritava por ela, sabendo muito bem que não viria correndo me ajudar, mas, mesmo assim, sentindo uma angústia insuportável quando ela não vinha.

Mal ou bem, se nós três pudéssemos ter vivido juntos normalmente, teria sido muito menos trabalhoso. Eu só precisaria colocar uma travessa na mesa e cada um se serviria. Mas não era o caso. Pimmichen estava doente no quarto, necessitada de uma alimentação especial. Elsa estava no andar de cima, e suas refeições tinham de ser levadas em segredo. Lá ia eu, subindo e descendo. Então, era a vez de Pimmichen de novo. E tudo isso entre um pagamento de conta e outro, entre idas à farmácia, entre fazer malabarismo com os cartões de racionamento e não deixar transparecer que havia mais do que duas pessoas em casa — e, ao mesmo tempo, arrumando um jeito de preparar refeições que dessem para três. Meu estômago precisava roncar bem alto para que eu prestasse atenção em mim. Eu quase não tinha tempo para ele — comia o que me viesse à mão, em pé ou correndo.

As tarefas domésticas eram entediantes, e eu era jovem demais para tolerar o tédio. Eu o odiava tanto quanto as pessoas idosas odeiam a inconstância, e, mesmo assim, nunca pensei em fugir dele. O fato é que, em vez de enfraquecer meus sentimentos por Elsa, o tédio os fortalecia. Eu cuidava dela; assim, ela era minha. Talvez um pouco do mistério de antes tenha desaparecido, de quando ela era a protegida proibida dos meus pais, escondida atrás de uma parede, debaixo de um piso, nos espaços inexistentes de nossa casa. Tínhamos uma relação diferente agora, centrada em nossas necessidades de alimentação e higiene, e tínhamos menos tempo para conversar. Idem com minha avó.

Naquelas noites, a casa ficava maior, e também a escuridão que ela continha. Elsa em cima, Pimmichen embaixo, eu no meio. Eu me transportava aos meus tempos de menino, quando minha mãe cortava flocos de neve mágicos em papel ou me enfiava debaixo das cobertas, traçando uma pequena cruz na minha testa com o polegar. Eu ainda não havia conseguido me conformar com o fato de não ter tido permissão para enterrá-la. Os soldados tinham feito o serviço, jogando o corpo em alguma vala com os outros, ou talvez a tenham queimado e jogado as cinzas fora. O que faziam com o inimigo, onde e como, não era da nossa conta.

Eu esperava impacientemente por outro amanhecer, inquieto e me revirando na cama. Desejando que meu pai voltasse, tinha ido à polícia pedir informações, mas me disseram que não havia maneira alguma de eu visitar Mauthausen, embora pudesse mandar uma carta. Hesitei muito tempo antes de escrever sobre o enforcamento. Talvez não devesse ter feito aquilo, mas parecia errado falar sobre o tempo. Tentei escrever sobre o ocorrido de uma maneira neutra, para não o incriminar. Talvez tivesse sido uma má ideia também; e, como minhas cartas não foram respondidas, embora não me fossem devolvidas, achei que meu pai pudesse estar me culpando.

O luar brilhava, e, nas paredes, percebi sombras como cachorros gordos com muitas orelhas das cestas que eu colocara perto da minha cama. À luz do dia, peguei uma carta de uma das cestas, depois outra. Meu rosto enrubescia ao ler aquilo, mas eu não conseguia parar.

Eu não fazia ideia de que tinha havido outro homem na vida da minha mãe, um tal de Oskar Reinhardt, antes de ela se casar com meu pai. Ele era jóquei! *Oma* e *Opa* o detestavam e o chamavam de "animador de apostadores", alegando que sair por aí cavalgando diante de uma multidão com a bunda empinada não era trabalho digno de um homem. Como *Oma* e *Opa* a proibiam de se encontrar com ele, os dois se viam em segredo e trocavam cartas por intermédio de um amigo em comum, escrevendo, mais do que tudo, sobre o quanto se amavam. Quando Oskar recebeu uma oferta de trabalho em Deauville, as cartas passaram a ser enviadas da França, e os envelopes exibiam o mesmo selo do rosto perfilado e cheio de si com o nariz encurvado e cachinhos no cabelo que eu associei à própria fisionomia de Oskar. As datas das últimas cartas se espaçavam mais no tempo e a última terminava com o que parecia um poema em francês.

A melhor amiga da minha mãe era Christa Augsberger, de quem eu nunca tinha ouvido falar e, por suas cartas, fiquei sabendo que minha mãe havia feito coisas ultrajantes. Depois que Oskar parou de escrever, ela ficou furiosa com os pais e declarou que não estava interessada no "fazendeiro decente" que haviam arrumado para ela. Fugiu de casa, trocando Salzburgo, sua cidade natal, por Viena, e dormiu na estação de trem durante várias semanas. Teria eu conhecido de verdade a minha mãe? Ela trabalhou como faxineira, e então um de seus clientes lhe ofereceu um quarto em troca de serviços domésticos e de babá — tempo suficiente, disse ela, para fazer amigos. Christa escreveu à minha mãe que os dias de escravidão tinham acabado e que ela nunca teria tempo para fazer amigos daquele jeito. Aconselhou-a a procurar um emprego assalariado e a alugar um quarto só seu, antes que acabasse virando uma solteirona. Disse que cabia a ela encontrar o homem certo. Se queria um homem culto, devia ir a museus, se queria um *bon vivant*, então que lesse livros em cafés de calçada, mas Christa lhe implorou que não frequentasse hipódromos com o coração na mão, pois acabaria se tornando a esposa pobre de um apostador.

Minha mãe havia me contado que tinha ido a Viena para estudar desenho, mas que, depois da Grande Guerra, os tempos ficaram difíceis e ela se viu obrigada a trabalhar. Eu sabia que ela havia conhecido meu pai em Viena, mas, então, passei a me perguntar onde e sob quais circunstâncias. Fui acometido por uma sensação de perda extra por causa desse lado dela que eu não sabia que existia. E porque ela não conheceria aquele outro lado meu. Chorei de soluçar ao me dar conta disso. Era madrugada, e algumas verdades arrastam suas sombras mais longas nessa hora do dia.

Havia bem menos cartas do meu pai do que de Oskar — só as de Oskar já enchiam as cestas. Meu pai não escrevia poemas e sua caligrafia não era nem bonita nem interessante como a dele. Só mandou cartas depois que se casaram, em viagens a trabalho, com papel timbrado de hotel, e o conteúdo delas era prático: relatando o andamento das negociações, os contatos no exterior, de que jeito ele reformaria a casa. Perdi o interesse nelas e fiquei decepcionado com meu pai.

Foi naquele momento que decidi que devia aprender a escrever, no sentido de tentar dominar o uso das palavras. Mas, primeiro, eu tinha que aprender a escrever, no sentido de dominar o uso de uma caneta com a mão direita. Foi isso provavelmente o que me ajudou a transpor aquelas noites. Tracejei a caligrafia de Oskar a ponto de minha mão tremer tanto que precisei desistir. Para uma pessoa canhota, não é natural arrastar uma caneta como um dedo extra e mole, em vez de movê-la ativamente como uma extensão natural da mão. Tentei de novo, porém mais modestamente pelo início do alfabeto, e fiz tortuosas torrentes de "a" pela página. A letra "b" se seguiu, depois a "c", e assim por diante, até sentir a sonolência me carregar para os seus domínios do possível.

Não vou encher isso aqui com todos os poemas que escrevi para Elsa, mas é curioso lembrar o primeiro que coloquei debaixo de sua saboneteira. Por favor, perdoem o estilo: prova cabal da juventude. Ela foi bondosa o bastante para não o jogar na água espumosa.

Você se esgueirou para dentro da minha casa,
Entrelaçou meu coração,
Isso não é justo.
Você tem de me amar também,
Antes de deixar para trás
O cadáver do meu desespero.

Eu me arrepio só de imaginar o que ela deve ter pensado!

Naquela época, eu fabricava esperança nos lugares mais sem sentido. Todos aqueles *"se"* dignos de meninas românticas que eu inventava! Se duas nuvens de tempestade se chocassem antes de eu conseguir respirar fundo tantas vezes (eu chegava até a ficar roxo), se uma formiga seguisse na direção que eu havia determinado (invariavelmente seguia, considerando os caminhos erráticos que as formigas tomam), significava que ela me amava. Enquanto eu estendia os lençóis no varal do jardim, um tordo veio e capturou um fio de cabelo de Elsa, e eu interpretei aquilo como um bom presságio. Foi o suficiente para matar de vergonha minha antiga lógica. Eu mesmo conseguia enxergar isso, mas a primavera havia chegado apesar da guerra; brotos se formavam nos galhos nus, o ar mudava de cortante para suave, e a natureza, sem dar nenhuma atenção aos afazeres dos homens, também não se importava com minhas antigas noções.

Sem o rádio e os jornais, comecei a viver isolado do mundo. O lado de fora era desagradável e brutal. Do lado de dentro, estávamos protegidos; nossa casa era segura e silenciosa como um santuário. Sempre que voltava da rua, eu entrava, fechava a porta atrás de mim, recostava nela e respirava fundo. O ar era tão diferente daquele a apenas poucos centímetros de distância. Era cativo, domesticado e tinha cheiro de contenção e segurança. O ar do lado de fora se movia inquieto de um lugar para outro, mudava de direção diante de tudo que encontrava e tinha um cheiro imprevisível. O lado de fora era sinônimo de perigo. O lado de dentro era um lugar mais amigável.

Foi quando cultivei um amor pelo interior que, provavelmente, nada mais era que o outro lado da moeda do meu crescente ódio pelo exterior. Eu detestava sair de casa. Ficava imaginando, o tempo todo, como seria ruim para Pimmichen e Elsa se acontecesse algo comigo. Eu aproveitava até a última gota de água, o último resto de comida, recorria a qualquer coisa que vivesse, se mexesse ou deteriorasse em nosso jardim antes de sair para comprar mais. Reduzia as porções de cada provisão, mais ainda do que as racionadas por imposição do governo; e a guerra tornava fácil eu justificar meu comportamento a Pimmichen.

Depois de procrastinar um pouco, saí para buscar mantimentos no único lugar em que poderia encontrar o suficiente para durar uma semana: no porão de um negociante de vinhos, um mundo oculto, com fileiras de barris de vinho e comestíveis de luxo. Ali, encontrei Josef Ritter, meu antigo líder da *Jungvolk*. Estava fardado e teve a ousadia de dizer que, enquanto eu não estivesse morto, era meu dever prestar serviços como voluntário. Não falou nada sobre a carne de veado que eu carregava porque ele mesmo acabara de comprar um pacote de cigarros americanos. Respondi que não tinha tempo porque precisava tomar conta de duas pessoas em casa. Ele me perguntou quem eram os dois inválidos e senti o sangue se esvair do meu rosto enquanto respondia que éramos minha avó e eu. Se, por um lado, meu raciocínio rápido me salvou do pior, por outro, me rendeu um sermão sobre as prioridades da vida.

Então, de má vontade, voltei a bater de porta em porta, transpondo destroços e cadáveres pelo caminho. Os poucos que me recebiam não possuíam nem nada de metal nem esperança. Uma mulher com um bebê nos braços e uma criança puxando sua saia me perguntou por que eu fazia aquilo se a guerra tinha acabado. Eu a adverti que ela se meteria em encrenca falando esse tipo de coisa. Mas ela não foi a única a me dizer aquilo. Quatro casas depois, uma mulher me perguntou se eu não sabia das últimas notícias: a guerra estava para acabar e nós estávamos prestes a nos render. Andei pelo bairro, parando pessoas para perguntar sobre esses rumores. Ninguém tinha ouvido falar que o fim da guerra estava próximo. Então, entrei numa padaria e o padeiro disse que sim, que a guerra tinha acabado. Na verdade, várias mulheres que estavam lá tinham ouvido também... Por isso é que estavam lá. Não havia mais pão para comprar. Esperavam que as tropas ocidentais chegassem logo, caso contrário as tropas russas que se aproximavam não hesitariam em fazer de nós uma província da União Soviética.

Gritos de felicidade irromperam nas ruas e eu apressei o passo. No caminho, passei por vários sem-teto que não manifestavam nenhum sinal de alegria. Não dava para dizer nem que estação do ano era direito, quanto mais se estávamos em paz ou em guerra. Os botões nas árvores tinham se aberto em folhas brilhantes, irradiando alguma força mágica, o que me fez lembrar de quando eu era pequeno e acordava com as mãos fechadas e dormentes: eu simplesmente ficava ali, olhando meus punhos se abrirem... Havia algo milagroso na vida que me fora dada. As árvores cantavam com os pássaros que escondiam em sua folhagem, mas o ar permanecia frio.

Disse a mim mesmo que precisava chegar logo em casa para evitar que alguém contasse a Elsa antes de mim. Eu antevia seu grito de felicidade e o abraço que me daria, assim como receava suas ações seguintes: me dando uns tapinhas nas costas para que me afastasse e instantaneamente iniciando seus preparativos para partir. Eu a advertiria a ser prudente e insistiria para que esperasse um pouco antes de tomar qualquer atitude. Talvez não fosse verdade, talvez fosse tudo uma grande farsa.

Cheguei à periferia de Viena, onde o labirinto de estruturas construídas por humanos, de pé ou em ruínas, dava lugar à paisagem campestre mais simples de fragrantes bosques de pinheiros, doces campos amarelos e colinas pontilhadas de vinhedos. Pensei comigo mesmo: essa é a última vez que vou voltar da rua para uma Elsa escondida e secreta. Logo ela não será mais minha. Senti a tristeza daquilo. Então, outro pensamento me passou pela cabeça. Por que a pressa? Quem contaria a ela senão eu? Será que eu não poderia me demorar um pouco mais nesta última caminhada até a casa que compartilhávamos? De repente, imaginei *Frau* Veidler correndo pela vizinhança agitando os braços enquanto dava a notícia, então apertei o passo.

Dentro de casa, reinava um silêncio sepulcral, por isso bati na porta de Pimmichen e espiei lá dentro, encontrando-a esparramada na cama com uma perna estendida descoberta, um filete de sangue descendo pela canela. Ela havia embolado um monte de lenços de papel entre os dedos do pé para absorver o sangue que tinha se juntado ali. Ao me ver, ela se sobressaltou e se apressou a enfiar as pernas sob os lençóis.

— Será que você não pode bater, Johannes, antes de invadir o quarto?

— Eu bati.

— Estou ficando surda. Bata até que eu responda.

— Pimmi! O que foi que aconteceu?

— Nada — disse ela, enrubescendo. — E, se eu não responder, quer dizer que morri.

— A senhora está machucada! — gritei ao puxar o lençol e pegar o pé dela, diante do qual pestanejei, confuso.

— Olho para minhas partituras, elas estão amarelas; um retrato do seu avô, ele ficou amarelado. Olho para meu véu de noiva, lá em cima como um velho *moustiquaire*, amarelado. Olho para minhas unhas do pé, a mesma coisa. A decadência não vê a hora de acolher a morte. Desgraçada *Schweinerei*, a impaciência.

Compreendendo, fiquei absolutamente sem fala.

— Há algum tempo, peguei emprestado este esmalte vermelho do quarto da sua mãe. Tenho certeza de que ela não teria achado ruim. Sei que senhoras de famílias respeitáveis não colocam cor nas unhas dos pés, mas, já que a natureza está colocando uma por mim, eu me sinto no direito de mudar para uma que seja da minha preferência.

— A senhora planejava sair para comemorar?

— De onde tirou essa ideia absurda? Existe alguma coisa que mereça ser comemorada?

Sorri nervosamente e falei:

— Tem gente dizendo que a guerra está chegando ao fim.

— Ah, é? Isso é verdade? Nós ganhamos?

Sem uma palavra, deixei seu pé pousar no chão. Ela ergueu o olhar, viu no meu rosto que tínhamos perdido e, então, ficou olhando para os dedos do pé algum tempo. Espalmando-os e relaxando-os, ela disse:

— Um fim destes seria uma desgraça. Você não acreditaria em que negra miséria eles afundaram nossas cabeças depois que perdemos a última guerra. Que Deus nos ajude.

Sentindo-me entorpecido, eu me sentei na beira da cama dela e ambos ficamos em silêncio por algum tempo.

— Johannes? Você não se incomodaria de me ajudar só essa vez, não é, querido? Não consigo mais alcançar.

Eu estava com a cabeça em outro lugar, e meu trabalho ficou tão malfeito quanto o dela; mas, felizmente, Pimmichen se mostrava tolerante comigo, como de costume, e, além disso, minhas pinceladas não precisavam passar por nenhuma inspeção. Quando fiquei de pé, meu coração não podia estar mais pesado... Tinha chegado a hora de encarar Elsa.

*

Não subi de imediato. Nem coloquei o veado no forno ou esquentei água para o chá dela. Simplesmente fiquei sentado na cozinha desfrutando aqueles momentos finais em que Elsa ainda estava sob meus cuidados. Embora houvesse sido cansativo, tomar conta dela tinha dado um sentido à minha vida. No futuro, eu só teria Pimmichen para cuidar, e por quanto tempo? Em quantos dias meu pai voltaria para casa para me consolar? Senti muita pena de mim mesmo por um bom tempo antes de me levantar. Depois de fazer um bochecho e de ajeitar os cabelos com os dedos, decidi que estava pronto.

O papel de parede com riscas de giz era uma decoração que eu ao mesmo tempo amava e odiava; odiava porque servia de escudo para Elsa, separando-a de mim com suas listras quebradiças; e amava porque a mantinha ali em segurança.

— É Johannes — anunciei. — Vou abrir.

Baixei a persiana antes de ajudá-la a sair. Na mesma hora, ela caiu no tapete e eu massageei suavemente suas pernas e as levantei e abaixei para fazer o sangue circular. Nenhum de nós falou, conhecíamos os movimentos de cor. Então, coloquei meu braço sob o dela e, da maneira mais viril que consegui encenar, eu a levantei, ela colocando o peso sobre mim enquanto eu a ajudava a andar de um lado para o outro. Quando achou que já bastava, deslizou para o chão e para fora do meu abraço. Apoiei as costas dela nos meus joelhos enquanto massageava seu pescoço e seus ombros. Afastei os cabelos dela para os lados para poder fazer a massagem, ansiando por beijar sua nuca; eu conhecia cada penugem e a pequena verruga que havia ali. Elsa tinha o hábito de fazer tudo isso sem abrir os olhos. De vez em quando, eu lhe dava de comer assim, e ela aceitava o que quer que eu colocasse em sua boca. É fácil imaginar o estado em que eu ficava. Se ela soubesse... porém, eu tinha certeza de que sabia.

Uma tarde em particular, ela balançou as pernas de um lado para o outro, de um jeito que parecia indicar que estava baixando a guarda. Quando lhe perguntei no que ela estivera pensando, minha voz soou inesperadamente grave e rouca. "Muitas coisas, muitas coisas boas", respondeu ela, abrindo um olho rapidamente para me olhar e logo o fechando. Por uma fração de segundo, seu sorriso foi galanteador. Massageei suas pernas como de costume, só que, dessa vez, subi um pouco mais minha mão, observando o rosto dela em busca de qualquer sinal de rejeição. Sua expressão não mudou, então deslizei meu polegar para perto de sua calcinha e o deixei repousar ali. Novamente, ela nada disse e nada fez, por isso, ousei enfiá-lo por baixo do tecido, o que a fez arfar, agarrar meu dedo, empurrá-lo para baixo e dizer "Pare com isso, Johannes". Mas seu tom de voz não era de quem estava zangada... Devo dizer que soou um tanto maternal até.

Dessa vez, porém, não houve ambiguidade; e, olhando do alto para ela, eu a culpava pela morte de minha mãe. Mexi um de seus braços, acenei com ele e o deixei cair. Fiz o mesmo com o outro braço, depois peguei uma perna, a sacudi, fiz o cancã com ela. Aonde ela achava que poderia ir, o que ela faria, sem mim? Quando a peguei nos braços e a fiz andar pelo quarto, era eu quem fazia a maior parte do trabalho por ela; suas pernas simplesmente me seguiam como qualquer marionete faria. Eu a sacolejava para cima e para baixo e tentava fazê-la valsar comigo, "Uum pa pa, uum pa pa...". Naturalmente, ela se deu conta de que havia algo errado e abriu os olhos sonolentos.

Logo eu a desloquei em algo parecido com um tango desconfortável, "Dam dam dam dam, duum duum, ta da da", erguendo-a toda vez que tropeçava nos próprios pés. Se eu ignorava suas súplicas para que parasse, era porque, enquanto dançava com ela, eu a imaginava em um vestido de noiva, com uma grinalda de margaridas nos cabelos e eu era o noivo, Nathan!

— Por que você está agindo assim?
— Não está feliz? Não quer dançar?
— Você está machucando meu pescoço!
— Você tem todos os motivos para dançar. Veja só como é bonita. Desperdiçando toda essa beleza aqui. Imagine-se rodopiando em um salão de baile, dando o prazer da dança a cada homem presente.

Eu a fiz girar cada vez mais rápido e de um jeito cada vez mais arriscado, até que caí com ela e comecei a chorar de soluçar.

Ela afastou meus cabelos da frente dos olhos e mostrou pânico na voz ao perguntar:

— O que aconteceu?

Tentando me recompor, limpei a meleca que escorria do nariz, quando ela me sacudiu pelos ombros e perguntou:

— É o seu pai?
— Tenho certeza de que ele está bem. Ocupado como sempre.
— Então, por que você está... sabe?
— Porque estou muito feliz.

Lá fora, gritos de alegria se faziam ouvir, misturados ao som distinto que eu podia escutar de uma minoria que não gritava, como eu. A distância, havia sons explosivos como os de centenas de fogos de artifício. Elsa se aprumou e segurou o pescoço.

— O que está acontecendo?

A hora tinha chegado. Meu coração bombeava sangue para meus membros, mas era como se eles estivessem sendo drenados. Busquei as palavras certas com dificuldade e, então, falei, sem saber o que dizia:

— Nós vencemos a guerra.
Eu estava tão despreparado para aquela mentira quanto ela. Não foi sequer uma mentira, pelo menos não no exato momento em que a proferi. Não sei ao certo o que foi, na verdade. Aquilo tinha sido o produto de muitas confusões enredadas em uma só. De certa maneira, foi um teste para ver como ela teria reagido se nós *tivéssemos* ganho... um pequeno teste antes de anunciar a verdade. Foi também o que eu teria gostado de dizer, e não só dizer por dizer, mas o que eu realmente queria que tivesse acontecido. Sei que será difícil alguém acreditar nisso, mas foi também uma brincadeira: uma fração dela estava carregada de ironia, no intuito de ser engraçada. Outra fração visava torturar Elsa, porque eu sabia que, em breve, ela me torturaria com os fatos reais, e isso por muito mais tempo do que o breve instante em que eu a teria feito sofrer. Havia uma provocação naquilo também: eu queria que ela chegasse sozinha à conclusão de que o que eu dissera era falso... queria que ela enxergasse através da minha fachada, me confrontasse e me insultasse.

Ela pareceu desapontada, mas não no grau em que eu esperava. Fiquei perplexo. Os primeiros segundos se passaram e esperei que ela chorasse, fizesse ou dissesse algo drástico que me forçaria a contar a verdade, algo que apertaria meu coração e arrancaria a verdade de mim, mas a expressão da decepção dela parecia tão dentro dos limites do razoável, que eu simplesmente não pude acreditar. Foi naqueles segundos vitais seguintes que minhas palavras e cada ideia que elas continham — teste, anseio, brincadeira, tortura, provocação, confusão — começaram a brotar em uma mentira real. Talvez, ao acreditar naquilo, ela tivesse regado a semente com sua primeira gota de água.

Tremendo e inseguro, abri o tapume para ver o que ela faria... se aquilo iria ou poderia, contra toda impossibilidade, funcionar. Eu estava contando com um merecido tapa antes que ela saísse correndo dali. Mas foi inacreditável o que aconteceu: ela entrou, tão naturalmente, que não ouvi um único ruído. A forma como ela havia aceitado minha explicação... Eu não conseguia acreditar naquilo... como foi fácil. Nunca imaginei uma vez sequer que me safaria daquela.

Eu precisava ficar sozinho para organizar meus pensamentos. Talvez fosse melhor esperar até que a situação ficasse mais definida antes de anunciar a verdade dos acontecimentos? De certo modo, eu a estava protegendo; mas, bem no fundo, em um canto secreto do meu coração, o que eu realmente pensava era: que mal faria ganhar um pouco mais de tempo, uns poucos dias extras?

onze

O modo como Viena continuou sendo Viena após a guerra segue a mesma lógica do ente querido a quem os familiares continuam se referindo pelo nome depois de morto. A cidade foi dividida em quatro setores, cada um ocupado pelas tropas de um dos vitoriosos. Os distritos de Hietzing, Margareten, Meidling, Landstraße e Semmering foram ocupados pelo Reino Unido. Leopoldstadt, Brigittenau, Wieden, Favoriten e Floridsdorf (o distrito perto do qual ficava a fábrica do meu pai) pela União Soviética. A França ficou com Mariahilf, Penzing, Fünfhaus, Rudolfsheim e Ottakring. Os Estados Unidos ocuparam Nebau, Josefstadt, Hernals, Alsergrund, Währing e Döbling. Considerando que Viena foi fatiada em quatro pedaços como se fosse um bolo, então o centro da cidade, o *Hofburg*, foi a cereja do bolo, só que mastigada e deixada no prato para todos compartilharem. Como dizia o ditado, aquilo foi pior do que colocar quatro elefantes em um barco a remo.

A bandeira de cada nação era exibida em seu setor, mas, curiosamente, não era isso que fazia a presença da nação em questão ser mais sentida. As bandeiras eram como crianças dando língua para nós... irritantes, mas nada que não fosse de se esperar. As forças armadas eram mais humilhantes, e não tanto por seus deveres oficiais, mas sim pela maneira como os soldados aproveitavam cada oportunidade para se regozijar: eles eram os vencedores e nós, os perdedores. Eles me lembravam as esculturas medievais sobre os portais das catedrais, nas quais o papa, os bispos e os mecenas aparecem em tamanho gigante e, abaixo, vê-se por acaso a massa de seres humanos que não alcançam nem os joelhos deles, mas que são mais significativos do que parecem, pois é graças a essa torrente de pessoas minúsculas que o espectador pode apreciar a grandeza dos primeiros.

O aspecto desagradável da ocupação, pelo menos para mim, foi a invasão cultural. Da noite para o dia, odores esquisitos encheram as ruas e Viena já não cheirava mais como Viena. Esses aromas vinham das frituras do café da manhã americano, do peixe com fritas dos britânicos, dos cafés franceses, dos bistrôs russos (uma palavra russa da qual os franceses logo se apropriaram) e também das janelas das residências privadas pelas quais passávamos, requisitadas para os militares casados. Não me interpretem mal: esses odores não eram ruins em si; eles simplesmente não nos pertenciam. Idiomas os mais diversos se misturavam com utensílios acariciando pratos, taças beijando taças. Até as risadas não eram nossas e você podia distingui-las a quilômetros de distância. Talvez porque nós não tivéssemos razão alguma para rir.

Línguas estrangeiras brotavam em placas de rua, nas vitrines das lojas, nas salas de cinema e até nas portas dos banheiros. As cotações de moedas estrangeiras — do dólar americano, em particular — eram rabiscadas nas tabuletas de preços dos quiosques de *Wurst* e nos para-brisas das velhas Mercedes. Cardápios nas vitrines dos restaurantes se vangloriavam: "We speak English." "Ici nous parlons français." Não só as palavras russas eram difíceis de distinguir, também o eram as letras do seu alfabeto. Devo dizer, porém: as línguas escritas não eram tão irritantes quanto as faladas. Uma coisa era uma cidade não *cheirar* mais como sua, mas o fato de Viena não *soar* mais como a cidade em que eu crescera era como uma adaga atravessando meu coração. O alemão era minha língua materna, a língua que minha mãe falava comigo quando criança e que me era tão querida quanto ela.

Aquelas eram as línguas dos vencedores e eles sabiam disso. Era preciso ser surdo para não ouvir um quê de autoestima elevada em cada palavra. Os americanos eram reconhecidos porque falavam muito alto. Talvez sua maneira de falar fosse perceptível de longe porque era muito nasal. Se um pouco da nossa língua alemã saía da nossa garganta, eu diria que muito da deles saía pelo nariz. As outras nacionalidades também podiam ser barulhentas, principalmente depois de alguns drinques, e americanos, britânicos e russos eram famosos por beber muito. Havia uma piada que circulava: Como você sabe se um soldado americano andou bebendo? Ele não consegue andar em linha reta. Como você sabe se um soldado britânico andou bebendo? Ele faz o que pode para andar em linha reta. E como você sabe se um soldado russo andou bebendo? É o único momento em que ele *anda* em linha reta.

Eles atraíam tanta atenção quanto polegares feridos — os britânicos, com sua pele corada de estudante; os franceses, dando beijos nas duas bochechas de qualquer outro francês que encontrassem pela frente, como verdadeiros limpadores de para-brisa; os homens russos, se beijando na boca. Eu sabia que jamais me acostumaria com aquilo. Cidades grandes como Nova York conhecem bem esse fenômeno; por exemplo, Chinatown remete mais à China do que aos Estados Unidos, mas isso foi uma evolução progressiva. Imagine acordar de manhã e, da noite para o dia, ver todo o seu bairro transformado em outro país.

Nosso país, a propósito, era Áustria de novo. Não éramos mais uma província do *Reich*. A Áustria fora declarada independente (uns poucos tiveram o atrevimento de dizer "havia se declarado independente") antes do fim da guerra, quando a maré havia se voltado contra o *Reich*. Àquela altura, a maioria dos austríacos preferiu vestir a camisa branca e agir como se a Áustria tivesse sido involuntariamente invadida pelo *Reich*, em vez de ter acolhido a anexação de braços abertos. Até hoje, a Alemanha é quem carrega a culpa da guerra, mas a verdade é que nós fomos as patas traseiras daquela besta, não o coelho branco preso em sua boca. Outra piada que também corria: Por que a Áustria é tão forte? Porque ela faz o mundo acreditar que Beethoven era austríaco e Hitler era alemão.

Aqueles primeiros tempos não foram agradáveis; houve linchamentos nas ruas. E os meses que se seguiram foram cheios de acusações: seu nazista isso, seu nazista aquilo. Mais de uma vez, um dos nazistas, a fim de se salvar, acusou um ativista da Resistência de ser partidário do nazismo e este foi sumariamente executado. Uma grande parte da população mantinha a boca fechada, temendo que fosse apenas questão de tempo até que os nazistas voltassem ao poder. Viena lembrava um grande circo. Os poucos que haviam andado na corda bamba, que haviam seguido um único caminho invariável na vida, tinham caído, e talvez tenham preferido a queda a comprometer seu senso de moralidade. Os trapezistas haviam confiado suas vidas aos outros. Alguns tinham sobrevivido, outros não. Os malabaristas se deram melhor, jogando um governo para cima em troca de outro, o que parecesse melhor na ocasião, o que estivesse à mão. Nenhum pensamento entrava na equação, como se pensar pudesse fazer a bola cair; era só jogar, jogar, jogar. Melhor cair a bola que o malabarista. Eu mesmo tinha começado como o halterofilista do circo e acabei como aberração. Nosso país inteiro via seu reflexo em espelhos distorcidos.

Se ao menos nossa casa fosse localizada a apenas uma rua dali, teríamos ficado na zona americana, considerada a melhor de todas. Infelizmente, acabamos na zona francesa, a segunda pior, pois era sabido que os franceses estavam pobres e eram mesquinhos, pelo menos em relação a nós, austríacos. Botavam as mãos primeiro nos mantimentos importados, principalmente os vindos dos Estados Unidos, e usavam o que quer que precisassem para sua fina *cuisine*; então, quando chegava nossa vez, havia racionamento e éramos privados dos gêneros de primeira necessidade: manteiga, leite, queijo, açúcar, café, pão e carne. Os franceses não estavam dispostos a se privar em nosso benefício e nem sonhariam em fazer seu café mais fraco ou se limitar a um cubo de açúcar por xícara. Precisavam de manteiga extra para sua culinária; quem se importava se não tivéssemos nenhuma no pão do nosso café da manhã?

O detalhe mais comentado por nós, austríacos, enquanto esperávamos em filas intermináveis, nossas cotas já não prometendo muito, só para chegar a nossa vez e não haver mais nenhum produto disponível, era a garrafa de vinho na mesa de muitos franceses durante o almoço e o jantar. Depois do primeiro ano, ouvi de passagem uma senhora falando sobre um relatório que havia sido elaborado. Para cada trinta ou mais toneladas de açúcar e de carne fresca que as tropas haviam consumido, nossa população tinha ingerido zero. Mas também me lembro de um homem que divulgou outras estatísticas. Aqueles de nós em pé nas filas apuramos os ouvidos. Ele leu em voz alta, freneticamente, o texto de uma revista mensal que dizia que 200 mil dos nossos civis tinham comido 50 vacas, porcos e ovelhas, além de 100 galinhas, enquanto 20 mil dos soldados franceses haviam consumido algo comparativamente extraordinário como 400 vacas, porcos e ovelhas, além de 10 mil galinhas! Mesmo eu sendo um pouco fraco com os números, consegui ter uma ideia geral dos fatos. Das quatro nações, só a França havia sido ocupada pelo *Reich*, incluindo seu orgulho maior, Paris. Os franceses estavam ali tanto para encher a barriga quanto para ir à forra. Mas talvez não fosse uma atitude tão vingativa quanto parecia, pois a França, que conhecera a fome, agora comia bem e bebia vinho como uma recompensa tardia.

Podia ser melhor, mas podia ser muito, muito pior. Os russos eram famosos por sua política de "um objeto de cada para cada pessoa" — colher, faca, cadeira — e todo bem "excedente" era confiscado e mandado para a Rússia. Schwarzenbergplatz foi renomeada Stalin Platz e um monumento de vinte e cinco metros foi construído ali naquele primeiro verão, no topo do qual foi colocada a estátua de bronze de um homem segurando uma bandeira vermelha e uma submetralhadora atravessada no tórax. Esse "Soldado Desconhecido Russo" logo ficou conhecido por todos e ganhou até um apelido: o "Saqueador Desconhecido".

Não só as residências eram roubadas, mas os civis também, das maneiras mais brutais. Na zona russa, cabarés, bares e salões de dança foram reabertos, e toques de recolher, ignorados. Correram rumores de que mulheres austríacas levadas sob a mira de pistolas para "acompanharem" alguns russos eram estupradas, e, aparentemente, o mesmo acontecia com homens austríacos forçados por mulheres russas. Disenteria e doenças venéreas se alastraram, o tifo se tornou epidêmico. Além disso, os russos haviam mandado para o seu país tantos dos carros e caminhões que roubaram, que os mortos eram levados para os hospitais em carrinhos de mão. O índice de mortalidade naqueles dias era assustador. Suponho que os russos tivessem suas razões para promover uma vingança, e eles gostavam de justificar seus crimes mencionando os vinte milhões de compatriotas mortos na guerra e suas grandes massas de sem-teto.

Eu não cruzava a zona russa se pudesse evitá-la, embora as pessoas fossem livres para fazê-lo, pois todo indivíduo era passível de ser requisitado para trabalhos forçados sem aviso prévio — por um dia ou uma semana, não importava para eles. A vida cotidiana lá tinha um quê de roleta russa. Que contraste com a zona americana, onde as placas de trânsito indicando o limite de velocidade de quarenta quilômetros por hora eram colocadas à esquerda e à direita para promover maior segurança, mesmo em ruas intermináveis como a Währinger Straße! Essas leis americanas não só eram estabelecidas, como rigorosamente fiscalizadas, para peixes pequenos e grandes também.

*

Elsa não me perguntava nada, mas eu podia sentir suas perguntas no ar. Podia sentir uma na ponta da sua língua, assim como podia sentir seus olhos sobre mim sempre que trazia água fervida (por precaução sanitária) para que ela bebesse ou se lavasse. Quando eu arrumava seu quarto, ela se aproveitava da minha desatenção para me examinar livremente. Às vezes, eu fingia que olhava pela janela, lhe oferecendo meu melhor perfil, e ela olhava diretamente para ele, mas, quando eu me virava, ela baixava os olhos, de modo que eu não visse um olhar ambíguo demais para entender.

Talvez estivesse percebendo como eu andava preocupado e se perguntasse por que motivo, e se poderia haver quaisquer consequências para ela. Talvez se sentisse agradecida pelo que achava que eu estava fazendo por ela... ou sinceramente preocupada comigo e se sentindo culpada. Veja bem, eu esperava meu pai de volta a qualquer dia e, se eu imaginava o melhor, também imaginava o pior. Podia ver a mão dele no meu ombro, declarando como eu tinha sido sensato em esperar pela sua volta antes de assumir a tomada de qualquer decisão quanto a Elsa. Dizendo que eu fizera bem em não falar nada para ela sobre os acontecimentos recentes, para que ela não tomasse nenhuma atitude precipitada. Parabéns, filho, você fez um excelente trabalho cuidando da sua avó, de Elsa e da casa: estou orgulhoso de você. Sei que não foi fácil, com a perda da sua mãe. Você foi corajoso.

Ou... Ao botar os olhos nela, ele recuaria, horrorizado, e perguntaria por que cargas d'água ela ainda estava encaixotada naquele lugar horrível. Onde estava minha mãe? Elsa, em toda sua inocência, explicaria e, na frente dela, ele me esbofetearia.

Haveria alguma saída? Poderia eu me arriscar a dizer a meu pai que ela já tinha ido embora? Será que ele iria conferir? Não podia eu adiar a verdade por alguns dias? Apenas o tempo de que precisaria para conversar com ela? Mas, depois de pensar um pouco, decidi que não podia confiar que ele fosse entender meus sentimentos; era grande demais o risco de que ele arruinasse tudo para mim. Não, não, eu tinha de contar a ela antes que ele voltasse para casa.

Elsa bebeu a sopa direto da tigela e, em seus esforços extremos para ser educada, elaborou o diálogo mais banal que uma pessoa poderia conceber, centrado principalmente nos vegetais: onde eu os tinha encontrado, era uma batata o que ela estava comendo, era gostosa, ah, uma ervilha. Comparadas com suas palavras, as que eu precisava proferir pareciam absurdamente pesadas. Elas já pesavam na minha cabeça e eram inapropriadas para serem ditas em atmosfera tão leve e rarefeita. Cairiam no chão. Se eu criasse coragem para pegá-la pela mão e olhar fundo em seus olhos, ela seguramente me paralisaria com seu olhar de expectativa, uma sobrancelha se erguendo como se dissesse: "Sim? O que é?" Seria eu capaz de falar algo tão importante, do qual minha vida dependia, de uma maneira tão casual? "Ah, a propósito, por falar em vegetais, eu já lhe disse que menti sobre quem ganhou a guerra? Nós perdemos. Por isso, você não precisa ficar aí sentada comigo, desperdiçando seu tempo, tomando essa tigela de sopa morna e rala. Estou certo de que seus pais prepararam algo melhor... A propósito, antes de sair, por que não joga tudo isso na minha cara?"

Quantas vezes me atormentei com uma página em branco. *Querida Elsa...* e minha caneta parava. "Querida Elsa" era muito banal, o prelúdio errado para o que se seguiria, algumas notas suaves de flauta antes de atacar com um trombone. Ela provavelmente taparia os ouvidos. Se eu abrisse a carta de um jeito mais grandioso, me referindo a ela de um modo mais fiel aos meus sentimentos, ela levantaria a guarda antes de passar da primeira linha. Além do mais, encontrar as formas carinhosas mais adequadas de se referir a uma pessoa era um problema e tanto. Elas saíam como expressões batidas e superficiais; podiam até ter funcionado para os primeiros casais apaixonados que as usaram, séculos atrás, mas, àquela altura, já eram velhas canções cujas melodias familiares demais tinham apagado o sentido das palavras. Até *eu* revirei os olhos ao pensar em usá-las.

Do nada, em uma bela tarde, Pimmichen jogou um disco fofo em mim, suave e cheiroso, que ela usava para aplicar pó no rosto.

— Vamos lá, você pode contar para sua avó, Johannes. Já vi e ouvi tudo isso antes.

— Contar o quê?

— Um passarinho me contou que você tem uma coisa na cabeça. Uma mulher?

— De onde tirou essa ideia maluca?

— Quando um garoto da sua idade exibe esse olhar e balança a perna sem parar porque prefere estar em outro lugar a ficar com a avó, geralmente significa que a flecha do Cupido encontrou moradia do lado esquerdo do seu peito.

— Não tem mulher nenhuma, Pimmi.
— Ela está rejeitando você?
— Quer dizer, eu não conheço nenhuma mulher.
— Você não me engana. Vi mais do século passado do que você viu deste. Meus olhos estão ruins, mas não sou cega. A solidão é algo totalmente diferente. Você se sente deprimido, seus pés se arrastam. Você procura vagamente alguma coisa, mas não sabe o que é. Não, você está agitado... Uma pessoa específica está na sua cabeça. Você olha pela janela e se concentra tanto que para de se mexer. Tenho observado você.

Não pude deixar de sorrir.

— Talvez exista... *alguém*.
— É um grande segredo?

Tentado a brincar com fogo, fiz ligeiramente que sim com a cabeça.

— Bom para você. Formar família é exatamente do que você precisa. Na minha época, na sua idade, já era tempo de começar. Não vou estar aqui para sempre e você não conta mais com sua mãe e seu pai... Sabe Deus de que jeito vai estar quando, eu rezo por isto, ele voltar para casa. Filhos são um grande remédio para todas as desilusões da vida.

— Mais devagar! Quem falou em filhos?
— Você está certo. Vamos começar pelo começo. Ela ama você?
— Não sei. Como amigo, talvez.
— Isso quer dizer que não. É o seu rosto?
— Qual é o problema com meu rosto?
— Nenhum. E não se esqueça disso! — Ela me contemplou, muito satisfeita por algum motivo. — Onde vocês se conheceram?
— Não posso dizer.
— Então, é tudo muito secreto... Humm. Ela deve ser casada. — Seus lábios se comprimiram em sinal de censura.
— Não. De jeito nenhum.
— Já sei. Ela é freira?
— *Freira?*
— Ela ama outra pessoa?

Nem precisei responder, porque ela detectou a tristeza no meu rosto.

— Entendi... E ele a cortejou primeiro?
— *Ach!* Sim.

— E você quer tirá-la dele? Isso pode ser complicado...
— Eles não se veem há anos.
— Por causa da guerra.
— Bem... sim.
— Por que não me procurou antes? Você sabe, eu posso ajudar nesses assuntos.

Observando seu rosto excessivamente enrugado, eu sabia que ela não poderia me ajudar de verdade.

Ela deve ter lido meus pensamentos porque abordou com franqueza minha preocupação.

— Não se apoquente, Johannes. Eu me lembro bem de todas as intricadas engrenagens do coração. Na verdade, é tudo que pareço lembrar. Meu Deus, *amor*. — O rosto de Pimmichen assumiu aquele ar cristalizado de alguém míope tentando divisar sem os óculos os detalhes de uma paisagem. Então saiu de seu transe. — Bem, vejamos. Você terá a oportunidade de se encontrar de novo com esta garota?

— Só se eu for visitá-la.
— Mas, se você não for, ela não se esforçaria para vir vê-lo?
— É complicado.
— É importante que eu saiba.
— Ela não pode vir me visitar.
— Por quê? Mora muito longe?
— Ela não tem permissão para sair.
— Pais rigorosos. Isso é bom. Ela obedece. Suponho que não se importem de você cortejá-la? Você vem de uma família respeitável do meu lado, sabe disso, e rica, também. Nossas contas e nossos bens não são de se desprezar... Nunca deixe ninguém se esquecer disso!

— Ela não liga muito para essas coisas. É o que a diferencia daquilo que as pessoas sempre falam das... — e, sentindo meu rosto corar, cobri a boca e tossi.

— Mulheres? Sim, mas já considerou que ela talvez não saiba como você se sente em relação a ela?

— Ela sabe.
— Você se declarou para ela?
— Mais de uma vez.

— Humm, isso não é bom. Você ainda é jovem demais, honesto demais. Nunca vai conquistá-la assim. Honestidade não é a melhor política em questões do coração. Meu conselho é que demonstre menos interesse por ela. Ela sabe que o fisgou, mas o está mantendo na água, preso à linha. Você não passa de uma segunda opção caso o outro peixe não pule no barco. Ela precisa sentir que você está se afastando para que isso desperte nela algum interesse. Se continuar circulando o casco e olhando para ela com seus olhos arregalados de peixe, como vai esperar que ela puxe a linha?

— Será que eu deveria provocar ciúme nela? Fazer com que pense que tenho outra?

— Se for preciso, como último recurso. Tenha em mente que você não precisa fingir... há muitos peixes no mar. Você joga um de volta na água e dez saltam para dentro do seu balde, segundo dizem.

Comecei a formular os detalhes da mulher ideal para que Elsa se desse conta do bom partido que eu era. Num primeiro momento, só criei fragmentos dela — cabelos louros, olhos azuis, nariz perfeito, sorriso bonito, que combinei para formar um rosto ariano, mas, quando fechei os olhos para imaginá-lo, descobri que era genérico, não real. Talvez ajudasse se eu lhe desse um nome: Gertrude, Ines, Greta, Claudia, Bettina — este até que não era ruim. Bettina. "Desculpe, Elsa, mas não devo deixar *Bettina* esperando no Volksgarten." "Gostaria de ficar mais, só que preciso ir. O sol poderia fazer mal a *Bettina*. Você sabe, ela tem a pele clara, como só as louras costumam ter." "Por favor, me diga o que Nathan falou sobre o azul. Eu queria contar isso para *Bettina*, porque os olhos dela têm essa cor, mas sempre que olho para eles me esqueço do que ia dizer..."

As fantasias ficavam cada vez mais grotescas à medida que Bettina se tornava uma campeã mundial, embora de que esporte — mergulho, esqui ou ginástica — eu ainda não soubesse... Eu me perguntava qual deles incomodaria mais Elsa.

doze

Devia ser o meio da tarde, pois a sombra da árvore dos Bulgari invadia nosso quintal, me obrigando a mudar a posição da minha cadeira a cada poucos minutos. Pimmichen saiu da casa andando, os dedos colocados sobre a boca daquela maneira pensativa que significava que sua dentadura era nova e precária. Um soldado a seguiu e, curiosamente, eu não consegui entender uma palavra do que ele dizia — pudera, pois falava francês. Com gestos largos e afetados e um cigarro na mão, ao jeito dos franceses, ele tinha uma aparência ridícula, e com razão: sabe-se lá Deus por que usava uma farda americana e, o que é pior, o dobro do seu tamanho. Os punhos da farda cobriam as mãos dele, a costura das axilas ia até os cotovelos e a bainha das calças tinha sido dobrada com exagero. Minha avó falou com ele através dos dedos pensativos, na posição de um cavanhaque, repetindo "Promete ser gentil com ele? *Vous promettez d'être gentil? Vous promettez?*" E ele "*Oui, ça va, ça va*", a irritação em sua voz se acumulando. Então, ela me disse que eu precisava ir com ele, que era um procedimento padrão para todo mundo da minha idade.

 O soldado me levou para uma base francesa onde muitos soldados e oficiais franceses circulavam de farda americana. Pelo que soube, os americanos tinham doado fardas para o exército francês, mas, como havia uma diferença de tamanho entre o americano médio e o francês médio, os franceses não ficaram muito elegantes, apesar de toda a generosidade americana. Se não bastasse aquilo para me confundir, fiquei me perguntando por que os franceses teriam dado suas fardas francesas para todos os negros presentes — para mim, marroquinos eram negros. Presumi que tivesse sido em nome da decência, porque não queriam que eles continuassem nus, como os haviam encontrado lá na África. Somente depois, fiquei sabendo que o Marrocos era uma colônia francesa e, assim, seus cidadãos eram parte do exército francês. As tropas marroquinas, mandadas para as frentes de batalha, não eram vítimas de escassez no que dizia respeito às fardas. Com todos aqueles que tombavam sob os tiroteios nas linhas avançadas, fardas podiam ser até consideradas um artigo excedente.

Eu não conseguia entender muito além das frases avulsas que absorvera de Pimmichen, que gostava de ostentar seu conhecimento do francês. Ao prestar atenção aos marroquinos falando árabe, achei as entonações duras e bárbaras. Para meu alívio, eu não fora o único austríaco convocado; longe disso, pois algumas centenas já estavam lá à espera antes de mim. Francamente, teria sido uma Torre de Babel não fossem os alsacianos, que falavam alemão e francês e estavam lá para traduzir. Ainda assim, eles não eram numerosos e os interrogatórios, os formulários — e os fumantes —, infelizmente, eram.

Enquanto eu estava lá, me deram um capítulo de um livro americano para ler. Hitler havia mudado a língua estrangeira a ser aprendida nas escolas austríacas de francês para inglês, por isso eu podia me virar em um nível básico — *I am, you are, oh my, it is raining cats and dogs* —, mas nada muito além disso. E ninguém mais ia muito além. Eles nos deram, na verdade, o mesmo livro, que se mostrou ineficaz, apesar da boa vontade dos americanos de arcar com os custos de impressão. Lembro que se chamava *Manual para o Governo Militar na Áustria*.

Foi ali também que soube dos detalhes da morte de Adolf Hitler, provavelmente notícia velha, mas eu me havia resguardado de informações relativas a eventos ocorridos longe e perto. Encontrava-me em um estado de choque extremo, pois não conseguia acreditar que aquela figura suprema se comportara de uma maneira tão pouco ideal. Se não bastasse aquilo para um dia, quando chegou minha vez de lidar com as formalidades, tive notícias de meu pai. No relatório, algumas testemunhas afirmavam que dois homens tinham escapado de Mauthausen, mas não meu pai, que fora capturado e levara um tiro na cabeça; e outras testemunhas afirmavam que dois homens tinham feito uma tentativa de fuga da qual meu pai fora acusado de ser o mentor intelectual, o desfecho sendo o mesmo. Não consegui esperar até sair e ficar sozinho para chorar; não, curvei a cabeça na frente do francês e de seu colega, o alsaciano, e chorei como uma criancinha, alto e muito. Ninguém demonstrou qualquer compaixão para comigo, ou meu pai, mas eu nem a queria.

Com picaretas e machados, os emblemas nazistas foram arrancados dos edifícios e das esculturas espalhadas pela cidade. Funcionários públicos foram demitidos, desde policiais até o prefeito. Os papéis tinham se invertido, e os integrantes da Gestapo é que passaram a ser caçados. Hermann Göring, que falava no rádio, e outros como ele foram detidos e levados a julgamento, assim como Baldur von Schirach, governador de Viena e líder de nossa Juventude Hitlerista, agora declarada uma organização criminosa.

Apesar desses acontecimentos, colocavam placas por toda parte com as palavras *Pays ami*, o que significava que nosso país era amigo deles. Era sua política dissociar a Alemanha da Áustria e, assim, enfraquecer qualquer possibilidade de uma força recombinada. Tendo "nos libertado" dos alemães, os ocupantes estavam agora supostamente "nos protegendo" deles. Charles de Gaulle encabeçava a marcha, definindo a missão intelectual do seu país como os três Ds: *desintoxicação, denazificação, desanexação*.

Fui obrigado a ir até a zona americana com outros que, como eu, tinham pertencido à Juventude Hitlerista. Depois de uma marcha rápida, os soldados americanos nos forçaram a parar e ficar enfileirados, ombro a ombro, em uma linha de trem. Achei que iam nos mandar para alguma prisão e entrei em pânico, pois sob nenhuma circunstância eu podia abandonar Elsa e Pimmichen. Toda vez que tentava me distanciar, um soldado americano empunhava sua arma de maneira a indicar que era melhor eu recuar senão...

Um trem se arrastou penosamente sobre a própria barriga, trazendo um fedor de esvaziar nosso estômago. Minha memória pode ter distorcido um pouco do que vou dizer, porque, ao fechar os olhos, tenho dúvidas se foi *exatamente* o que eu vi quando os vagões de carga se abriram, ou a *essência* do que vi, ou apenas uma fração do que fui incapaz de esquecer.

De cima a baixo, corpos como esqueletos aos quais apenas a pele e os olhos haviam sido acrescentados, se empilhavam uns por cima dos outros. Era um vislumbre do inferno, uma orgia de cadáveres. Membros se enredavam indiferentemente com outros membros, cabeças jogadas para a frente e para trás, genitálias há muito tempo expiradas no massacre; aqui e ali uma criança podia ser avistada, o fruto murcho de um êxtase amortecido.

Eu estava preso em um pesadelo e a única maneira de sair dele era acordar.

Pisquei repetidas vezes olhando para meu familiar quarto de dormir e vi cada objeto concreto como sempre fora. O problema é que eu não estava dormindo quando o pesadelo ocorreu, então, ao me forçar a acordar, eu tinha adormecido em um estado desperto, fabricando um devaneio que eu nunca mais conseguiria separar da vida real.

treze

Nossa mudança de circunstâncias me permitiu afrouxar as regras e dar a Elsa, literalmente, mais espaço para respirar. Basicamente, eu lhe disse que, a partir daquele momento, o quarto de hóspedes era todo dela — a cama, a mesa, os livros —, e que ela podia se sentir em casa. Teríamos um código. Eu assobiaria sempre que subisse; e, se ela ouvisse alguém mais além de mim, teria de voltar ao seu velho canto sem dar um pio. Eu treinava com ela para ver se conseguia fazer rápido o suficiente de qualquer ponto do quarto, que não era muito grande, principalmente com as paredes inclinadas — quatro passadas eram o bastante para atravessar de um lado ao outro. A persiana devia ficar fechada o tempo todo e ela não tinha permissão de olhar pela janela. Sempre que eu não estivesse com ela, deixaria sua porta trancada. Isso lhe daria mais tempo caso... Ela entendia?

— Não tudo.
— O quê?
— É só que... Não, eu não sei.
— Vamos.
— É só que, veja...
— Desembuche.

Ela cruzou as pernas de um lado, depois do outro, incapaz de encontrar a posição certa na beira da cama.

— Você nunca me fala nada. Por que seu pai não está em casa se a guerra acabou?

Andei de um lado para o outro, tentando ganhar tempo, e, então, simplesmente falei:

— Ele morreu.

— Morreu? — Suas mãos em concha cobriram o nariz, e seus olhos se encheram de lágrimas. — *Ach Du Lieber Gott...* Por minha causa? Aquela noite?

— Uma coisa levou a outra e então... — gaguejei e me calei.

— Por *minha causa,* você não tem mais família.

Chorei apenas alguns segundos antes de me recompor; isto é, meus olhos continuaram marejados de lágrimas, mas não fiz mais caretas nem ruídos.

— Eu ainda tenho Pimmichen, não tenho? E eu... tenho... você...

Ao ouvir isso, ela curvou a cabeça de vergonha e eu não sabia se suas lágrimas eram por mim ou por si mesma, pois não fez nenhuma tentativa de ensaiar um gesto de carinho, e sequer olhou para mim. Por muito tempo, ela ficou simplesmente com o queixo afundado nos joelhos, os braços agarrando as pernas, perdida em seu mundinho.

— A guerra, Johannes — falou, por fim. — Você nunca me contou nada...

— O que há para contar? Nós ganhamos.

— *Nós?*

— As forças militares russas, britânicas e até os poderosos ianques estão *kaput.* Nossa terra se estende do antigo território da Rússia até o norte da África.

Ela ergueu o rosto, me encarou furiosa, e falou:

— Você me disse que os americanos só estavam minimamente envolvidos.

Fiquei abalado por meu erro, mas fiz o que pude para converter meu nervosismo em indignação.

— Eles *estavam,* até o fim. O Japão bombardeou Pearl Harbor, mas eles levaram um tempão para mandar uma frota para lá. Nós inventamos uma bomba tão poderosa que, jogada das alturas, provocava ondas altíssimas e afundava qualquer navio num raio de cem quilômetros. Eles não eram páreo para nós.

— Como... Isso é terrível! Então, conseguiram desenvolver as *Wunderwaffe* primeiro.

— Lamento que se sinta assim. Talvez tivesse preferido que perdêssemos, não? Não teria se importado se houvessem matado minha avó e a mim também? Botado essa maldita casa abaixo? Contanto que salvasse sua própria pele egoísta... isso é tudo o que conta, não é?

— Sinto muito. Realmente não foi isso o que eu quis dizer.
— Tem mais alguma coisa que você deseje saber?
Levou algum tempo até ela perguntar humildemente:
— E os judeus?
Por "judeus" eu estava convencido de que ela se referia a Nathan e o ciúme percorreu minhas veias.
— Foram todos mandados para bem longe.
— Para onde?
— Madagascar.
Isso fora o que eu tinha ouvido anos antes em um acampamento de sobrevivência; era o rumor que mais havia circulado.
Ela sacudiu a cabeça e disse:
— Ora, Johannes, diga a verdade.
— É verdade.
— Todos eles?
— Menos você.
— Para se banharem ao sol?
— Imagino que sim. Não sei o que as pessoas em Madagascar fazem com os dias delas.
— Foram mandados para a Sibéria para morrer de frio. Quem mais iria para lá a não ser trabalhadores forçados? Carvão, minério, não é?
— Eu disse Madagascar e não vou dizer de novo. Se não acredita no que falo, não pergunte!

Ela era ingrata, egocêntrica e eu a odiava e, no entanto, desejava que dissesse algo para ajudar a banir a infelicidade e a dor que me assolavam. Eu nada mais queria a não ser amá-la — um gesto simples bastaria. Mas, em vez de vir até mim em busca de consolo, ela passou direto para se encostar nos livros na estante. Aquilo foi a gota d'água e eu saí de lá.

Cinco minutos depois, eu não conseguia aguentar aquilo e escancarei a porta e, imitando sua vozinha, choraminguei: "*Obrigada, Johannes!*" Ela estava enroscada na poltrona do meu avô, sem ler, como eu já havia suspeitado, ou eu teria lhe dado uma bronca. Então, ela fez um esforço para sair do seu olhar vago e respondeu, mais sinceramente do que eu esperava: "Obrigada, Johannes."

Por algum tempo, receei que tivesse dado muita liberdade a Elsa. Com certeza, ela ficaria tentada a dar uma espiada do lado de fora, só para olhar a rua rapidinho, mas seria o suficiente para que um vizinho a visse? Eu alimentava essa ideia maluca de que ela não seria capaz de se conter e tinha visões dela correndo enlouquecidamente pelos cômodos, gargalhando escandalosamente e jogando os braços para o alto. Pimmichen acharia que havia uma louca na casa. Creio que Elsa não tinha ideia de como eu estava nervoso, nem de que eu tomava os remédios para dormir de Pimmichen, no meio do dia, para me acalmar.

Que susto tomei da primeira vez que encontrei o quarto vazio e pensei que ela tivesse pulado pela janela. De todos os lugares possíveis, eu a encontrei justamente no último que teria procurado (mas procurei) — atrás da parede. Ela fez isso comigo mais de uma vez e, em cada uma delas, quase me matou de susto. Alegou que se sentia melhor ali, mais segura, na verdade, e que se sentia perdida e acabava em pânico num grande espaço vazio. "Que bem me faz estar do lado de fora, quando o tempo todo eu me concentro em ficar pronta para pular de volta para o esconderijo?", perguntou ela.

Levou meses até que ela conseguisse se aventurar do lado de fora um dia inteiro, mas, para dormir, ainda preferia a clausura. Muito tempo depois que ela passou a dormir na cama, eu a pegava cochilando no chão com um braço dentro da toca. Por mais que a odiasse, devia ser uma espécie de velha amiga.

Seria errado dizer que Elsa sofria maus-tratos quando, na minha cabeça, eu a estava protegendo. Em primeiro lugar, eu não acreditava que seus pais ou Nathan estivessem vivos, e que alguém apareceria para buscá-la. Era óbvio que ela não tinha mais ninguém no mundo além de mim. As imagens do que poderia ter acontecido com ela se não tivesse ficado trancada no esconderijo não saíam da minha cabeça. Além do mais, aquela me parecia uma decisão sensata, equilibrada e justa. Ela não tinha pai nem mãe, muito menos eu, mas tínhamos um ao outro. Eu sentia que a responsabilidade que havia assumido por ela me dava algum direito de continuar tendo aquela responsabilidade. Além do mais, eu a amava mais do qualquer outra pessoa jamais a amaria, então era isso.

Esqueci de mencionar que recebi uma notificação para voltar para a escola. Não só eu, mas todo mundo da minha idade, e outros mais velhos até, uma vez que se chegou à conclusão que não tínhamos recebido uma educação adequada... Éramos considerados ignorantes, e aquilo não poderia ter sido mais humilhante. Isso significaria que eu passaria boa parte da semana longe de casa, e eu rejeitava a simples ideia de pôr os pés do lado de fora, quanto mais socializar com desconhecidos. Lembro que fiz um relato exagerado da gravidade do estado de saúde da minha avó para uma assistente social, na esperança de ser dispensado. A mulher sugeriu que eu botasse uma enfermeira para cuidar dela, então argumentei algo no sentido de que minha avó tinha uma personalidade difícil e que nunca toleraria uma estranha em casa.

A mulher ficou confusa, com razão. Segundos antes, eu a tinha descrito como uma nonagenária inconsciente entre a vida e a morte, por isso acrescentei:

— Naqueles raros momentos em que ela volta a si.

— Não chega a ser um problema. — Ela deu uma risadinha. — Estamos acostumados com isso. É só me dar uma cópia da chave que mando alguém verificar de tempos em tempos.

— Não é realmente necessário envolver alguém de fora da família. Ela não está assim *tão* doente.

Eu contradisse cada ponto que havia enfatizado. Ela me informou que tinha duas enfermeiras disponíveis, diante do que eu balbuciei desculpas incoerentes, caminhando para trás. Um sorriso se espalhou por seu rosto enquanto falava alto:

— O primeiro dia é sempre o pior. Você vai fazer amigos!

A escola ficava a uns bons cinquenta minutos a pé de casa, perto da igreja de St. Aegyd. Eu conhecia os caminhos de Viena de olhos fechados, mas levei o velho mapa de Pimmichen por garantia, já que edifícios familiares não estavam mais de pé e as placas com os nomes das ruas tinham sumido fazia tempo. Estava tentando reconhecer o lugar onde eu me encontrava, o antebraço lutando para manter a página aberta sob a ação do vento (e para manter a página presa à encadernação), quando um grupo de francesas embonecadas passou, interrompendo sua tagarelice para me examinar. Eu podia ler em seus olhos — "o derrotado", "o conquistado", "um dos idiotas que seguiram o idiota". Do lado de fora, eu era todas essas coisas, pois não tinha paredes nem telhado para me defender.

Em seguida, passei pelo Palácio de Schönbrunn, onde centenas de crateras cobriam o amplo espaço como cicatrizes. Por mais destruído que parecesse, a natureza entrou em cena e a grama cresceu sem reservas, fazendo aquilo parecer um campo de golfe em apenas três semanas. Um velho com uma barba comprida como a echarpe de um aviador fazia sua pregação, uma vez que nenhum dano fora causado a nenhum dos 1.400 aposentos. Um buraco, e um buraco apenas, foi aberto no telhado e causou a destruição de um afresco de teto intitulado o quê? *Glorificação da Guerra*! Um sinal de Deus de que o fim do mundo estava próximo! Devíamos todos parar o que estávamos fazendo e cair de joelhos em arrependimento! A catedral *Stephansdom*, dedicada séculos atrás a São Estêvão, o padroeiro de Viena, fora atingida. Outro sinal. O velho começava a conquistar alguns ouvintes britânicos, nenhum dos quais estava se jogando ao chão. O palácio se tornara um quartel-general britânico depois de ter sido desapropriado dos russos, que teriam gostado de ficar com ele, literalmente. Eu tinha de dar crédito aos britânicos: eles estavam restaurando tudo o que lhes era confiado sem fazer alarde — objetos de bronze, bandeiras e tudo mais. Ao contrário dos russos, que faziam um estardalhaço toda vez que uma laje de cimento secava ou um balaústre de uma ponte era afixado novamente em seu lugar.

Passei por hospitais e casernas sendo usados como refúgio. As crianças tinham se adaptado melhor que seus pais — as que ainda tinham pais — e estavam entusiasmadas por terem tantos vizinhos. Jogavam bola com dois capacetes encaixados um no outro e faziam a festa com cartuchos de artilharia descartados. O *Sporthalle* da minha escola estava sendo usado para abrigar famílias também. Algumas pessoas estavam cochilando em sacos de dormir, outras estavam tomando café da manhã, outras começaram a se vestir depressa, constrangidas pelas filas de estudantes boquiabertos parando para colocar o rosto nas divisórias de vidro. Lá pelo fim da semana, eles já teriam se acostumado com os jovens e os jovens nem dariam mais bola para eles.

Nenhum sinal sonoro foi tocado, só houve os gritos de alguns adultos, seguidos por passos apressados... Logo depois, fomos colocados numa sala de aula com crianças que nos olhavam com cara de espanto. Foi muito degradante e imagino que tenha sido pensado para ser assim mesmo. Então, a professora, uma mulher mal-humorada e muito cheia de si, chamou um daqueles adultos de 1,90 m à frente. Ele arrastou a cadeira um pouco para trás, mas mudou de ideia e fez que não com a cabeça. Isso provocou um sermão no sentido de que éramos todos iguais e que ninguém seria dispensado de nada, por isso deem um passo à frente quando forem chamados. O problema ficou claro quando a mesa dele se moveu para cima e para baixo, como se fosse um pônei dando pinote, enquanto ele tentava tirar as pernas debaixo dela, o que provocou uma explosão de risos dos menores.

A certa altura, a professora apontou o dedo para mim, e eu dei sorte de conseguir "desmontar" da minha mesa depois de esconder o braço no bolso da calça; mas, mesmo assim, me senti desconfortável. Peguei o giz da mão dela e me concentrei ao máximo, mas meu "p" não fechava e meu "c" fechava; então, na tentativa de colocar um pingo no "i", minha mão escorregou, e o giz fez aquele barulho agudo ao riscar o quadro-negro. Dava para sentir que todos olhavam fixamente para os meus garranchos e eu quase podia ouvir o que eles estavam pensando. No papel, eu havia feito progressos, mas, na escrita vertical, eu me sentia começando do zero de novo. Não ocorreu à professora que eu não era destro e, na frente de todo mundo, ela perguntou se algum dia tinham me ensinado a ler e a escrever.

*

Foi um alívio avistar nossa casa no fim da ladeira, mas, conforme ia me aproximando, reparei, para meu desespero, que a porta da frente havia sido deixada completamente aberta. Fiquei parado observando por um tempo, mas não vi ninguém entrando ou saindo e, quando apurei os ouvidos para verificar se havia algo errado, tudo parecia calmo. Talvez Pimmichen só tivesse resolvido deixar um pouco de ar puro entrar.

— Pimmi — gritei, mas ela não estava em nenhum de seus locais de costume.

A borda de um tapete estava revirada; as almofadas do sofá estavam desarrumadas, e eu vi três xícaras na mesa, embora ainda não usadas.

Eu já me encontrava no meio da escada, assobiando uma canção para Elsa saber que eu estava chegando, quando ouvi minha avó gritar da biblioteca:

— Johannes, é você? Nós estamos aqui!

Parei onde estava, cheio de medo em relação a quem ela se referia por *nós*. Será que eu a encontraria com Elsa, as duas conversando como melhores amigas?

Na verdade, Pimmichen estava com dois desconhecidos, sentados em nossas velhas cadeiras, os joelhos tão espaçados quanto os frágeis braços de madeira permitiam. Um era tão encorpado e obeso que me fez temer que as pernas afiladas da cadeira fossem ceder a qualquer momento sob o peso dele. Seu rosto exibia um vermelho tão forte que podia ser sinal de saúde, mas também de emoção ou álcool. O outro era jovem o bastante para ser seu filho, só que havia pouca semelhança entre eles, ainda que tivessem os mesmos cabelos louros escuros, e foi isso o que provocou um estalo na minha cabeça. O Sr. Kor e Nathan!

Pimmichen, notando minha aflição, pediu que eu me sentasse.

— Johannes, nós temos de acolher estes homens. Eles ajudaram os Aliados na luta para libertar nosso país. Veja. Eles têm um documento oficial. O militar que veio com eles não pôde ficar, tinha uma missão importante em outro lugar. — Tossindo um pouco, ela acrescentou: — Não temos escolha.

Com os dedos trêmulos, dei uma olhada. O documento estava em francês, mas vi o carimbo e o selo oficiais, e, acima deles, os nomes Krzysztof Powszechny e Janusz Kwasniewski. Minha descrença foi instintiva e eu inclinei o papel na luz para lá e para cá, duvidando que eles estivessem se remexendo em seus assentos porque as cadeiras eram desconfortáveis. Então, examinei o mais jovem. Tinha mais rugas e era mais maduro que Nathan, mas, pensando bem, sem os óculos e considerando os anos que haviam se passado, mudanças teriam ocorrido, especialmente se ele combateu na guerra ao lado dos russos.

— Olá? Como vai o senhor? — perguntei ao mais velho com uma leve mesura, esperando lhe causar uma boa impressão, apesar da loucura que era essa situação; isso, porém, só fez seu rosto corar ainda mais enquanto ele puxava sua orelha carmesim.

— Eles são poloneses, não falam a nossa língua — explicou Pimmichen —, e eu esqueci meu húngaro, embora não tenha certeza se isso resolveria alguma coisa.

Então, os homens se inclinaram um para o outro e falaram baixinho... no que poderia muito bem ser hebraico, sei lá.

Na primeira oportunidade que tive, adverti Elsa de que minha avó tinha companhia e que ela deveria aderir a regras mais estritas. Para minha irritação, toda vez que ela achava que eu tinha acabado de falar, trazia Madagascar à tona de novo. Por exemplo, quem me deu essa informação que eu havia lhe passado? Eu tinha alguns artigos de jornal que ela pudesse ler? Seria possível ela ouvir rádio para que pudesse estabelecer uma ligação com o mundo exterior? Não tive opção senão dizer sim, Elsa, sem problemas, claro, Elsa, não seja boba. Eu não podia correr o risco de acirrar ainda mais as suspeitas dela. Basicamente, durante os últimos quatro ou cinco anos, ela não tinha perguntado nada; e agora, de repente, precisava de provas.

Depois, Pimmichen e eu tivemos uma discussão feia sobre a necessidade de zelar por nossa privacidade, pois não concordávamos em relação a certas questões práticas. Ela invocou Jesus e suas multidões, que se alimentavam de poucas fatias de pão, até que eu finalmente cedi e coloquei a mesa de jantar para quatro. Quando ela gesticulou para que os homens se juntassem a nós, eles gentilmente declinaram com um gesto de mão. Sentindo que estavam resolutos, insisti eu mesmo uma ou duas vezes, uma tática para apaziguar Pimmichen sem correr muito risco. Os dois acamparam no vestíbulo, sem usar nossos móveis; cada um tinha seu próprio saco de dormir, banqueta e tina, que, virada para baixo, servia como mesinha. Pão, maçã e queijo eram sua alimentação essencial, enquanto canivetes faziam as vezes de garfo e faca. Pareciam ser autossuficientes e estar cuidando da própria vida.

Coloquei Pimmichen para dormir cedo, pois queria me organizar, mas ela estava a fim de conversar.

— Você reparou? Eles não trocam uma palavra conosco. Mesmo entre eles, mal dão um pio.

— Todo mundo é silencioso se comparado com a senhora, Pimmi.

— E fazem questão de não usar nada nosso. Seria um exagero sentar à mesa conosco? Nós somos seus inimigos? Julgo as pessoas por seus atos, não por suas palavras.

— Achei que eles não estivessem falando.

— Não acha que tem alguma coisa esquisita neles?

— O que quer dizer com isso?

— Não sei, Johannes, talvez eles sejam... — respirou fundo antes de sussurrar — ...*espiões*?

— O que espiões iriam querer com a gente? Saber a *verdadeira* cor da unha dos dedos do seu pé?

— Sabe-se lá o que seu pai fazia. Algo em nossa casa interessa a eles. Sinto isso em meus ossos, e eles nunca se enganam, especialmente este meu velho e pequenino metacarpo — disse ela, erguendo o dedo indicador artrítico e espetando o ar com ele.

A conversa de Pimmichen e o avançar da hora começaram a me influenciar negativamente, e fiquei convencido de que minha primeira impressão estava certa: o Sr. Kor e Nathan tinham vindo me apunhalar no coração durante meu sono e, em seguida, levar Elsa embora.

Por isso, tomei precauções e acampei diante da porta de Elsa. A balaustrada do terceiro andar dava vista para o corredor abaixo. Cobri o local com cobertas para camuflar minha posição, deixando a luz do corredor acesa para que eu pudesse ver meus assassinos assim que subissem o primeiro lance de escada. Então, coloquei meu velho capacete e fiquei de guarda com a espingarda de caça de meu pai; e, toda vez que ouvia um estalido, olhava através da balaustrada e apontava a arma para baixo.

Devo ter adormecido a certa altura, mas isso não teve a menor importância, pois eles já haviam saído de casa antes de eu acordar, às cinco da manhã. Seus sacos de dormir estavam enrolados, enfiados em suas tinas, e coroados por suas respectivas banquetas. As meias de cada homem estavam secando em duas pernas das banquetas, como orelhas de coelho empertigadas, e suas cuecas surradas estavam hasteadas como bandeiras na terceira perna. Um saco de nozes fora deixado em cima da mesa para nós. Eles não pareciam mais ocupar o posto de espiões ou assassinos. O que me parecera tão nitidamente verdade apenas algumas horas antes, revelou-se o desvario que era com a chegada da luz pálida e pacífica da alvorada.

catorze

Acabei vasculhando a cidade devastada em busca de alguma coisa, qualquer coisa, que pudesse convencer Elsa do que eu tinha lhe contado. Cada manchete continha palavras que incutiam derrota no meu coração, e os artigos que as complementavam eram igualmente incriminadores. As lojas me desencorajavam, cheias de bugigangas que atestavam a ocupação da Áustria. Estantes cheias de pierrôs pacientes sentados acima de Mickey Mouses menos resignados, palitos de dente decorados com a bandeira britânica numa das extremidades, pôsteres apresentando Josef Stálin como "o papa do povo". Mesmo objetos do cotidiano tinham sido nacionalizados — xícaras, cinzeiros, chaveiros — com o vermelho, o branco e o azul das bandeiras francesa, britânica e norte-americana. Só a bandeira da União Soviética fornecia uma variação: vermelha com um traço de amarelo. Não havia nada, grande ou pequeno, exaltando algo remanescente do *Reich*. Dez anos na prisão ou até mesmo a pena de morte aguardavam qualquer pessoa que fosse flagrada em posse desse tipo de coisa. Era uma causa impossível, e me arrastei para casa de mãos abanando. Tudo o que tinha em minha posse na volta era a minha mentira.

Ao entrar no vestíbulo, encontrei o polonês mais velho engraxando os sapatos e o mais jovem lendo o jornal sobre o qual estavam os sapatos, cada um tentando tirar o outro da frente do que estava fazendo. Isso me fez apurar a vista para ver o que havia ali de tão interessante, mas os caracteres eram tão ininteligíveis como aqueles do russo.

— Onde você esteve? — gritou Pimmichen. — Aconteceu uma tragédia!

Não consegui dizer uma palavra antes de ela relatar tudo para mim.

— Deixei a casa destrancada porque nossos amigos aqui tinham saído antes que eu lhes desse uma duplicata da chave. Qualquer ladrão poderia entrar, e, você me conhece, eu seria incapaz de ouvir um exército de cossacos se estivesse cochilando. Foi então que me lembrei que havia uma chave sobressalente, mas não consegui encontrá-la em lugar nenhum. — (Isso, aliás, aconteceu porque eu mesmo peguei a chave extra, calculando que ela poderia ter uma ideia dessas.) — Fui dar uma olhada lá em cima, só Deus sabe como odeio essas escadas. O escritório do seu pai estava aberto, mas o quarto de hóspedes não. Achei que devia ser meu pulso fraco, mas não, estava trancado mesmo. Então, iniciei a descida das escadas, segurando no corrimão, um pequeno passo de cada vez, quando ouvi um estrondo que me fez perder o equilíbrio...

Ouvi sem me mexer.

— E então...?

— Então o quê?

— O que foi que aconteceu? — perguntei.

— Já lhe disse. Perdi o equilíbrio.

— A senhora se machucou?

— Você devia ter visto. Puxa! Do alto a baixo das escadas, caí sobre minhas partes mais gorduchas.

— E, então, onde está a tragédia?

— Eu poderia ter quebrado o pescoço!

Meu suspiro de impaciência foi na verdade de alívio.

— Você vai ver os hematomas no meu traseiro amanhã!

— Espero não ter de ver.

— Por que a porta está fechada? Quem está lá em cima?

— Pimmi, eu deixo a janela bem aberta para que o ar fresco circule. A porta não fecha bem, por isso, para impedir que o vento a abra e feche o tempo todo, eu a deixo trancada.

— Sei... Talvez tenha um pombo aninhado lá. Ou uma doninha, ou um furão? Não, não, uma marta! Deve ser uma marta! Soube que elas entram, roem a fiação elétrica... elas arruínam uma casa inteira.

— Vou abrir. Me dê só um minutinho. Estive lá ontem e não cheguei a ver nenhum animal silvestre.

— Não se dê ao trabalho. Não vou subir de novo... Já fiz a minha parte.

— Sábia decisão.

— Vai dizer isso para mim? Aqueles degraus são um atalho para o Céu! Seus pais nunca deveriam ter reformado aquele sótão. Não precisávamos de quartos extras; não usamos sequer os que temos!

*

Elsa me esperava e seus olhos grandes e redondos deram um espetáculo de inocência quando abri o tapume, o que significava que ela não estava ali há muito tempo, senão a luz os teria agredido. Imediatamente, ela me contou em um sussurro frenético:

— Alguém tentou abrir a porta hoje! Acho que foi sua avó!

— Foi.

— Acho que ela me ouviu.

— Ouviu. E olha que ela é meio surda.

— Eu me levantei e a cadeira caiu para trás. Eu poderia jurar que o que ouvi foi sua avó rolando escada abaixo.

— Muito perspicaz da sua parte.

— Não havia nada que eu pudesse fazer. Foi terrível. Eu a ouvi falando com você. Ela dizia sem parar: "Só me dê sua mão, pequeno Johannes, e sua Pimmi cansada e alquebrada vai se levantar. Me dê sua mão..."

Tirei uma lata de azeitonas, uma porção de peixe seco e metade de um pão da minha mochila.

— Ela sabe que estou aqui?

— É tudo sempre sobre *você*. E quanto a *ela*?

Elsa ficou vermelha de vergonha e seus olhos marejaram de lágrimas, até que disse:

— Perdão. Estou confusa.

— Você e eu temos algo em comum. A pessoa com quem eu mais me preocupo é você. A pessoa com quem você mais se preocupa é você mesma. Realmente fomos feitos um para o outro. É o destino, a vontade de Deus, não acha? — Dava para ver que Elsa estava envergonhada e eu sentia prazer em jogar aquilo na sua cara. — Então como está *ela*, você pergunta. Ela vai ficar bem, Elsa, não se preocupe. Você já tem muitas coisas com que se preocupar, tem a si mesma para cuidar. Por favor, não perca um segundo pensando em mais ninguém, pense só em *você, em si mesma*.

Ela esfregou as mãos, nervosa, mas eu flagrei a fração de segundo em que ela, sem conseguir resistir, lançou um olhar para a mochila. Eu sabia o que Elsa estava se perguntando, mas ela sabia que aquele momento não seria o mais propício para falar alguma coisa.

— Elsa, enquanto esses hóspedes da minha avó estiverem aqui, é melhor você voltar para trás do tapume. Se conseguir permanecer quieta, eu a deixo sair quando eu estiver em casa.

Eu teria gostado de ficar e fazer companhia para ela, batendo papo e falando abobrinhas como fazíamos antigamente, mas precisava sair antes que ela começasse a perguntar sobre aquilo que, eu tinha certeza, a estava corroendo por dentro. Portanto, juntei primeiro a louça a ser lavada, em seguida, a bacia e, depois, o penico, contente por ter conseguido chegar ao fim de mais um dia.

No fim da tarde seguinte, não tive tanta sorte, pois Elsa tocou no assunto assim que abri a mochila, antes mesmo de eu enfiar a mão dentro dela.

— Ah, Johannes, você se lembrou de trazer um jornal para mim, não lembrou?

— Puxa, saí com essa intenção! — Bati com o punho na testa. — Sabia que tinha esquecido alguma coisa! — Minha voz estava longe de soar falsa, mas, mesmo assim, detectei o ceticismo na expressão facial dela. — E, agora, começa o fim de semana, que falha a minha! Não posso fazer você esperar até segunda-feira. Por que não saio para procurar um jornal agora? Este bairro não tem nada, mas o bairro vizinho deve ter uma banca de jornal. Tenho certeza de que já parou de chover.

Talvez lembrando o dia anterior, ela me deu uma trégua. Quanto mais eu insistia, mais ela parecia tranquilizada, e eu insistia.

— Tem certeza? — falei. — Sério, não me incomodo. Minha avó ficará bem se eu for rápido. Não a deixarei sozinha por muito tempo.

Seus olhos se acalmaram; a confiança havia sido restabelecida.

Mas, àquela altura, eu me encontrava em um estado de espírito nada invejável. Meu blefe me dera mais dois dias, é verdade, mas esse tipo de jogo não podia continuar para sempre. Eu não via escapatória, a não ser por um milagre. Mesmo tendo um fim de semana inteiro para pensar, eu também teria um fim de semana inteiro para me torturar diante de um labirinto sem saída, pelo menos não sem que fosse necessário quebrar alguma parede.

*

O sábado foi um dia chuvoso e horrível. Os poloneses tinham saído por volta das quatro da manhã, seus sacos de dormir deixados enrolados, um gargalo verde de garrafa visível na extremidade de um deles.

— A única coisa que precisa ser espanada aqui é o seu rosto — disse Pimmichen. — Vá dar uma voltinha. Jovens não foram feitos para ficar espanando os móveis.

— Está chovendo, caso a senhora não tenha notado.

— Isso não teria impedido Don Juan; nem mil pingos de chuva, nem mil lágrimas de mulher. — Ela tirou o espanador da minha mão, e completou: — Não faço isso por você. Tenho de me mexer para manter meus músculos aquecidos.

Tentei manter distância dela, mas, aonde quer que eu fosse, ela vinha atrás, as plumas do espanador fustigando erraticamente através do ar. Às vezes, eu andava mais rápido que ela e a via correndo aos tropeços, espanando o ar acima do mobiliário. Continuava me lançando olhares oblíquos estranhos e cantarolando uma melodia que eu não conseguia reconhecer. Podia ser das Danças Polovtsianas, ou das Danças Húngaras, ou até mesmo do nosso *Vogelfänger*, já que música não é o meu forte.

— Você se esqueceu de me dizer o nome dela — falou de uma maneira casual antes de retomar sua cantoria.

— De quem?

— Da sua namorada.

— Ela ainda não é minha namorada.

— Então, não era ela quem o esperava no andar de cima afinal?

— O que você pensa de mim? Trazer uma garota para casa sem o seu consentimento? Ela não é uma vadia, vovó!

Pela sua cara de espanto, percebi que ela estava só me provocando e, agora, se perguntava por que eu havia reagido com tanta revolta.

— Céus — disse ela. — A última vez que vi você em um estado desses foi aos três anos quando não queria tomar banho.

— Se a senhora vir a jovem de novo, vai entender.

— Eu já a conheço?

— A senhora sabe da existência dela.

— Isso quer dizer que ela é de uma boa família.

— O que a senhora entende por boa? — perguntei. — Decente ou conhecida?

— Ela tem nome?

— Ainda não.

— E quanto às iniciais?

— Não, não, Pimmi.

— Que mal isso poderia fazer? Vamos lá, não seja supersticioso. Qual é a primeira letra do nome dela?

Depois de alguma hesitação, cedi.

— E.

Pimmichen atravessou a sala, destrancou sua escrivaninha e cuidadosamente rolou para cima a tampa cilíndrica. A marchetaria fisgou suas longas mangas rendadas e, tentando se desvencilhar, ela arrancou um pedaço de pau-rosa; depois disso, ela franziu os lábios, delicadamente o colocou na gaveta superior para ser colado depois em alguma outra ocasião e sacou um livrinho.

— Vamos ver. Vinte de maio. Elfriede?

— Não — falei, achando aquilo engraçado e me sentindo irritado ao mesmo tempo.

— Vinte e três de julho, Edeltraud. Não é um nome bonito? Edeltraud. Fé preciosa.

Corei até as orelhas quando percebi que ela estava lendo o calendário dos santos católicos, que o senhor e a senhora Kor provavelmente não haviam consultado para batizar sua filha, que provavelmente não era nem batizada... Não, não, como poderia ser?

— Pimmichen, vamos lá, pare com isso.

— Estou chegando perto. Venha, me ajude a ler isso... A letrinha é muito pequena, meus olhos estão ruins. O que é? Santa Emília, Santa Edith?

— Nenhuma delas.

— Não existem tantos *Es*. Oh, aqui tem outra: Santa Elizabeth. Santa Elizabeth foi a filha de um rei húngaro no século treze...

Arranquei o calendário de sua mão, coloquei-o de volta na gaveta, fechei e tranquei a escrivaninha e joguei a chave no alto do armário, bem longe do seu alcance.

— Acho que não — disse ela, com um brilho no olhar.

A partir de então, "Edeltraud" se tornou sua maneira de se referir a Elsa.

Eu me lembro dos detalhes daquele fim de semana como se fosse ontem. Tudo parecia presente e passado ao mesmo tempo; eu perdia os momentos à medida que eles aconteciam, antes de serem arrancados do mundo concreto e jogados no domínio distante e intocável do passado. A contagem regressiva havia começado. Se eu pudesse parar o tempo, eu o teria feito, mas o tempo é o maior ladrão de todos: no fim, ele acaba roubando tudo, a verdade e a mentira.

Os pingos de chuva tamborilando no telhado me davam uma sensação de aconchego e intimidade com Elsa enquanto eu a ouvia me contar sobre as criaturas da terra. Como teria sido, por exemplo, se nós, humanos, fôssemos concebidos na forma de tartarugas? Como isso teria mudado nossas vidas? Ela comparou essa condição a como se tivéssemos de caminhar por aí com nossas casas sobre nossas costas: seria desconfortável, mas haveria vantagens. Não teríamos de construir casas, não haveria sem-tetos no mundo, poderíamos mudar a vista da nossa janela todo dia e, onde quer que estivéssemos, estaríamos sempre *em casa*, o que eliminaria o derramamento de sangue pelas fronteiras. Senti um calor percorrer meu corpo quando ela disse "nossa" casa e "nossas" costas, como se, juntos, ela e eu tivéssemos as quatro pernas para ser uma coisa só, mesmo que uma simples tartaruga.

Ela me perguntou onde eu achava que se localizava a mente, no coração ou no cérebro. Respondi que no cérebro, esperando que fosse a resposta certa. Ela alegou que sua mente ficava fora do seu corpo. Enquanto falava comigo, disse, sua mente estava vendo uma casa de três andares, cortada e aberta como uma casa de bonecas, e nós não passávamos de dois minúsculos indivíduos efêmeros no quarto de forma triangular, no alto, à direita.

Implorei a ela que não fizesse aquilo — de certa forma, ela deixava de viver no momento em que sua mente renunciava ao seu corpo, principalmente porque um dia ela poderia decidir não voltar mais. Também me incomodava sua mente sair zanzando por aí em vez de ficar sossegada comigo. Ao usar minha perna como travesseiro, ela a deixara dormente, mas eu não me mexi para que ela não mudasse de posição. Senti algum alívio quando, finalmente, ela ergueu a cabeça como que para me encarar. Seu olhar estava indistinto e desfocado, e eu me perguntei se eu não seria talvez nada além de uma mancha branca, um pedaço de argila a partir do qual ela poderia moldar o rosto de sua escolha, e, então, com uma mão infantil, ela puxou minha cabeça para baixo e me beijou lenta e casualmente.

Depois daquilo, houve uma quietude no ar, e não só porque nenhum de nós se mexia ou falava. Foi uma quietude abençoada que existia por si só e tinha de ser respeitada. Enquanto ela, deitada, encarava a parede com aquele mesmo olhar vazio, afaguei seus cabelos, esperando que, dessa vez, seus pensamentos estivessem mais próximos de mim.

*

A caminho do banheiro, passei pelos poloneses e, àquela altura, eu estava irradiando tanta felicidade, como era de se esperar, que esquecera o que carregava na bacia de cerâmica. Os narizes franzidos e a interjeição eslava me trouxeram rapidamente de volta à Terra. Surpreendeu-me a naturalidade com que repassei a culpa para minha avó, apontando para seu quarto e dando de ombros, como se dizendo "Faz parte da vida". Visivelmente se sentindo compadecidos por mim, eles me deram um tapinha no ombro antes de dar no pé, um mais rápido que o outro.

Limpei o *Kachelofen* e acendi a primeira lareira da estação, pensando que, se Elsa me amasse, toda a casa seria dela, eu lhe daria tudo que tinha. Pimmichen notou minha mudança de humor e perguntou se eu tinha recebido o correio (costumava haver entrega aos sábados naquela época). Coroado de sorrisos, eu disse que não tivera tempo de verificar.

Não lembro exatamente como começou, mas, a certa altura, Krzysztof e Janusz se juntaram a mim perto do descanso de pés de Pimmichen, trazendo consigo sua garrafa de vodca. Enquanto brindávamos à sua saúde, parece que lembramos o que eu carregava anteriormente e aquilo provocou uma primeira explosão de risadas e, embora tentássemos reprimir o impulso, veio uma segunda e uma terceira... Pimmichen não percebeu o que era tão engraçado e fiquei com pena dela, parecendo tão séria, alheia e perdida na sua grande poltrona, mas não pude evitar rir também. O beijo de Elsa contribuía para minha embriaguez tanto quanto os goles de vodca.

Na manhã seguinte, apesar de uma dor de cabeça terrível, me forcei a levantar cedo. Para minha surpresa, Elsa não exibia mais aquele olhar perdido; ao contrário, os olhos dela estavam alegres e cheios de vida. Ela aceitou a bandeja sem notar a hera fresca do jardim com que eu a tinha decorado e enfiou os pés na camisola da minha mãe, esticando-a mais justamente para se amoldar a suas próprias formas. Inconsciente do volume extra que seus seios lhe davam, ela mergulhava as franjas do xale da minha mãe no chá toda vez que se inclinava para a frente.

— Johannes, estive pensando. Seria possível eu ir para Madagascar também?

Tudo o que eu pude pensar foi graças a Deus eu não lhe contei a verdade no dia anterior, porque ficara tentado depois do beijo. De repente, a maneira despreocupada com que ela mordiscava sua torrada me irritou, e também as lambidas na colher. Esperei um pouco e disse, o mais neutro possível, acreditando em cada palavra conforme as pronunciava:

— Você arriscaria a vida da minha avó e a minha vida também. Essa parece ser a sua especialidade.

Ela vacilou e começou a enroscar uma mecha de cabelos no dedo.

— Você não pode simplesmente me deixar sair à noite? Me ensinar o que preciso fazer para pegar o trem que me levará ao porto? Posso me disfarçar... Tenho pensado nisso. Se me pegarem, nunca direi uma só palavra sobre você, juro por Deus.

Ergui uma franja molhada para que ela visse. Ela lhe deu uns tapinhas, espalhando as migalhas grudadas em seus dedos até que notou meu olhar de reprovação e catou uma do tapete para esmagar em seus dentes da frente.

— Todo mundo está à procura de judeus. Você seria fuzilada na hora. Quanto mais esperar, maior chance terá. Por que não aguardar até o próximo ano?

Sua cara fechada foi como um insulto para mim. Eu ficava irritado com a inconstância de Elsa. Ela seria apanhada, seria executada! Eu a estava protegendo! E quão pouco sobrara da minha família... graças a ela! Eu não a estava mantendo viva, ajudando-a de todas as maneiras que podia? Depois de tudo que havíamos feito e perdido por culpa dela? Por causa de Elsa, eu era um traidor do meu país! Tudo o que ela conseguia fazer para agradecer era cuspir no prato que comeu!

Eu estava preso na minha mentira tanto quanto ela.

quinze

No domingo, eu me revirei na cama a noite inteira, incapaz de admitir a derrota. Foi quando me veio a ideia. Era improvável, uma sandice, porém não mais do a guerra havia sido... Na verdade, era uma simples continuação da lógica passada, um galho se prolongando em galhos menores e em pequenos ramos em vez de ser cortado fora. Meu plano exigia alguma preparação, por isso faltei à escola na segunda e na terça-feira, o que acabou se tornando um hábito.

Adverti Elsa de que a verdade era um conceito perigoso do qual ninguém precisava para viver. Se ela inventasse um mundo menos doloroso que o real, estaria errada em não viver naquele mundo. Em seguida, entreguei a ela a caixa de recortes de jornais selecionados, deixando de fora quaisquer artigos condenando as ações nazistas. Os números elevados nas legendas soavam como façanhas. Ela olhava de um recorte para o outro, para mim, para o seguinte, para mim, para o seguinte e, de novo, para mim. Havia montanhas irregulares de sapatos. Havia montanhas reluzentes feitas de óculos. Havia montanhas desgrenhadas feitas de cabelos. Havia cadeias montanhosas de roupas. Havia esqueletos cobertos apenas por uma pele fina e enfileirados, ou então enterrados em montes, nus uns sobre os outros. Eu lhe disse que, se tinha mentido a respeito de Madagascar, enrolado tanto tempo e a privado do mundo exterior, de notícias de qualquer natureza, fora somente para protegê-la da verdade. Como ela podia ver por si mesma, o extermínio dos judeus tinha sido altamente organizado e abrangente. Contei-lhe sobre o vasto mundo verdejante do sonho de Hitler do lado de fora de nossas paredes, mas admiti que me sentia mais feliz aqui com ela, fechado em meu próprio sonho, do que passeando livremente no sonho dele.

De certo modo, minha mentira não era infundada, pois essas coisas tinham realmente acontecido. Eu só dava voz a uma verdade alternativa, meu fim tinha um desenlace diferente. Nós perdemos a guerra, mas poderíamos ter ganhado: havia uma possibilidade igual. Peneirando os fatos, tudo o que restava eram uns poucos *se*. Eu estava apenas dando vida ao que existia no absoluto abstrato, os galhos invisíveis entre os reais... os cento e um que não foram, mas que poderiam ter sido. Além do mais, os pais de Elsa e o namorado, muito provavelmente, não haviam sobrevivido. Essa parte teria sido verdade. Eu não inventei o que era mostrado pelas fotos.

Durante quatro dias, Elsa não demonstrou sinais de pesar, e foi quase como se o que eu lhe mostrei não a tivesse afetado. De certo modo, fiquei aliviado, pois o pior havia passado de vez, embora me indignasse com a frieza dela, talvez também porque ela era igualmente fria comigo. Então, sem razão alguma, ela simplesmente parou de comer. Já tinha jejuado em intervalos regulares, por isso não pensei muito naquilo, mas os dias foram passando... uma semana, mais alguns dias.

Tentei convencê-la a ser sensata, mas, no fim, ela não me deixou escolha e tive de forçar comida para dentro de sua boca. Apesar da condição em que estava, ela era esperta e manipuladora. Mais de uma vez, ela me abraçou — não, se agarrou a mim como uma criança, mulher madura que era — e, no momento em que eu amolecia e lhe dava tapinhas nas costas, ela cuspia tudo o que eu a obrigara a comer. Naquelas noites, a fome deve ter sido aguda, pois, de manhã, eu encontrava seus braços marcados com arcos escuros.

Era mais do que eu podia suportar e, torturado pela preocupação, decidi contar a ela a verdade, mas foi a verdade em si o que me tolheu. O que era essa *grande verdade*? Examinei os fatos por todos os ângulos. Eu não podia devolver a ela seus entes queridos e seu luto girava em torno disso. Tudo o que lhe daria era sua liberdade, mas liberdade para fazer o quê? Andar sem rumo por seu velho bairro miserável, apontando para o lugar onde costumava morar, e ouvir os detalhes mórbidos sobre o destino de cada pessoa que ela conhecia? Que teto teria sobre sua cabeça? Ela me contara que o telhado da mansarda da sua família tinha goteiras... e isso antes da guerra! Como teria condições para comer? O que faria para ganhar a vida? O que era a liberdade se ditada apenas por restrições?

E, sim, vou ser perfeitamente honesto, eu pensava em mim também. O que seria da minha vida? Será que ela perceberia que eu não tinha sido obrigado a admitir nada para ela? Seria grata por minha honestidade ou me encararia como tendo sido um monstro do começo ao fim? Claro que sim. Eu havia sacrificado minha própria felicidade por ela, e ela, em agradecimento, bateria a porta na minha cara. Ela, que havia condenado minha mãe e meu pai à morte por ter vindo morar aqui. E quem mais me amaria com a minha aparência? Não, nem uma única vez desejei uma substituta para Elsa, mas essa última razão servia como justificativa também para a minha transgressão desde o início. E a razão mais difícil de admitir era que eu respeitava o ser que Elsa achava que eu era e não queria perdê-lo também.

Depois de pegar todo o dinheiro vivo que restara no cofre dos meus pais, procurei uma joalheria na Graben. Dentro dela, topei com duas vendedoras que estavam, para meu espanto, flertando com um oficial francês, ambas se inclinando desavergonhadamente sobre o mostruário de vidro. Elas viram muito bem que eu estava esperando e o oficial chegou até a gesticular para mim, mas a primeira jovem não moveu um músculo e a segunda o pegou pelo pescoço e ergueu as pernas, ganhando uma palmada no traseiro. Estavam aparentemente competindo para saber quem pesava menos. Sua rival exigiu a sua vez, diante do que a outra finalmente olhou do alto do seu nariz para mim como se eu fosse um estorvo, insignificante e fortuito como uma mosca varejeira e perguntou:

— *Ja*? O que é?

Eu devia ter simplesmente saído, mas era inexperiente o bastante para acreditar que minha sinceridade me conquistaria um serviço melhor, por isso expliquei que estava à procura de um presente para uma mulher especial, mas não sabia do que uma mulher gostaria mais, um colar ou uma pulseira. Admiti que um anel a assustaria, a não ser que escolhesse uma pedra que pudesse ser considerada da amizade, como uma ametista... Ametistas não eram amarelas ou eu as estava confundindo com âmbar? Seu riso de escárnio me levou a gaguejar que rosas amarelas eram menos significativas do que vermelhas, então o mesmo deveria ocorrer com as joias...

Com um desdenhoso dar de ombros, ela sugeriu que eu aprendesse um pouco mais sobre as preferências da mulher e, no processo, de todas as mulheres. Com isso, ela e a amiga trocaram um sorriso malicioso e reiniciaram a competição onde havia parado. A competição estava empatada, significando que deveriam tirar seus sapatos para avaliar o peso real. No momento em que eu tinha preparado um insulto adequado, outro oficial chegou para apanhar o amigo, lembrando a ele a lei contra a "confraternização". A resposta do outro foi:

— "Confraternização" sim, mas não "camaradagem".

Peguei os longos bulevares, Mariahilfer Straße e Linke Wienzelle, desdenhando toda vez que via jovens austríacas se engraçando com os franceses, provavelmente para não se encrencarem caso fossem denunciadas por seus crimes de guerra. Vagabundas louras superficiais, pensei, e nem mesmo louras verdadeiras, a maioria delas de cabelos originalmente castanhos, só que oxigenados. Passei perto o suficiente para tê-las estapeado ali nos braços dos inimigos que haviam derrotado seus maridos, pais, irmãos. Putas! Meu coração gritava ainda mais alto por Elsa.

Passando por cima de um mendigo, notei alguns gramofones usados na calçada sendo vendidos pela metade do preço e escolhi um, e também um disco de uma cantora francesa em voga na época, Edith Piaf. Quando paguei ao vendedor, o mendigo reclamou sua parte — ele estava cheio de moedas naquele dia porque a música deixava todo mundo sentimental e feliz por estar vivo. O presente foi um fracasso. Ao tocar o coração de Elsa, nada mais fiz do que levá-la ao choro. Vendo seu rosto inchado se distorcer, eu desejei que fosse ela que tivesse sido desfigurada, e não eu; tudo teria sido muito mais fácil.

*

Não tive problemas pelos dias de aula perdidos porque meus professores acreditaram em mim quando falei que fiquei de cama com gripe. Isso era plausível porque eu havia perdido cerca de dez quilos. Não podia dizer o mesmo de Pimmichen, cujo zíper se abria toda vez que se sentava. Isso porque ela estava sendo mimada por seus dois novos "provedores", como ela chamava Janusz e Krzysztof, que lhe compravam pães frescos recheados com nozes e passas, além de *Viennoiseries*, como Pimmichen gostava de chamá-las. Não sei onde eles conseguiam essas coisas e, principalmente, em tanta quantidade, naquela época. Pimmichen desconfiava que eles trabalhavam em uma padaria, o que, segundo ela, explicaria por que saíam antes do amanhecer. Ainda assim, eu gostava da companhia deles. Ao manterem Pimmichen feliz, eles me deram a oportunidade, naquelas semanas vitais, de dedicar mais tempo a Elsa.

Agora, eu gostaria de mencionar a outra razão pela qual matei aula. Finalmente, depois de mudar de ideia várias vezes, fui ver se, por acaso, alguém do lado de Elsa tinha sobrevivido. As dúvidas, inexistentes quando eu estava em casa, me assaltavam sempre que eu saía. Todo velho poderia ser talvez seu pai, toda velha poderia ser sua mãe. Nathan era alto, baixo, magro, encorpado, tinha quinze, vinte, quarenta anos. Não era ninguém e era todo mundo. Era até invisível, lá no céu, observando cada passo meu.

Eu tinha deduzido que existiria um lugar em Viena onde eu poderia obter essa informação — algum edifício do governo destinado a esse propósito —, mas não existia. Os nazistas tinham destruído muitos dos registros antes do fim da guerra e não havia uma maneira simples de descobrir o paradeiro ou o destino de alguém. Havia campos de pessoas deslocadas em Viena e nos arredores, com indivíduos de campos de trabalhos forçados e de aprisionamento reagrupados com os sobreviventes de outros campos, de concentração e de extermínio. Era preciso que você desse o nome exato da pessoa e do campo ao qual fora enviada ou, ainda melhor, que você fosse lá pessoalmente. Eu lhes disse que, se eu já tivesse todas essas informações, não precisaria deles. Então, me perguntaram se eu tinha ideia de quantas pessoas desaparecidas com o sobrenome Levi existiam. Era uma busca inútil. Alguém me disse que a melhor coisa seria encontrar alguns sobreviventes e confiar no boca a boca. Ou o IKG — *Israelitische Kultusgemeinde* —, mas ele tinha sido aniquilado durante a guerra! Ou que tal o Rothschild-Spital? Não havia diferentes pontos instalados em locais por onde muitas pessoas passavam? Por que não tentar o serviço de rastreamento da Cruz Vermelha para encontrar o campo correto? Mas nada disso era tão fácil como parecia. Não era qualquer pessoa que podia chegar e pedir informação. Você tinha de dizer quem era e por que estava à procura daquela pessoa. Repetidas vezes, eu assumi o risco de revelar minha identidade, falei a eles do sócio do meu pai e expliquei que esses eram amigos dos meus pais.

Examinar as listas parciais existentes (ainda hoje, ninguém alegaria ter algo completo) era como ler um catálogo telefônico. Para qualquer pessoa que já as consultou, é incrível como você se torna capaz de sentir pena das pessoas só pelos seus nomes. Posso garantir a quem ouse duvidar de mim: eu não me rendia. Eu me sentei diante de outra voluntária, tentando reunir coragem para acompanhar as rápidas descidas do dedo dela. Até que o dedo parou. Mesmo ao saber que, desta vez, se tratava Nathan, meu rival há muito desprezado, senti uma dor arrasadora que eu jamais esperaria de mim mesmo. O resultado foi:

```
Mosel Kor, morto depois de 16 de janeiro de 1945 em
uma marcha forçada de Auschwitz para Mauthausen.

Nadja Golda Kor, nascida Hochglauber, Mauthausen,
morta em uma câmara de gás em outubro ou novembro
de 1943.

Nathan Chaim Kaplan, morto de exaustão em 6 de ja-
neiro de 1942 em Sachsenhausen.
```

Durante todos esses anos, ele, minha maior ameaça, estivera morto, antes mesmo de eu conhecer Elsa. Aquilo foi um choque para mim, assim como seria um choque para ela — as datas, quero dizer. Fiquei sentado a tarde inteira debaixo de uma árvore numa praça pública deserta, reorganizando meus pensamentos e minhas percepções, alternando camadas de verdades, meias-verdades e inverdades dentro de mim, e as reposicionando com Elsa em mente para que tudo se encaixasse de novo.

*

Pimmichen vinha tentando fazer uma barganha com Janusz e Krzysztof, dizendo que, se pintassem a casa, eles teriam o antigo escritório do meu pai e o quarto de hóspedes inteiramente para si. A princípio, eles apenas sorriram diante da sua tentativa de dar pinceladas imaginárias no ar, mas Pimmichen podia ser teimosa e eu sentia que era só uma questão de tempo até que eles cedessem à sua vontade.

Como sofri naqueles dias de escola, contando os minutos dentro das horas dentro das manhãs e tardes fragmentadas. Tudo podia acontecer em casa e eu não estaria lá para controlar as situações que surgiam o tempo todo. A escola estava complicando minha vida e, além disso, eu não estava aprendendo o que devia porque ficava muito ocupado me preocupando. Chegava a ter dor de barriga imaginando os piores cenários possíveis, somente para dar de cara, dia após dia, com tudo mais ou menos como eu havia deixado. No entanto, parecia difícil que os fios de nossas vidas, de nós cinco, pudessem continuar se entrelaçando sem se emaranhar. Quanto mais as providências se acumulavam, maior a probabilidade de falhas.

Toda manhã, eu chegava à escola ofegante e suado, quando as portas já estavam fechando. Dispensada a classe, eu voltava para casa o mais rápido que podia, subindo ladeira, descendo ladeira: eu conhecia a topografia de cor. De vez em quando, colegas da minha idade me convidavam para uma partida de pingue-pongue (o que demonstra como eu nunca tirava o braço do bolso). Além de não ter tempo, eu sentia que meu segredo me alienava deles porque, em primeiro lugar, eu sem dúvida teria de medir as palavras o tempo todo; e, segundo, os assuntos que eles escolhiam — motores de motocicleta, placares esportivos, pernas de garotas — não eram exatamente o que eu tinha em mente.

No estado em que me encontrava, minhas pernas praticamente cederam no dia em que, correndo, cheguei perto o suficiente da nossa casa para ver um veículo militar estacionado diante dela, parcialmente camuflado por nossa cerca-viva. Um oficial me indicou a porta enquanto cinco soldados franceses me esperavam, metralhadoras de prontidão. Imediatamente, ergui os braços para lhes assegurar que a pessoa que tinham à sua frente era inofensiva.

Mas eles não vasculharam os andares de cima, nem foram além do vestíbulo, onde Janusz e Krzysztof trabalhavam no encanamento. Nunca esquecerei o olhar que Janusz me deu, me reavaliando como traidor; e, de repente, Krzysztof derrubou cadeiras a caminho do banheiro em uma tentativa que julguei fútil. O francês tentou fazê-lo sair, um breve silêncio se seguiu e, então, se ouviu o ruído de vidros quebrando.

— *Il se suicide!* — gritou um soldado, tentando quebrar a maçaneta com a coronha de sua metralhadora.

O oficial mandou os outros saírem de casa e eu corri atrás deles. Krzysztof havia escolhido a direção dos vinhedos e os tiros não o dissuadiram; ele resolveu correr o risco. Fiquei convencido de que uma bala o havia atingido, porque de longe deu para ver as costas de sua camisa manchadas de sangue. Mais tarde, porém, encontrei sangue no banheiro, por isso esperei que só a janela quebrada fosse a causa do ferimento — afinal, ele continuara correndo.

Janusz tinha sido um observador passivo até que os tiros o arrancaram do seu estupor, mas o oficial o agarrou antes que ele botasse a segunda perna para fora da porta. Tive medo de que ele fosse me matar se o oficial não o tivesse segurado. Me chamava sem parar de uma palavra que fiquei feliz em não entender. Enquanto isso, Pimmichen repreendia o oficial francês.

— Eles não são criminosos! Proíbo que trate meus hóspedes assim na minha casa. *Pas comme ça chez moi!*

Janusz olhava tudo com um ar esperançoso enquanto seu debate se metamorfoseava em uma discussão. Com a dignidade de uma rainha, Pimmichen atravessou a sala, sem se dar conta do fato de que sua saia estava com o zíper aberto de um lado e seus pés estavam esmagando a parte de trás de seus sapatos ortopédicos. Então, ela puxou um documento de uma gaveta. Como ela o tinha enrolado e atado com uma fita vermelha, Janusz não o reconheceu até que ela o estendeu, momento em que olhou para ela com os olhos esbugalhados e encenou outro show de resistência: era o documento que eles tinham trazido no primeiro dia, lhes concedendo abrigo em nossa casa. Pimmichen, convencida de que estava no seu direito, se pôs de corpo e alma a provar o que dizia. Seu francês era magnífico; dava a impressão de que ela estava lendo um tratado para Luís XIV.

Os fatos eram que seus nomes verdadeiros eram Sergey Karganov e Fedor Kalinin — eram russos, não poloneses — e esse documento fora forjado por uma organização clandestina ajudando-os a obter a liberdade. O ponto crucial era que os soviéticos estavam convocando de volta seus soldados, alguns dos quais faziam tudo que pudessem para continuar nas terras em que se encontravam. Os governos dos países ocidentais livres estavam colaborando com a União Soviética, devolvendo a eles os fugitivos, não importanto o quanto resistissem. Soubemos de alguns que preferiram cometer suicídio a voltar e, como fora provado, sofriam menos do que teriam sofrido como desertores do regime stalinista. Foi um escândalo na época, a Missão Soviética de Repatriação.

Deixamos seus pertences onde estavam por mais de um ano. Então, finalmente, Pimmichen e eu revistamos suas coisas e encontramos dois pares de meias, uma muda de cuecas, dezesseis envelopes contendo o que descobrimos ser sementes de abóbora, dois crucifixos e uma garrafa vazia. Continuando o inventário, encontramos um bloco de papel enfiado em um de seus sacos de dormir. Nele, suas primeiras, geralmente grafadas erradamente, palavras em alemão, rabiscadas com uma ilustração na margem. Ainda lembro que *sein*, o infinitivo do ver "ser", consistia de um bonequinho de palito com apenas os braços abertos, divergindo de uma postura militar, e, mais curiosamente, com um sorriso em um rosto, de resto, vazio.

dezesseis

Pimmichen pareceu confusa ao me ver entrar com as tintas e as telas, e, embora eu tivesse atravessado rapidamente a sala de estar antes que ela pudesse fazer qualquer pergunta, me pegou ao pé da escada e me olhou de cima a baixo com uma expressão de dúvida no rosto.

— Esta é sua última tática para seduzir Edeltraud? Se está tão desesperado assim, daqui a pouco vai cortar a própria orelha.

— Não, Pimmichen, estou fazendo isso apenas para mim.

— Nada do que fazemos criativamente é apenas para nós mesmos. Só é feito para outra pessoa, no mínimo para a pessoa que mora na nossa cabeça.

Enquanto dizia isso, ela arrancou da minha mão a caixa de madeira dos tubos de tinta a óleo e a escondeu atrás das costas.

— Pois posso lhe assegurar que não há nenhuma Edeltraud no andar de cima.

O que eu entendia por "no andar de cima" era "na minha cabeça" — uma expressão alemã comum, *oben*, ou "em cima".

— Toc, toc — disse Pimmi, estendendo a mão para bater na minha testa. — Alô? Tem alguém morando aí? Edeltraud! Há quanto tempo está fechada nesse espaço minúsculo? Por que não sai para pegar um pouco de ar puro? Ele a trancou aí? Ele acha que eu não sei que você está aí; acha que sua avó é burra.

— Muito engraçado.

Dei alguns passos para trás, tentando rir, apesar da tensão no meu rosto.

— Acho que você sabe o que eu quero dizer.

— Não, e não quero saber.

Fiz que a driblaria, mas ela me bloqueou.

— Acho que você sabe *exatamente* o que eu quero dizer.

— Vejo a senhora depois, Pimmi.

Quando tentava passar por ela, suas cócegas compensaram sua pouca força e as telas caíram.

— Sei onde ela mora.

— Sabe?

— Sim, eu sei — disse ela com um aceno de cabeça confiante. Estava no primeiro degrau, bloqueando minha passagem, agarrada aos dois corrimãos.

— Ah, isso não *me* incomoda. Não é problema *meu*.

Concentrei minhas forças para tentar soar como se estivesse achando graça naquilo ao perguntar:

— E onde é que Edeltraud estaria morando?

— Ela mora, como você disse, *oben*.

Seu rosto era enrugado, mas seus olhos azuis ainda eram aguçados e inteligentes, e ela exibia uma leve curva para cima nos lábios enquanto rodava seu dedo indicador arqueado, designando primeiro minha cabeça, depois o teto, escada acima, testando minha reação a cada mudança de posição.

Tentei manter os olhos na altura dos seus, mas era demais para mim e senti meu nervosismo aparecendo.

— Em cima onde?

Seu dedo se inclinou três vezes para o quarto de hóspedes e, então, depois que a verdade havia cintilado entre nossos olhos, ela o aproximou de mim como uma broca até apontar diretamente entre meus olhos, me apertando naquele ponto.

— Na sua cabeça.

— Entendo.

— Você passa seu tempo aí em cima caminhando ao longo de rios, conta a ela seus segredos, então a beija... Ah, aquele primeiro beijo! Mesmo que tenha sido apenas no seu pulso, ela se tornou real na sua mente. Tive um pretendente vivendo comigo na casa dos meus pais. Lucas.

Eu explodi de tanto rir, até dobrei o corpo.

— Pimmi, essa é a história mais ridícula que já ouvi! Acha que eu inventei uma garota?

— Claro que você está envergonhado, mas quem diz que ela é inventada? Você botou os olhos nela em algum lugar. Meu Lucas era filho de um proeminente leiloeiro. Eu costumava observá-lo às tardes de sábado sobre o púlpito, segurando objetos para que o público os visse. Tudo o que eu via era ele, por mais efeminado que fosse, se você entende meu eufemismo. Não foi a *pessoa* que eu inventei, foi nossa história de amor.

— Eu lhe asseguro, nunca beijei meu pulso. Eu nem tenho um desse lado.

Ela afagou meus cabelos e algumas mechas caíram sobre meus olhos.

— Você é muito tímido e, por isso, não sabe como se portar. Com o acidente que sofreu, não acredita que alguém possa amá-lo, mas está errado, *mein Süßer*. Tenho pensado a respeito. Por que não entra para um grupo da juventude católica? Vai encontrar algumas jovens de boa família que aprenderão a apreciar suas boas qualidades, que o ajudarão a esquecer a garota aí em cima. À medida que você envelhecer, não se preocupe, seu rosto cederá à força da gravidade. Olhe para o meu. — Ela puxou para baixo a pele flácida do rosto e fez uma expressão que só teria seduzido um robalo. — O tempo cura tudo, até cicatrizes. Elas acabam se ocultando entre as rugas.

O choque das emoções acabou me atropelando. Primeiro, medo intenso por ter ela chegado tão perto da verdade; então, o relaxamento inesperado e violento. Pena de mim mesmo quando ela me disse como eu devia me sentir e a súbita queda de ficha da minha situação: pequeno e mutilado, em uma casa grande e vazia, sem mãe, sem pai, sem irmã.

Pimmichen se sentou ao meu lado e usou seu lenço amarelado para enxugar meus olhos enquanto me dizia que reservaria, para meu uso exclusivo, uma conta de banco que ela herdara de sua tia, que, na juventude, perdera dois cortejadores em um dos últimos duelos ocorridos no Império Austro-Húngaro. Eles deram dez passos, giraram nos calcanhares e mataram um ao outro com um tiro. Sua cabeça vacilou involuntariamente de um lado para o outro; e ela ficou mais velha; a casa, maior, mais vazia; e eu, menor, menor; e ela não conseguia enxugar minhas lágrimas rápido o suficiente.

Naquela noite, tive um pesadelo em que Pimmichen me confrontava com cartas endereçadas para Baumeistergasse 9, 1016, Viena. "São para alguém chamado Elsa Kor. Você conhece alguma Elsa Kor?", perguntava ela.

Meu coração disparava. Quem, além de mim, sabia que ela estava nesta casa? Depois de pensar rapidamente, eu dizia: "Não passa de um engano, alguém errou o endereço. Vou devolvê-las ao carteiro amanhã cedo."

"Como pode ser um erro se foram escritas com a sua letra?", perguntou ela enquanto botava as cartas na minha mão.

Para meu espanto, estavam escritas com minha própria caligrafia. Não só eu tinha sido burro o bastante para escrever um endereço de remetente, nada menos do que Baumeistergasse 9, mas, em vez de um selo, alguém havia colado uma velha foto minha da escola com cabelos pajem. Notei que os envelopes tinham sido abertos e, pior ainda, levavam carimbos de três anos atrás! No sonho, percebi que minha avó sabia tudo sobre Elsa aqueles anos todos e, durante aquele tempo, tinha interceptado cada carta, mas nunca dissera nada.

dezessete

Dei a Elsa o casaco de caxemira que meu pai havia comprado para minha mãe em Paris na lua de mel deles, que aconteceu na mesma época das liquidações de verão. Eles sempre riam quando se lembravam de como ela o havia carregado de Montmartre até o hotel deles em Saint-Germain em meio a uma onda de calor recorde. Apesar do casaco, Elsa ainda sentia frio. O calor escapava por baixo do telhado e, com sua porta fechada, o aquecimento da casa quase não chegava ali. O preço da lenha não me impedia de comprá-la, mas, como disse a ela, nem sempre havia lenha disponível para venda e, quando havia, ela vinha em feixes limitados de lascas de toras. Então, ela me perguntou por que eu simplesmente não ia à floresta e cortava algumas árvores por conta própria, já que os franceses estavam monopolizando toda a madeira boa para si. Isso mexeu com meus brios e fiz uma tentativa ao entardecer, mas o machado era muito pesado e, depois de errar a árvore, mas não a minha bota, desisti da ideia.

 Elsa rolava de leve a ponta do pincel sobre a tinta preta de modo que pequeninas contas, como caviar, se colavam às cerdas. Sua timidez não durou muito. Em poucos dias, ela já enfiava o pincel bem fundo, o que manchava de tinta sua haste de madeira e transportava glóbulos não diluídos, o suficiente para encher uma concha de ostra, que nem sempre chegavam à tela. Constrangida, ela olhava para seu casaco e ao seu redor e retomava o trabalho, enquanto eu pensava nos locais de aterrissagem da tinta que ela não vira, na barra da sua saia ou no punho do casaco.

 Queria pedir a ela que não usasse as telas para testar as cores — eram muito caras e pesadas para que eu pudesse carregar mais do que duas de cada vez —, mas não queria que me julgasse pão-duro. Ela usava cerca de doze telas por semana. Acho que simplesmente não tinha ideia do custo, pois era também muito alienada do mundo real. Mas quem era culpado daquilo? Ela ou eu?

Muitas vezes, sua concentração era tão intensa que se esquecia de mim. Para conquistar sua atenção eu me alongava, esticava meus bocejos muito além do normal, ou rolava de um lado para o outro de uma maneira exagerada que quase quebrava minhas costas. O vinco entre suas sobrancelhas me deixava perceber que eu estava sendo um *nudnik* — expressão em iídiche que designava nada menos que uma "praga". Fingir interesse pelo que ela fazia me levava mais longe. "Como se chama aquele verde?" "Foi uma bela pincelada, como fez isso?" Suas explicações, mesmo assim, continham um toque de impaciência. As únicas perguntas que de fato lhe interessavam — "Está com fome?" "Sede?" "Tem algo que eu possa comprar para você na cidade?" — geralmente me agraciavam com um tom de voz mais caloroso, exceto quando eram feitas cedo demais, antes que a fome, a sede ou qualquer outra necessidade se manifestasse.

Apesar de tudo isso, eu adorava observá-la. Ela se posicionava diante da janela e seu rosto mudava conforme o que via, mesmo que fosse impossível ver alguma coisa, já que a persiana estava fechada. Seus olhos escuros se iluminavam com sentimento, ou a luz dentro deles se apagava, deixando-os mortiços e imóveis. Eu não lhe perguntava o que ela via, embora ficasse louco querendo adivinhar. Uma cidade ruidosa e movimentada? Milharais? Crianças afundadas até os joelhos na neve rindo? O horizonte sombrio de um mundo inundado, azul tocando azul, as cortinas da humanidade se fechando? Eu sabia que era uma daquelas perguntas que não teria resposta.

Mesmo não sendo irreconhecíveis, os objetos que ela pintava, na maior parte, careciam de substância e, no fim das contas, quando estava claro que nada sairia do que ela tentara pintar, o trabalho cedia ao lazer. Ela exagerava nos traços de seus autorretratos — sobrancelhas se elevavam a alturas grotescas, queixos caíam até o chão, narizes se transformavam em focinhos antes que ela cobrisse a tela com grandes pinceladas em forma de xis. Então, no momento que eu mais aguardava, ela puxava uma cadeira para perto de mim, estendia suas pernas sobre meu colo e me olhava de frente. Meu novo status era aquele do ouvido atento, enquanto ela criticava a si mesma pelas muitas coisas erradas que fizera.

A loja toda abarrotada de objetos à venda que eu frequentava era administrada por um casal idoso, e eu logo fiquei conhecido deles. Eles se cutucavam quando me viam chegar debaixo de chuva ou neve sem um guarda-chuva, que eu nunca usava porque simplesmente tinha muita coisa para carregar e frequentemente tinha de recorrer à boca como ajuda. Seus olhos me seguiam com admiração franca porque, para eles, eu era um artista apaixonado e prolífico que, um dia, acabaria coroado pela fama. Eles me entregavam os artigos religiosamente, como se também fizessem parte do grande ciclo da arte em ação.

Devo ter desgastado a trilha entre Baumeistergasse e Goldschlagstraße, um caminho empoeirado e barulhento por causa das obras de reconstrução. Logo adquiri o hábito de observar meus sapatos avançarem passo a passo enquanto os sinais notórios de desgaste começavam a aparecer, os bicos descolando das solas, as costuras se desfazendo e o couro rachando... Certa manhã, pensei comigo mesmo que eu devia estar me acostumando com as tropas francesas, porque quase não reparava mais nelas, talvez porque estivesse muito ocupado olhando para meus pés. Esse pensamento tinha acabado de passar pela minha mente, quando se tornou um espetáculo comum ver fileiras de carros de combate se arrastando pelas ruas. As tropas francesas estavam trocando a Áustria pela Indochina, onde a França ainda estava em guerra. Quando alguém precisava atravessar a rua, era uma longa espera. A infraestrutura da nossa zona da cidade se tornou degradada e controles de identidade ficaram menos frequentes. Com o tempo, me aproveitei da situação para deixar de frequentar a escola, e fiquei feliz com o fato de ninguém ter feito nada para me forçar a voltar.

Não conseguia decidir se as tarefas de que Elsa me incumbia eram destinadas a testar meu afeto ou a me torturar. Certa vez, eu a peguei bisbilhotando pelo canto da persiana. Estava tão fascinada pelos flocos de neve que nem me ouviu entrar, ou talvez tivesse escolhido me ignorar. Ela me implorou que atravessasse a cidade para pegar uma grande tigela de neve de Aspernbrücke. Uma tigela de neve do nosso jardim não serviria. Eu poderia lhe dar qualquer neve — ela nunca saberia a diferença —, mas provei meu amor para ela, se não para mim mesmo, percorrendo o caminho todo até a ponte em questão. Quando voltei, vermelho e congelado até os ossos, a decepção tomou conta de seu rosto; e ela disse que eu provavelmente tinha ficado segurando a tigela por tempo demais, pois a neve havia derretido. Será que eu não poderia voltar e trazê-la dentro de uma cesta dessa vez, para que continuasse fresca e branca e crocante entre seus dentes? Por favor — ela havia sonhado tanto em comprimir uma bola de neve de Aspernbrücke em suas mãos!

Regularmente, ela me fazia ir até as carruagens puxadas a cavalo no centro de Viena, uma atração turística popular, e passar a mão no pescoço de um cavalo. Como eu me sentia um bobo, na minha idade, dando palmadinhas no pescoço do cavalo, mas obedecia. Ela colocava a palma da minha mão junto a seu rosto e suas inalações profundas junto à minha pele me gratificavam. Mas a maioria das minhas tarefas não me trazia tal recompensa. Ela me fazia ir buscar seus pesados livros didáticos e, de cada dois, um eu era obrigado a devolver. Não tinha sido Biologia o que ela havia pedido, mas Botânica! Não era Latim, era História da América Latina!

Por mais bonzinho que eu fosse, se tornou comum ela se queixar do meu tom de voz. Em certa ocasião, ela prendeu os lábios com dois brincos da minha mãe que eu tinha acabado de lhe dar, e os lábios embranqueceram e enrugaram grotescamente. Não achei muita graça naquilo. Eu não tinha falado nada mais do que seu nome quando ela retirou os brincos com um gesto de mãos brusco e explodiu: "Por favor, Johannes! Pare de me repreender o tempo todo!"

Era ela quem me tinha repreendido, e não o contrário.

*

Finalmente chegou o dia em que Elsa gostou de uma de suas pinturas. Seus sorrisos foram tão doces que renovaram minha esperança depois de um ano de rejeição. Ela correu para mim rindo e jogou os braços em torno do meu pescoço, mas, antes que eu pudesse alimentar qualquer esperança, o que era compreensível por parte de um jovem como eu, ela colocou meu braço em sua cintura e fez uma espécie de passo de balé. Quando entendi que ela esperava que eu assumisse a postura de um bailarino, me senti ridículo. Então, de repente, ela jogou o corpo para trás com tanta entrega que eu quase a deixei cair. Desejei que sossegasse, mas ficou ali fazendo um monte de pequenos saltos impacientes à minha frente.

— Me levante, Johannes!

— Como?

— Bote sua mão aqui e levante quando eu saltar.

Não esperava que ela, da maneira mais natural, esperasse que eu colocasse minha mão na sua parte mais proibida. De todas as coisas mais imbecis que eu poderia fazer, eu me recusei! Claro, eu *queria* fazer aquilo — há anos que vinha querendo —, mas receava a humilhação que me aguardava se não tivesse a força suficiente para levantá-la do chão.

— *Vamos*, não seja um estraga-prazeres!

Suas costas suavam e ela tinha um cheiro adocicado, quase apimentado... seus cabelos estavam desalinhados, os olhos, escuros e vivos. Seu peito arfava com o esforço, para dentro e para fora, e eu tinha dificuldade em manter meus olhos longe dos seus seios, que pareciam redondos como melões. Meu desejo, para meu constrangimento, começava a aparecer.

— Por favor.

Ela se aproximou mais, ficou nas pontas dos pés e ergueu os braços sobre a cabeça em uma pose de balé, arqueando as costas, o que destacava ainda mais seus seios.

Fiz uma tentativa, mais para que ela não percebesse o que exatamente estava pressionando seu quadril. Quando me estiquei para levantá-la, sua barriga macia bateu no meu rosto, o que bloqueou minha respiração. Ela se apoiou com força nos meus ombros para se erguer e minhas pernas estavam quase cedendo ao peso. De repente, ouvi uma batida forte, seguida pelo grito de Elsa, e deduzi que Pimmichen tinha aparecido de surpresa e estava cara a cara com Elsa, seu dedo ossudo lhe apontando o caminho da rua. Não, Elsa tinha apenas batido a cabeça com força no teto. Seu corpo relaxou e eu a pousei no chão. Não estava chorando de dor, como eu imaginara, mas de tanto rir. Recebi até um abraço forte. Ela não se mostrava tão animada havia muito tempo e me bastaram cinco minutos de atenção para esquecer o longo período de maus tratos ao qual eu fora submetido — maus tratos que, agora, eu considerava, contra todo raciocínio analítico, uma exceção à regra. Esta era a Elsa que eu conhecia.

dezoito

Durante muito tempo, eu havia precisado do meu braço mais curto para equilibrar a bandeja, mas, àquela altura, já conseguia equilibrá-la com o braço bom, enquanto o outro ficava atrás das costas ao estilo garçom. E tem mais, eu tinha aprendido a girar a maçaneta com o pé e a abrir a porta sem que meu joelho batesse na bandeja e o guardanapo absorvesse mais chá do que Pimmi ou Elsa.

— Café da manhã — anunciei na minha costumeira voz cantante.

Erguendo o olhar, fiquei chocado ao ver a cabeça de Pimmi tombada para fora da cama, um arco de dentes perolados saindo da boca, dando a impressão de que a mandíbula estava quebrada.

— Vovó! — Deixei a bandeja cair, parte de mim registrando com temor o fato de ela não ter reagido ao barulho. O mais rápido que pude, abri o botão da gola da camisola e removi a dentadura dela. Minhas sacudidas logo a reavivaram e seus olhos se abriram, ainda que como fendas espantadas. — Estou aqui, bem do seu lado.

Ela olhou ligeiramente à minha esquerda, as gengivas trabalhando.

— Wilhelm? Wilhelm?

— É Johannes, *dein Jo*. Pimmichen? Está me ouvindo?

— Ah, ah.

— Respire fundo. Assim, assim...

Depois do que pareceu uma eternidade para alguém jovem e agitado como eu, ela fez um esforço para falar, e precisei chegar meu ouvido mais perto para captar o que ela dizia, pois parecia haver mais pigarro e suspiros que palavras.

— Querido... diminua suas expectativas; encontre outro tipo de trabalho. Eu estava errada em encorajá-lo. Tenho medo de que não lhe sobre nada se você continuar pintando por muito tempo. — Ela se agarrava à minha manga para que eu ficasse curvado sobre ela e a ouvisse até que tivesse terminado de falar. — Você precisa de um emprego... um emprego assalariado. Faça algo útil que lhe traga uma renda. Fui egoísta, Deus me perdoe. Queria você do meu lado; me sentia solitária, sem família. Mas você deve conseguir um emprego agora. Deve esquecer todo o resto. — Dito isso, ela me soltou e caiu de novo na cama.

Eu me encontrava em um estado de confusão, magoado e ofendido.

— A senhora não vai a lugar algum, vovó.

— Eles estão lá em cima, cantando de mãos dadas, num círculo. Seu pai, sua mãe, sua irmã. Preciso deixar esta velha carapaça para trás. Encoste seus ouvidos nela depois que eu me for e ouvirá que sempre o amei.

— A senhora ainda tem mais alguns anos para viver.

— Eu vi uma sombra. Não vai demorar muito.

— Uma o quê? — perguntei.

— Ela abriu a minha porta e ficou em pé ali, olhando diretamente para mim. Não há dúvida. As asas da morte estão batendo.

— Uma sombra?

— No meio da noite. Ficou olhando para mim e depois partiu. Foi um aviso de que chegou a hora de eu fazer minhas últimas orações.

— Como a senhora pôde ver uma sombra à noite?

— Eu vi. Você deixou a luz acesa na biblioteca, Johannes, por isso eu pude ver o contorno muito bem.

— Não deixei nenhuma luz acesa — falei. — Sempre verifico a casa toda antes de ir para a cama. Ainda estaria acesa se eu tivesse deixado. A não ser que a senhora tenha se levantado e desligado.

— Nesse caso, não foi a sua luz, mas a do Senhor. Céus, céus, *Adieu*.

Ela tocou em minhas bochechas e fechou seus olhos.

— A senhora está agindo como uma doida.

— Shh, não me distraia. Minha alma deve subir.

— Eu lhe asseguro, não foi um anjo que visitou a senhora.

— Me ajude a partir em paz.

— A senhora não está indo a lugar algum.

— Seja forte, meu querido.

— Não foi o que a senhora imaginou, Pimmi.

— Chame do que você quiser. Uma presença materializada. Uma aparição.
— Eu a chamo de *ela*!
— Ela, ele... Não importa... A morte não tem gênero.
— Ela! É definitivamente uma *mulher*!
Muito lentamente minha avó abriu um olho.
— Quem?
— Ela desceu para pegar um livro. Eu não quis subir e levar para ela quando fui dar boa noite. Danada! Ela sabe que não pode descer aqui!
— De quem raios você está falando?
— Elsa.
— Elsa?
— O nome dela é Elsa, não Edeltraud.
Ela apertou as mãos em desalento e murmurou:
— Johannes, você não está muito bem. Prometa que vai procurar ajuda médica.
— Escute, vovó...
— Escute *você*, meu jovem. Você ficou doente. Não seu corpo, ele está bem, foi curado, não há nada errado com você nesse sentido. Eu me refiro a uma doença na mente, um trauma psicológico.
— A senhora se lembra da menina que vinha tocar violino com Ute?
— Não, e não quero mais ouvir essas sandices.
— *Mutter* e *Vater* a esconderam durante a guerra. A senhora não sabia?
Pimmichen olhou para mim com temor e confusão, sem saber se devia acreditar em mim ou não, ou talvez não querendo acreditar.
— Pois bem, ela ainda está lá em cima. Nunca contei a ela que perdemos a guerra.
Minha avó ficou em estado de choque, ou por causa da verdade ou da minha confissão, que, assim, a associava à minha mentira. Lentamente, ela examinou minhas feições, com medo nos olhos.
— Se o que você diz é verdade, como ela pode ter sobrevivido todos esses anos? De ar e poeira?
— *Mutter* cuidava dela, *Vater* ajudava quando podia e eu tomei conta dela depois.
Ela conseguiu se sentar na cama, em meio a alguns espasmos e caretas desajeitadas, se agarrando a mim em busca de apoio.

— Todos esses anos?
— Sim.
— Johannes, a Gestapo a teria encontrado, eles sabiam sobre seus pais. Onde você estaria escondendo essa menininha?
— Ela não é mais uma menininha, agora já é uma mulher.

Minha avó enxugou os olhos marejados de lágrimas e replicou:
— Ela não existe. Ela nunca virou mulher.
— A senhora a ouviu no quarto de hóspedes... e caiu escada abaixo.
— Não invente. Aquele barulho eram os pombos fazendo ninho. Você deixou a janela aberta. Pombos. Eu me lembro bem...

Ela acenou as mãos salpicadas de manchas de idade diante do rosto como se centenas de pombos estivessem voejando sobre ela.
— Ela está viva — falei.
— Na sua memória.
— Nessa casa. Tão viva quanto a senhora e eu.
— Você está doente. Deve tomar cuidado com o que diz. Podia ser preso pelo resto da vida abrindo sua boca assim!
— Quem me prenderia? Sou um herói por tê-la mantido a salvo até hoje. Apenas estou estendendo minha proteção por mais algum tempo, só por precaução. Não dá para confiar no mundo.
— É a sua culpa que fala, Johannes. Talvez você *desejasse* ter ajudado a menina. Está se sentindo culpado por sua omissão, por tudo aquilo que não fez.

Pimmi passou os instantes seguintes tentando me convencer do contrário em relação ao que tinha acontecido. Foi uma loucura: quase comecei a duvidar de mim mesmo. A situação real, a verdade, me pareceu irreal — que a guerra tinha acontecido; que a Áustria fora ocupada; que o homem que conquistara minha admiração na infância houvesse cometido suicídio, assim como sua amante, em uma aura de teatralidade, um dia depois de terem pronunciado seus votos de casamento. Imaginei Eva Braun bebendo veneno enquanto o *Führer* se matava com um tiro, e Martin Bormann saía correndo do bunker aos gritos, "Hitler me nomeou o novo líder do *Reich*! Hitler me nomeou o novo líder do *Reich*!", extasiado por entre as ruínas de Berlim, para nunca mais ser visto. Tudo aquilo foi muito louco. Minha própria vida não parecia real; como a de Elsa poderia parecer?

Subi um degrau bem devagar. Quando passei ao próximo, num movimento igualmente lento, senti o peso da perna, a solidez da escada sob meus pés, o realismo do corrimão de madeira. A maçaneta estava dura; e a porta, em si, pesada. Um cheiro de tinta e aguarrás vindo de trás da porta alcançou minhas narinas assim que eu a abri, arregalei olhos e vi. Lá jazia Elsa, inconsciente, uma espessa mancha verde ocupando o canto da boca. Os braços estavam estendidos de um jeito dramático, um jogado por trás da cabeça, o outro para o lado, e, na mão fechada, um tubo de tinta vazio. Ela não era real, nada disso jamais tinha acontecido, e, no entanto, ela não desapareceu depois que contei até dez parado ali na porta, nem quando eu a empurrei com o pé e ela rolou de costas. Ela, também, era sólida, pesada, real.

Eu a peguei nos braços, e um pouco de tinta verde borbulhou de dentro da sua boca. Só Deus sabe o que fiz naquela hora. Dei um tapa na cara dela, pressionei sua barriga e tentei levantá-la pelos pés. Havia mais verde no chão, seguido por laranja, amarelo, azul, e logo começamos a escorregar nas tintas. Conforme meus pés iam deslizando, aquilo se transformou em uma desordem escura e caótica, assim como Elsa... na verdade, ela começou a parecer ser feita de barro.

Naquele momento, eu podia escolher, e a questão da existência dela era minha. Elsa era tão minha como se eu mesmo a tivesse modelado e lhe dado forma a partir de uma massa disforme, enfiado dois dedos em sua cabeça para fazer os olhos e meu polegar para fazer a boca. Eu podia modelá-la de volta em uma bola ou podia completá-la, criando seus traços individuais.

Eu não poderia deixá-la sozinha, e fiquei com ela vinte e quatro horas por dia, no sábado, no domingo, purgando, curando, nutrindo. Na manhã de segunda-feira, ela conseguiu se mover por conta própria, sem depender de mim. Abriu os olhos de repente — a figura de argila ganhou vida — e, sem dizer nada, mas exibindo certa arrogância, observou seus pés se contraírem de um lado para o outro. Não lutava mais pela vida, mas para recuperar as forças. Como eu a tinha deixado muito pouco durante esse tempo todo, o quarto estava imundo. As tintas espalhadas na colcha, nas paredes e no abajur tinham secado; recipientes de comida e bebida haviam se acumulado e, o que quer que eles tivessem contido, ou ainda contivessem, deixou a respectiva mancha nos móveis. Então, ela brincou com seu pezinho extasiado até conseguir o que queria — derrubou uma garrafa de leite de cima da cômoda localizada ao pé da cama, além de uma vela que eu tinha colocado lá para disfarçar os odores que haviam se acumulado. Ofereci a ela o que não havia entornado, e ela bebeu um pouco antes de derrubar a garrafa. Mais leite e um filete de cera branca endurecida foram acrescentados ao inventário de manchas.

Depois que Elsa pegou no sono, tentei me organizar e lembrar o que precisava ser feito. Eu tinha de limpar a casa, verificar as contas a pagar, escrever algumas cartas administrativas e ver se minha avó precisava de algo a caminho do correio... Pimmichen! Durante aquele tempo todo, eu não havia levado nada para ela, nem mesmo um copo de água.

Desci a escada de três em três degraus. A porta do quarto estava entreaberta e tudo parecia muito quieto. Eu me aproximei, o medo e a esperança se alternando; minhas impressões oscilavam a cada passo. O rosto enrugado e pálido dela estava sereno... as mãos unidas em prece capturavam os milhões de pequenos detalhes de sua vida em uma única e derradeira escultura.

*

Minha avó não teve o enterro com o qual havia sonhado, nem no que diz respeito ao traje (o vestido de noiva não cabia mais nela), nem ao número de pessoas presentes. Seu irmão mais velho, Eggert, havia morrido muito tempo atrás quando eu ainda era pequeno, e seu irmão mais novo, Wolfgang, era um padre missionário na África do Sul, do qual só tivemos notícias duas vezes em dez anos. Achei as informações de contato de alguns velhos conhecidos dela nas últimas páginas de sua agenda, mas relutei em ligar, receando que, assim que soubessem que eu estava sozinho, fossem começar a aparecer de repente para ver como eu ia passando. Um deles poderia oferecer um filho ou um neto para morar comigo e combater minha solidão, ou perguntar se um integrante da família deles poderia alugar um quarto; afinal, por que eu quereria morar sozinho em uma casa tão grande?

Sem ninguém para me ajudar, fui confrontado com a organização de um funeral que se mostrou tão caro quanto cruel. O caixão deveria ser forrado ou não? Madeira de lei ou madeira comum, qual delas resistiria menos aos quatro elementos? Alças de bronze ou de um metal mais barato? Quem me dera eu ter tomado decisões racionais e ter me convencido de que minha avó estava morta, portanto, que diferença aquilo faria para ela? Ainda assim, considerações de ordem econômica me deixaram com um peso na consciência, como se fossem a prova de que eu não ligava para minha própria avó, e o agente funerário estava acostumado a usar esse tipo de coisa a seu favor. Sem dúvida, a dor de não ter podido enterrar nem minha mãe nem meu pai me levou a extrapolar o orçamento.

A Capela de Santa Anna ficava distante, no sétimo distrito, uma área de bosques, vinhedos e santuários de pássaros. Somente o padre corcunda e eu estávamos presentes; no entanto, coroas de flores cobriam o caixão de Pimmichen, e a ária "Durmam, ó olhos cansados", da cantata *Eu tenho o bastante*, de Johann Sebastian Bach, foi executada, como ela havia desejado, embora por um barítono e organista de talento menor. Não era o órgão de sete mil tubos de sua preferência, mas também não era um simples harmônio de duas oitavas. Apesar da idade avançada, o padre manejava o incensório com tanto vigor quanto qualquer coroinha e, tendo imergido o aspersório em água benta, agitou-o ao seu redor o suficiente para borrifar os vivos. Infelizmente, ele só falava em latim, por isso seu sermão soou um tanto impessoal.

Um grupo de turistas americanos entrou na capela, muito provavelmente familiares visitando um integrante da ocupação. Dava para entender melhor os sussurros deles do que o latim, enquanto percorriam a nave lateral da igreja admirando as esculturas de madeira ("aqueles anjinhos fofos entalhados nos bancos") e as tapeçarias ("aqueles fabulosos tecidos antigos que eles ainda preservam"). Ouvi uma das figuras maternais comentar: "Oh, vejam, o funeral de alguém está acontecendo ali!"

Do lado de fora, os coveiros cavavam com suas pás. Para eles, era apenas mais um trabalho braçal. O nome da minha avó e o ano de nascimento dela haviam sido há muito tempo gravados na lápide do meu avô, prometendo a ele que lhe faria companhia a partir de uma data que havia sido deixada em branco. Sob o sol de verão, refleti sobre a declaração final da sua união:

Hans Georg Betzler, 1867-1934
Leonore Maria Luise Betzler, nascida von Rostendorff-Ecken, 1860-1947

Pensei lá com os meus botões: que bonito um casal ser enterrado numa mesma sepultura. Dava a ilusão de uma felicidade tão completa que lhes concedia o eterno esquecimento para o resto do mundo.

Depois desses dois incidentes, a morte de Pimmichen e a quase morte de Elsa, eu não conseguia dormir mais que uma hora ou duas à noite, e eram necessárias cinco ou seis horas de insônia para chegar a isso. O medo de encontrar Elsa inconsciente de novo me apavorava. A tinta havia deixado linhas verde-escuras entre os dentes dela e, mesmo depois que raspei com um alfinete, um resíduo persistiu. Ela se queixava de dores no abdome, que iam e vinham, e de rigidez nas articulações. As veias sob seus olhos, finas e suavemente protuberantes como as de uma folha, permaneceram assim também, o que lhe emprestava um ar de cansaço constante.

Elsa não conseguiu me fornecer um motivo coerente que explicasse seu ato; ela não sabia por que tinha feito aquilo — só o fez, simples assim. Ela ficava sentada na beira da cama e olhava para as paredes, para o teto, para o chão, mas nunca para mim enquanto eu gritava "Por quê? Por quê? Me dê uma boa razão, uma que seja!"

— Por que não? Por que *eu* tenho o direito de viver? Qual é o sentido de centenas, milhares, milhões mortos, aqueles que eu mais amava na vida, mortos, e eu viva?

Eu podia fazer a ela todas as perguntas que quisesse, tudo o que recebia eram mais perguntas. Ela era especialista em contra-pergunta, se fazendo de burra quando não queria conversar sobre determinado assunto, bancando a sabichona quando queria e, nas raras ocasiões em que se sentia acuada, mostrava-se mestre nas citações em uma daquelas línguas mortas dela, o que era muito conveniente, pois podia traduzir tudo do jeito que quisesses, ou então recitava alguma incompreensível lei matemática que algum ancião inventara x mil anos antes do advento da tecnologia.

Por vários minutos, andei de um lado para o outro no quarto, chutando a pilha de roupas e lençóis no chão — a maneira sutil dela de me lembrar que suas roupas sujas precisavam ser lavadas. Até que algo brilhante atraiu a minha atenção: um broche de família que eu tinha lhe dado, ainda preso a uma blusa. Eu não sabia mais para onde andar; as paredes eram opressivas, e, para onde quer que eu me virasse, elas pareciam me confrontar. Então, parei no meio do quarto, me sentindo nauseado e tonto, e falei:

— Elsa, preste atenção. Preciso confessar algo a você. Não diga nada até que eu tenha terminado.

Eu me vi espelhado nos olhos escuros e inteligentes de Elsa, o que me colocou em grande desvantagem.

— Escute... Elsa... Eu tenho certeza de que, durante esse tempo todo, você preferiria ter ficado em qualquer outro lugar do mundo do que aqui comigo nesta casa, o que provavelmente o fez em pensamento. Tentei fazer você feliz, fazer tudo o que podia para agradá-la, mas receio que nunca foi suficiente. Não. Você não é feliz.

No fundo, esperei que ela fosse dizer que não, que não era bem assim, mas ela não negou, então me abaixei e peguei algumas roupas sujas, enfiando-as todas emboladas no cesto, uma após a outra, enquanto tentava colocar as palavras em ordem.

— Você não faz ideia de como eu sinto quando abro sua porta todo dia de manhã. É como se meu coração estivesse prestes a explodir. Sou duas pessoas: sou o criado abestalhado que obedece a cada comando seu, mas sou também o outro que quer abraçá-la, mantê-la por perto. Eu amo você, Elsa. Amo você mais do que a mim mesmo, e vou lhe provar o quanto, pois estou disposto a lhe dar a felicidade que levará à minha própria infelicidade. Sei que isso não muda nada para você, pois me vê apenas como seu pão com manteiga, sua cama e mesa, você acha que precisa de mim para sobreviver...

Ela ergueu a palma da mão e disse secamente:

— Preciso interromper você.

— Não me interrompa! A verdade é que você não precisa nem um pouco de mim! Nem um pouquinho! Mas, antes que eu continue, quero que você saiba que tudo o que fiz até agora foi somente porque amo você, ainda que o que eu fiz tenha sido errado, porque foi baseado em uma mentira. A verdade é que eu não estou ajudando você em nada, eu estou destruindo você. Naquele dia, com o que aconteceu... Eu não preciso mais de prova nenhuma. Já passou hora de eu te contar...

Ela correu até mim e me abraçou.

— Não diga nada. Você não tem culpa!

Àquela altura, eu já havia começado a chorar.

— Tenho, sim... a culpa é toda minha... é minha culpa porque...

— Não, não! — Ela tapou minha boca. — Você tem sido bom pra mim! E eu duvidei de você. Pouco antes de tudo escurecer, eu estava pensando que, se o que você contou sobre a guerra não fosse verdade, se houvesse algum jeito de escapar, eu seguiria meu caminho. Você me levaria a um hospital, se fosse possível, ou aonde quer que você precisasse, para me salvar. Já eu, eu só pensava em mim.

Os olhos dela transbordavam compaixão, enquanto os meus esbugalhavam de aflição. Eu fazia que não com a cabeça e declarava minha culpa em palavras solenes e calculadas, mas ela fechava minha boca até doer. Assim, mantendo meus lábios cerrados à força, ela me lançou um olhar cortante de advertência para que eu não falasse mais nada.

— Nesses últimos anos, eu tenho sido egoísta — disse ela. — Você estava absolutamente certo: eu só pensava nas minhas próprias desgraças, nunca em você. — Com a mão livre, ela acariciou minha cicatriz. — Ah, veja só isso! Você teve sua cota de sofrimento e situações difíceis a enfrentar e não fica chafurdando na própria miséria! Todos esses anos, você nunca pensou em procurar um médico especialista, enquanto gastava tanto dinheiro em cada capricho meu. Não diga o contrário, Johannes, quando você tem sido tão bom...

Eu me desvencilhei e tentei rebater o que ela dizia, mas Elsa estava determinada.

— Não! Cale a boca! Deixei *você* falar! Agora é minha vez!

Eu estava chocado, pois nunca a vira tão brava. Acho que ela se deu conta de que tinha me mostrado uma parte de si mesma que eu não sabia que existia, pois, quando falou de novo, sua voz soou mais fascinante do que jamais havia soado.

— Comparada a outros, eu saí ilesa, não foi? Graças a você, eu sobrevivi e permaneci intacta dentro destas quatro paredes. O que você tem a me agradecer? Você pode me culpar pela morte da sua mãe e do seu pai. E só. Eles são a consequência direta de eu estar aqui, de continuar viva, da minha vida, de ter existido. A verdade é que não sei se *eu* teria arriscado minha vida por alguém, como você e seus pais fizeram. Francamente, acho que não. Tive muitos anos aqui para pensar nisso, sabe. Eu nunca teria conseguido ser tão altruísta. Você sabe o que esse pequeno pensamento me faz sentir? Esse pensamento me dando comichão todo dia como uma pluma encostando em meus olhos e ouvidos? Um cuco! Eu me sinto como se tivesse expulsado passarinhos alegres e fofos de seu próprio ninho. Sou fria, dura e insensível porque a maior parte do tempo me sinto feliz por ser aquela que está viva.

— Elsa, as coisas não são como você pensa...

— Shh! — Ela colocou um dedo diante dos próprios lábios e fingiu me fuzilar com o olhar. — Você acha de verdade que eu sou tão cega assim? Acha que não sei? Que não ouço? Que não vejo? Ah, Johannes, tolo, tolo Johannes... Foi uma pena de prisão que me deram do alto. Não é coincidência que eu tenha sido colocada aqui e forçada a continuar vivendo.

— Quando é que você vai me deixar terminar o que estou tentando dizer? — implorei.

— Nunca!

Ela pressionou o corpo junto ao meu, segurou os dois lados do meu rosto e mirou fundo em meus olhos. Ao sentir que eu resistia, ela inclinou a cabeça para trás com os olhos fechados e os lábios entreabertos.

Por mais enfeitiçado que eu estivesse, decidi resistir até ter acabado de dizer o que pretendia. Mas foi como se Elsa tivesse lido meus pensamentos, pois, naquele exato momento, ela rasgou minha camisa e ficou na ponta dos pés para me beijar sob o queixo, e o fez com um abandono tão grande que demonstrou que sua prioridade era abafar minhas palavras. Aquilo foi como o céu e o inferno: ela estava me oferecendo uma prova daquilo que eu ansiara desde sei lá quando, mas, mesmo assim, não me senti livre para aceitar sua oferta. Cada uma das minhas sensações era negativamente afetada pelo fato de eu saber muito bem que não era a mim que ela pensava estar beijando. O mais irônico de tudo é que uma parte de mim não confiava nela; uma parte de mim sentia que Elsa soubera o tempo todo que eu a vinha enganando, o que significava que, na verdade, quem vinha me enganando era ela. Examinei seu rosto implacavelmente em busca de algum sinal revelador, mas só o que ele expressava era uma bondade infinita, e então ela acariciou meus cabelos e repetiu a ladainha de como se achava uma péssima pessoa, acrescentando que havia acabado de ver, pela primeira vez, como eu vinha sofrendo. Fiz o movimento de ir beijar seu pescoço, mas ela baixou o queixo para me impedir. Agora, era ela quem resistia. Não, disse para mim mesmo, não interprete mal. Ela só quer que você a beije no rosto, o que fiz, mas meus beijos foram ardentes demais e ela virou a cara, ou estaria apenas me oferecendo a outra face?

Caímos de joelhos e a sensação foi de que estávamos afundando na terra, como se, amando um ao outro, nós fôssemos morrer juntos, e morrer nos dava aquele momento a mais para nos amarmos. Eu nunca tinha estado com ela antes — ou com nenhuma mulher, na verdade — e, no entanto, o que vi pela primeira vez simplesmente reconheci. Ela era tão incrivelmente macia. Nossos braços e nossas pernas se enlaçaram e eu ansiei por puxá-la para mim com tanta força que ela atravessaria minha pele, meus ossos e a carne do meu peito, e permaneceria dentro de mim.

— Eu te amo, eu te amo — confessei abertamente.

— Eu te amo, eu te amo. — Seus ecos melódicos eram sinceros, mas eu poderia ter jurado que uma nota falsa, quase imperceptível, pairava no ar.

E, antes de se dissipar, ela conseguiu injetar uma minúscula dúvida no meu coração.

dezenove

Desde que eu a conheci, Elsa esteve confinada em um nicho atrás de uma parede, sob o chão, no menor quarto do andar de cima. Já estava assim desde antes que eu sequer soubesse de sua existência. Talvez por isso, sua noção de tempo fosse tão diferente da minha. Ela não o separava em semanas, meses e anos. Tantos de seus dias não tinham sido divididos por claridade e escuridão que ela simplesmente não fazia essa distinção. Para ela, era tudo parte da vida, da sua vida, e embora seu passado ainda pudesse ser aprisionado e mantido seguro em sua mente, seu presente não precisava ser. Ela podia até ter sido fisicamente condenada a estes nichos, mas tinha aprendido a deixar a mente vagar para além deles. Sua situação de vida era o oposto da minha. Eu podia ir para lá e para cá, mas meu pensamento permanecia nela, aprisionado naqueles mesmos espaços. Eu invejava sua liberdade mental tanto quanto ela invejava minha liberdade corporal. Pouco a pouco, minha imaginação sentia o baque. Na minha mente, eu podia visitá-la, mas ela não podia vir me visitar. Por mais que eu tentasse, a idealização que eu fazia dela morria assim que eu a libertava de seu confinamento. Um passo além da porta e a imagem se apagava. Elsa não sobrevivia em minha memória porque eu tinha pouquíssimas lembranças dela deste lado da minha vida. Comecei a me sentir enclausurado e a sofrer de claustrofobia mesmo ao ar livre, onde seu quarto sempre fechava sua boca de madeira em mim, assim como a janela, seu único olho.

Foi em uma noite quente de verão que eu comuniquei a ela que poderia transitar por toda a casa, sob a condição de que não aparecesse nas janelas e de que se deslocasse engatinhando. Gotas de suor escorriam por suas têmporas conforme eu a acompanhava como uma espécie de guia indicando os diferentes cômodos. No começo, ela parou de avançar a cada quatro passos (meus) para espantar mosquitos em suas bochechas e pernas, mas acho que na verdade foi tudo psicológico, pois não podia haver tantos insetos a picando. Então, ela recomeçava, mas parava a cada quina de parede, como se tivesse topado com alguém parado ali — ou imaginado isso. Se tivesse alguém nos observando do lado de fora, tudo o que veria seria uma silhueta, a minha, caminhando a esmo.

Sua cautela não durou muito. Depois da visita ao andar térreo, ela rastejou até mim, bateu com a cabeça na minha canela e passou se arrastando em mim. Seus cabelos tinham caído sobre o rosto e sua risada veio do fundo da garganta quando ela deu meia-volta. Então, com o polegar e o indicador, ela instigou meu desejo, achando graça do resultado óbvio. Metade de mim torcia para que ela continuasse, enquanto a outra ficava inquieta, temendo que ela puxasse forte demais ou me machucasse de alguma outra forma. Rindo incontrolavelmente, ela me despiu até que eu ficasse só de meias e me puxou para baixo, mas, antes que meu corpo caísse sobre o dela, ela se desvencilhou, me deixando com a bunda de fora sobre os ladrilhos de terracota. Procurei minhas roupas, mas elas haviam sumido.

Ecos reveladores do seu paradeiro vieram primeiro do andar de cima, depois do andar de baixo, pois ela não parava quieta. Logo comecei a me arrepender da minha decisão e não duvidei de que, de repente, ela pudesse botar os pés na rua. Lembrei que só eu tinha as chaves, mas, então, me dei conta de que elas estavam no bolso da calça. Em dado momento, quando o silêncio se prolongou demais, eu gritei o nome dela e tive a sensação de que estava sozinho em uma casa vazia. Meu medo foi respondido com mais risadinhas e um som estranho que eu não consegui identificar.

Segui pelo corredor, passando pelo quarto de Pimmichen, e encontrei a porta do banheiro aberta e ela meio submersa, seu dedão do pé enfiado na torneira da banheira enquanto um filete de água escorria silenciosamente sobre seu pé. Ao me ver, ela bateu as pernas em êxtase, os calcanhares martelando a água. Para meu alívio, vi minha calça embolada debaixo de sua cabeça e a peguei de volta como se minha principal preocupação fosse não querer que ela molhasse. As chaves ainda estavam lá e minha aflição se desfez em um piscar de olhos.

A lua brilhava através da janela embaçada pelo vapor, e a água fazia o reflexo dançar no rosto magro de Elsa enquanto seu sorriso de orelha a orelha balançava como um navio no mar. Ela estava se divertindo e era muito bom ver aquilo. Por que eu suspeitava dela em relação a atos que nunca lhe teriam ocorrido? Por que eu era incapaz de acreditar no que estava diante de meus próprios olhos?

— Penteie meu cabelo! — ordenou Elsa, pagando adiantado pelo serviço com um beijo molhado na minha boca e com a honra de poder secá-la.

Havia muitos nós a desfazer, então simplifiquei as coisas com a tesoura. Enquanto ela lançava olhares tensos para os cachos que caíam a seus pés, eu precisava cutucá-la para que mantivesse a cabeça reta. Eu estava tentando aparar as laterais quando, ao pensar que devia tomar cuidado para não cortar suas orelhas, me ocorreu que eu nunca tinha visto muito delas. Assim, fui cortando até que o cabelo emoldurasse seus ouvidos — dois frágeis pontos de interrogação que pareciam complementar ainda mais a beleza dela. Sentindo as orelhas expostas, Elsa apalpou o meu trabalho e me espinafrou de cima a baixo. Eu repliquei: que diferença faz? Eu era o único que podia vê-la mesmo.

Sei que isto me fará soar doido de pedra, mas o risco constante de sermos pegos e executados intensificava nossa sensação de estarmos vivos. Levando em consideração que eu não podia manter as cortinas permanentemente fechadas sem que isso chamasse atenção, Elsa era forçada a ir de um cômodo para o outro como se sua vida dependesse daquilo, engatinhando rapidamente, apoiada nos cotovelos como um soldado, e, às vezes, se enfiando em algum buraco até que a barra estivesse limpa. Os problemas mais insignificantes que a maioria das pessoas ignorava tinham uma grande importância na nossa vida. Vivíamos entre agourentas nuvens de *e se*. *E se* eu não estivesse em casa e houvesse alguém ouvindo à porta? *E se* alguém estivesse controlando quanta água gastávamos? *E se* alguém revirasse nosso lixo? *E se* um vizinho me visse pela janela, mexendo a boca porque eu falava com ela? Essas nuvens agourentas eram nossas inimigas, mas também eram nossas amigas. Graças a elas, jogar fora o lixo ou estender a roupa no varal à noite eram o suficiente para injetar adrenalina em minhas veias e nas dela, que aguardava por mim do lado de dentro, prendendo a respiração. Tarefas banais, tediosas, desmoralizantes e destrutivas para outros casais, ao contrário, tornavam nossa existência mais interessante. Uma vez executadas, nos jogavam um nos braços do outro.

Usávamos o vaso sanitário os dois, um após o outro, antes de apertar a descarga uma única vez, então eu propus o mesmo sistema em relação ao nosso banho de banheira, mas, com sua lógica incansável, ela perguntou:
— Por que não podemos cada um ter seu próprio banho de meia banheira?
Ofendido pelo que tomei como um sinal de rejeição, pois esperava que ela sugerisse que tomássemos banho juntos, repliquei:
— Lamento, mas não estou acostumado com *banheiras pela metade*.
Ela disse:
— Com a massa maior do seu corpo jovem e musculoso, um quarto de banheira se tornaria meia banheira, e meia banheira, consequentemente, se tornaria três quartos de banheira. E um cavalheiro não discute frações com uma dama.
Não fazia sentido discutir com ela, que sabia embrulhar um comentário ácido num elogio doce. Resumindo, as tarefas que eu estava habituado a executar a fim de atender às suas necessidades corporais — as mesmas necessidades de uma criança, mas, eu diria, com todo o respeito, em uma escala muito maior — ela agora poderia fazer sozinha, e aquilo me deixava feliz.

*

Toquei o reflexo de Elsa no espelho, silenciosamente deslizei minha mão de seu rosto para a clavícula e desci até seu seio redondo e volumoso. Ela arqueou as costas ao meu toque, os botões quase se abrindo por causa da pressão. Eu lhes dei um peteleco, mas o reflexo do vestido de Elsa continuou no mesmo lugar e, então, ela me ajudou deixando-o cair a seus pés. Seu rosto relaxou ao se ver nua, enquanto eu soprava no espelho para vesti-la com vapor quente, um vestido de tule modelado pela minha fantasia. Quando ela relaxou de novo e se deixou levar, passei meus dedos sobre ele e me pus de joelho para estimulá-lo com meus lábios. Apaguei e reapaguei aquelas barreiras do seu desejo, logo ansiando por extensas áreas do espelho frio enquanto ambos roçávamos nossos corpos inatingíveis, conhecendo o êxtase intenso de querer e não poder.
Em outra ocasião, ansiei por ela de maneira tão penetrante usando apenas o meu olhar que ela se jogou na cama e simulou os gestos que adivinhava

que eu estava ditando. Estávamos loucos de desejo, meus olhos fixos nos dela, mas cada vez mais atraídos para outra parte de seu corpo, gravando-a na minha mente, duas fendas, a doce seiva fluindo.

*

Aos poucos, Elsa começou a se adaptar ao seu novo papel de dona de casa. Quem visse a maneira como amarrava meus sapatos em seus joelhos, e então prendia um avental sobre seus seios e se atarefava entre o fogão e a bancada; se alguém a visse, acharia que era sua maneira normal de agir. Para proteger os olhos das gotículas de óleo que espirravam das frigideiras, ela usava uns óculos da minha avó que havia encontrado após revirar uma gaveta. Eram óculos de leitura de alto grau, o que a fazia tatear às cegas os apetrechos de cozinha, os braços esticados à frente. Ao lavar os pratos, ela às vezes brincava: "A vida teria sido mais bondosa comigo se eu tivesse nascido anã."

Uma vez, ela leu em um livro de culinária como fazer meu prato austríaco favorito, que os bávaros alegam ser bávaro, e os puristas, tcheco, antes que o Império Austro-húngaro dele se apropriasse: porco assado crocante com repolho roxo. Ela fez uma farra preparando uma *Serviettenknödel*, uma massa gigante em forma de bola, feita de pão dormido, embrulhada em um guardanapo de pano e fervida em água. Caímos às gargalhadas, especialmente quando ela observou que aquilo lhe parecia uma bola de beisebol e fingiu arremessá-la como uma. Eu sabia que ela estava fazendo um duplo esforço: primeiro, cozinhando; segundo, privando a si mesma do que havia cozinhado, em particular do porco. Mas, assim que provou dele, sua alimentação restritiva foi esquecida. A partir de então, passamos a comer a mesma comida, na mesma panela. Fiquei feliz com essa virada romântica dos acontecimentos — isto é, até ambos começarmos a engordar.

vinte

Ao fim do caminho nevado que levava à entrada de nossa casa, estava nossa caixa de correio, um livro aberto coberto de neve cuja capa era o seu telhado inclinado, pingentes de gelo crescendo sobre o alpendre como uma fileira de dentes bestiais. Depois de bater os pés para tirar a neve das botas, fiquei surpreso ao encontrar os pratos do café da manhã ainda sobre a mesa, o banheiro ainda na sua bagunça matutina e nossa cama ainda por fazer. Larguei a cesta de mantimentos, refletindo que eu vinha me mostrando muito preguiçoso nos últimos tempos.

Quando cheguei à biblioteca, me espantei ao ver Elsa me encarando, como se estivesse à minha espera, à espera de sua presa, enquanto o cavalete repousava sobre as pernas de madeira segmentadas como um fiel bicho de estimação. Inclinando a cabeça para baixo, ela me lançou um sorriso sádico que podia ser interpretado tanto como desprezo quanto como desejo. O corte que eu fizera em seu cabelo o deixava arrepiado, acentuando a voracidade dos olhos dela. Elsa não tocava em uma tela fazia muito tempo; tempo suficiente para me dar a esperança de que estivesse satisfeita apenas comigo.

Muito lentamente, fui me aproximando dela, e estava cada vez menos claro se ela faria carinho ou bateria em meu rosto. Antes que fizesse uma coisa ou outra, cruzei os braços contrariado e perguntei:

— Posso saber o que você está fazendo?

— Adivinhe — disse ela enquanto pintava algo, seu pulso se movendo em pequenos círculos controlados. Em vez de olhar para o que estava fazendo, ela sorriu para mim de modo abertamente desafiador. Eu não conseguia ver o que ela pintava, mas me perguntei se não seria meu próprio olho, pois, enquanto focava sua atenção em mim, ou, eu deveria dizer, no meu olho, ela continuava mergulhando o pincel na tinta azul-claro. Ela sabia no que eu estava pensando e isso a excitava; ou porque eu estivesse na pista certa, ou porque ela tivesse conseguido triunfalmente me enganar.

— Você está pintando — falei, com frieza.

— Bravo.

— Depois de tudo que aconteceu, você tem coragem de voltar a pintar?

— Não estou mais pintando por causa da dor, mas sim por prazer — replicou ela, e pegou uma bisnaga de tinta preta.

— Proíbo que toque nisso!

Exultante com a minha reprovação, ela apertou a bisnaga até que um pouco de tinta foi depositado na paleta. Outro olhar furtivo para meu olho e ela enfiou a ponta de madeira do pincel na tinta e, com um giro violento, fez o que presumi que fosse a pupila. Farto de tudo aquilo, apanhei algumas das telas vazias que ela espalhara ao redor e fui jogá-las na lareira. Só então, ela pareceu menos segura de si mesma, particularmente quando quebrei as molduras de madeira e enrolei os tecidos como velas de navio castigadas pela tempestade.

— Você não tem o direito de fazer isso! — gritou ela enquanto suas mãos, unidas como se em prece, se ergueram para cobrir em concha o nariz e o queixo.

— A casa é minha; eu tenho todo o direito!

— Não sou sua prisioneira, você sabe disso! Tenho o direito de sair porta afora a hora que quiser!

— Sair em direção à morte?

— Sou livre para decidir morrer! É *minha* morte, *minha*, não sua!

— Fique à vontade — falei, como se não estivesse me importando, e dediquei interesse incomum ao conteúdo dos meus bolsos (fósforos, uma bola de gude azulada que me lembrava a Terra, recibos) enquanto esperava que ela recuasse.

Eu estava ciente de que ela me observava com descrença, mas não se mexeu um milímetro sequer; e, assim que sentiu que eu estava blefando, arremeteu para a porta da frente. Corri atrás dela, peguei-a pelo braço e, sem me dar conta do que fazia, a imprensei contra a parede. Não queria assustá-la, mas estava desesperado.

— Você não está sozinha nisso! Se você for morta, vai me levar à morte também! A sua morte é a minha morte! A sua vida é a minha vida! Estamos ligados, *verdammt*... Não entende? Como gêmeos siameses! Nos separe e nós morremos!

Várias vezes, ela se contorceu e tentou se desvencilhar de mim, mas nunca com força suficiente, repetindo:

— Me solte! Me dëixe sair desta prisão!

Ela queria apenas me convencer de que eu precisava mais dela do que ela de mim.

Por fim, eu lhe dei o que sabia que ela realmente queria: um abraço de urso que a controlasse. Depois que parou de se debater, ela se rendeu ao meu abraço.

Enquanto me desafiava, ela se mostrara hostil, teimosa e independente. Agora, era outra pessoa: terna, submissa e dependente. Seu jeito de me olhar era repleto de compaixão, com as lágrimas assomando aos olhos castanhos suavizados, e isso me levou a questionar qual Elsa era a verdadeira e qual era a impostora.

— Eu estava preparando uma surpresa para você — disse ela, indicando o cavalete com a cabeça. — Era para você. Ainda é, se quiser — completou, fungando e enxugando as lágrimas.

Desviei o olhar dela para o verso da tela. O que será que havia pintado? Seria o meu retrato? Estaria ela me ridicularizando? Eu temia que, se me deslocasse para olhar, ela correria para me interceptar, por isso a segurei firme e a mantive junto de mim, enquanto permanecia ali, imóvel, diante do quadro.

A pintura estava inacabada e era tão rudimentar quanto um desenho de criança, mas eu estava seguro de que tinha algo a ver com o que havia acontecido entre nós. Dentro da crua moldura de uma casa, estavam delineadas duas figuras em pé, lado a lado, encarando o espectador. Eu estava em pé diante da figura masculina, mais alta, e ela em pé diante da figura feminina — seria mera coincidência ou uma manipulação da parte dela? Inicialmente, pareceu que as figuras estavam de mãos dadas, no entanto, olhando com mais atenção, dava para ver que não estavam. Os braços se cruzavam nos pulsos e cada mão pendia para trás, de modo que eles não estavam segurando a mão um do outro, não; estavam algemados. E isso correspondia mais ou menos ao que eu fazia ali na hora, quando a segurava com firmeza pelo pulso. Meu rosto ainda não fora desenhado, estava em branco, a não ser por um de meus olhos — bem aberto, inquisitivo e azul —, que parecia estar me examinando tanto quanto eu o examinava. O que significava aquilo? Seria eu, por acaso, um tirano prendendo Elsa à força? Ou seria ela quem deteria o poder real, me mantendo emocionalmente atrelado a ela como um cão?

— Você... você... gosta? — perguntou ela ingenuamente.

*

Um tempo depois, entrei no banheiro e a encontrei de novo imersa na banheira, a pele rosada e ensaboada. Elsa tinha usado meia garrafa de xampu para fazer uma camada de espuma, embora eu tivesse pedido a ela uma centena de vezes para não desperdiçar xampu daquela maneira. Visivelmente sem graça pelo excesso de espuma, ela pegou um punhado e usou para lavar o cabelo. Uma camada de espuma cobria os ombros dela como lã e, à luz da fábula de Esopo que minha avó costumava ler para mim na hora de dormir — *O lobo em pele de cordeiro* —, aquilo serviu como uma referência visual que despertou mais apreensões em mim.

Vou pular as coisas idiotas que falei, porque sinto vergonha delas. Basta dizer que falei mais uma vez sobre sua pintura e a chamei de manipuladora, entre outras coisas... e nossa briga durou duas horas. Suas respostas são o bastante para que se tenha uma ideia das acusações que lhe fiz. Ela respondeu que os judeus nunca tiveram a intenção de alterar a pureza do sangue alemão, que os judeus se casavam com judeus, e qualquer pai ou mãe de origem judaica ficaria magoado se um filho ou uma filha desejasse fazer uma escolha diferente. Ela jurou que isso era verdade, jurou pela própria vida — pois, se tivesse jurado pela minha, eu não teria acreditado em uma só palavra. Também mencionou a ironia das Leis de Nuremberg, que proibiam o casamento entre arianos e judeus, embora, na época, aquilo não fosse nem assunto na comunidade judaica. Entre aquelas generosas doações do vasto conhecimento dela: o seu calendário, lunar e com treze meses, era mais antigo que o Gregoriano (que, casualmente, aprendi que era o meu); estávamos, então, no ano de 5707 (supôs ela, após suas contagens anteriores terem dado 5706 e 5708). Assim como os cristãos eram divididos em católicos, protestantes, batistas, quacres e sabe-se lá mais o quê, os judeus se classificavam como ortodoxos, conservadores, chassídicos e reformistas... Combustível novo para uma explosão: o cristianismo e o islamismo se desenvolveram a partir do judaísmo! O melhor de tudo foi quando ela alegou que Jesus, Maria, José e os doze apóstolos eram judeus! Eu não sabia que mentiras haviam plantado na cabeça dela, mas, em relação a essas, eu a coloquei em seu devido lugar; e isso deu início a um grande debate, embora eu não fosse o maior dos fiéis. Nem sei bem onde fui me meter. Ela fez relatos históricos detalhados até que eu não aguentasse mais ouvir falar de fatos ocorridos muito tempo atrás nas areias do deserto, fossem eles verdadeiros ou não.

Levei algum tempo para assimilar o que ela tinha dito. De certo modo, o que aprendemos na escola quando crianças cria na gente um alicerce muito sólido e é impossível substituir esse alicerce; só podemos crescer a partir dele e prosseguir a partir dele. Nossas crenças ao longo da vida se parecem com os anéis de crescimento no tronco de uma árvore, solidificando o que sucessivamente pensamos, duvidamos e acreditamos. A natureza não leva em conta ideias contraditórias, que são enfiadas umas nas outras para compor o tronco que somos: o âmago compacto e unificado do nosso passado.

vinte e um

Para piorar a situação, tive de leiloar nossa mobília para pagar os impostos da herança. Eu havia cometido o erro comum de falar a verdade, quando deveria ter dito ao prefeito que recebera a casa de meus pais quando ainda estavam vivos, ou ter recorrido a conhecidos da família para obter avaliações de menor valor. Essa prática comum (havia a teoria e a prática em questões de herança) era chamada, ironicamente, de *Chuzbe*, palavra iídiche que se traduz aproximadamente como "dar um jeitinho". Eu não tinha ideia de que o Estado levava em conta tudo, das abotoaduras de ouro do meu pai (que eu usava) a um retrato para o qual minha avó havia posado aos dezesseis anos. Como eu tinha dado algumas das joias de minha mãe à Elsa, certas peças de valor felizmente ficaram de fora do inventário. Minha alternativa teria sido hipotecar a casa, mas fui advertido pelo tabelião da minha avó de que, se eu não ficasse em dia com os pagamentos da hipoteca, o banco teria o direito de vender a casa e me despejar.

    O leilão foi marcado para um sábado na Dorotheum, a mais antiga casa de leilões do mundo. Quando a porta se abriu, houve muita correria e empurra-empurra, pois não havia cadeiras suficientes; e dois terços da multidão ficaram apertados como sardinhas enlatadas no fundo da sala, sua inveja de quem estava sentado crescendo com o passar das horas. Entre outros lotes — Barroco, Imperial, Thonet vienense, Jugendstil, Art déco, Bauhaus e Biedermeier —, os móveis da nossa família foram colocados na sala de exposição, parecendo tão deslocados como recém-chegados em um coquetel.

    Por acaso, eu não estava longe da poltrona de couro do meu avô... e, tentado a me sentar nela, devo ter olhado demais, o que motivou uma mulher gorda a se antecipar a mim e se afundar no móvel. O primeiro objeto vendido foi nossa escrivaninha-cilindro Luís XVI, decorada com marchetaria, que chegara a nós pela família de Pimmichen. Várias mãos se levantaram e o arremate foi três vezes o valor do lance inicial impresso no catálogo. Isso me fez vislumbrar uma quantia conveniente para a penteadeira da minha mãe, mas a descrição floreada do leiloeiro não conseguiu estimular uma única pessoa a levantar a mão. Depois que ele cortou o lance inicial pela metade, houve uma interação que esfriou em questão de segundos e o martelo foi batido.

De repente, cada cômodo de nossa casa parecia maior, como se as paredes tivessem sido milagrosamente afastadas. O interior, mesmo não estando totalmente desprovido de posses, estava vazio o suficiente para produzir eco, de modo que uma tossida, uma palavra, um passo eram sonoramente reverberados e, no entanto, inexplicavelmente ocos. Cristaleiras, escrivaninhas, espelhos e estantes ausentes deixaram marcas retangulares ao longo das paredes como portais que levavam a lugar nenhum. Os quadrados desbotados no piso testemunhavam a perda de nossos tapetes, e a imaginação exacerbada a altas horas da noite os transformava em alçapões fantasmas que me convidavam sinistramente a saltar rumo a ninguém sabia onde. Marcas do tamanho de moedas foram deixadas pelos pés das cadeiras e dos sofás, e três delas assinalavam a posição do nosso velho piano, um canto que eu evitava por causa de seu silêncio melancólico. Defeitos que eu nunca notara antes agora me chamavam a atenção: pintura descascada, papel de parede descolando e tecidos se desfazendo.

A arrumação se tornou um problema também. Camas ausentes davam lugar a pilhas de roupa de cama em quartos vazios; a falta de cômodas, armários e guarda-roupas levava à formação de verdadeiras montanhas de roupa. Os leiloeiros haviam me garantido que as estantes feitas sob medida para nossa biblioteca alcançariam um preço elevado, e eles estavam corretos. Em consequência, os volumes com capa de couro também foram parar no chão.

O inverno chegou e a casa esfriou. Os aquecedores a lenha tinham apenas cinzas frias; por isso, sem opção, abati a machadadas, em meio a palavrões, uma árvore do nosso quintal. Esperando achar algum item descartado para ajudar a botar fogo na madeira úmida, subi até o sótão. Bem nos fundos, entre os cortinados poeirentos que deviam ter sido grandes teias de aranha, rendilhadas e tensas, encontrei as caixas que vinha procurando. Depois de espanar a poeira, dei uma olhada dentro delas e lá estavam os livros proibidos que minha mãe tinha resguardado. Nós precisávamos nos manter aquecidos.

Eu sabia que precisava conseguir um emprego ou iríamos à falência, mas não tinha ideia de como proceder. Como meus pais e avós, eu sempre achei que trabalharia no negócio da família. Meu pai havia me dito, quando criança, que, no dia em que chegasse à idade de se aposentar, ele passaria o comando da fábrica para mim, assim como seu pai fizera em relação a ele, e eu faria com seu futuro neto, quando chegasse a hora.

Claro que não havia mais fábrica. Ela fora bombardeada enquanto produzia material bélico que não deveria produzir. Como regra geral, quem não estava presente era culpado por aquilo que não podia ser provado, a fim de manter os sobreviventes longe de problemas, e ninguém abriu uma exceção para meu pai. Seu carro nunca foi encontrado entre os destroços e minha avó suspeitava que tivesse sido roubado por um de seus empregados, que teria atravessado a fronteira para ir vendê-lo na Hungria. Mesmo que isso não fosse verdade, eu nunca teria o carro nem qualquer outra coisa de volta, uma vez que a fábrica ficava no que agora era a zona soviética.

Obviamente, o carro e a fábrica tinham seguro, mas havia cláusulas no contrato que isentavam a seguradora de compensar por danos ou perdas resultantes da guerra. Minhas esperanças reviveram brevemente com o Plano Marshall e, embora eu não possa minimizar a ajuda que o programa deu a vários outros, não trouxe nenhum benefício direto para mim.

Sentado em um café, examinei as vagas de emprego oferecidas tendo apenas um *kleiner Brauner* como companhia — se bem que marrom era só um modo de falar, pois o café com leite pingado não passava de uma água rala e bege, mas era a bebida mais barata que se podia comprar. Não que houvesse páginas de anúncios de emprego nos jornais — não havia sequer uma página inteira —, mas analisar cada um dos anúncios demandava tempo. A maioria eram trabalhos de construção e reconstrução para os quais eu era fisicamente desqualificado. Composição tipográfica era um caminho para o jornalismo, mas quem com o mínimo de juízo empregaria alguém fisicamente limitado como eu? Pena que já estivesse velho demais para ser mensageiro de hotel ou aprendiz de vidraceiro.

Nas ruas, tive mais ousadia. Fui à meia dúzia de fábricas e me ofereci para trabalhar na linha de montagem. Ninguém queria me aceitar eu tendo só uma das mãos e nenhuma experiência. Assim, me ofereci para trabalhar pela metade do salário mínimo — "uma mão, meia pessoa" —, mas isso também não funcionou. Eu me voluntariei para trabalhar de graça até que provasse meu valor e, ainda assim, negaram com a cabeça e alegaram que, se eu me ferisse, eles seriam processados. Depois disso, tentei os correios e a prefeitura, pensando que o governo austríaco, por não me pagar uma pensão como deveria, me compensaria desta maneira. Ledo engano. Alguém do governo, porém, me aconselhou a procurar o *Wiener Arbeitsamt*.

Quase dei meia-volta quando vi a multidão fazendo fila na entrada iluminada por lâmpadas fluorescentes. Ao entrar, foi ainda pior. Embora contivesse seres humanos, o fedor era pior do que o do zoológico de Schönbrunn. Só encontrar espaço para preencher uma ficha de inscrição exigia considerável esforço, mas não tanto quanto o passo seguinte: tirar uma fotografia em uma máquina que funcionava a ficha. Isso significava oferecer um espetáculo a um público de rostos entediados e abobalhados em uma tentativa, contra tudo e contra todos, de sorrir. A morena magrela de cabelo repartido em duas tranças tronchas enfiou os dedos por trás dos óculos para esfregar os olhos. Estavam marejados de lágrimas quando ela os abriu e me pegou analisando o cartaz atrás dela que exibia a águia de duas cabeças de nossa república. Ela se originara do brasão dos Habsburgos, mas, quando o Império Austro-Húngaro caiu, a Áustria a mantivera, submetendo a águia imperial à foice e ao martelo. Ou seria uma ceifadeira? Eu não entendia nada de agricultura. Comecei a comentar que até a águia tinha um emprego, mas ela me cortou.

— Sua ficha está incompleta. Quais são as suas qualificações? — Ela pegou uma caneta e riscou na linha tão rapidamente quanto uma máquina de costura.

— Bem... eu sou trabalhador — comecei.

— Como sabe se é trabalhador se nunca *trabalhou* antes?

Sua caneta continuava a rabiscar, me desestabilizando ainda mais.

— Sempre dei duro em casa. Cozinhando. Limpando. Esse tipo de coisa. É muito trabalho, você sabe.

Ela sorriu, mas, quando meus olhos foram atraídos para o espaço vazio entre seus dois dentes da frente, sua expressão azedou.

— Obrigada. Próximo!

Levantei, mas fiquei parado. De certa forma, eu queria causar uma impressão favorável na mulher, mas, àquela altura, outro homem ocupava minha cadeira e ela parecia ter se esquecido de que eu um dia estivera ali. Enquanto isso, impostos tinham de ser pagos e pilhas de contas, saldadas. Recebi cartas de oficiais de justiça ameaçando bater à minha porta e, se eu não a abrisse, um mandado judicial permitiria a um chaveiro que o fizesse. Eu só podia imaginar o que Elsa pensaria! O pânico inspirou minhas decisões seguintes e eu arranquei todos os painéis de carvalho da casa, suas cornijas de pedra e os ladrilhos importados de cerâmica florentina. A porta da frente ficou, mas não sua aldraba em forma de cabeça de leão. Tudo foi vendido em um leilão, minhas dívidas foram todas pagas e minha ansiedade, aplacada. Momentaneamente.

As cornijas extraídas deixaram cicatrizes na parede, que me olhavam de cara feia lá do alto. Portas vazias bocejavam como bocas desdentadas, chocadas com o que eu fizera. O vestíbulo e a sala de estar pareciam estar em fase de construção, assim como o resto da casa. Não havia mais nenhum cantinho aconchegante. Eu sentia como se Elsa e eu estivéssemos morando clandestinamente em uma casa que não era nossa.

Elsa reagiu a tudo isso com integridade e colocou as mãos nos quadris daquele jeito todo dela e me repreendeu.

— Johannes, não espere que eu fique parada sem dizer nada! Sei que você está falido. Tenho sido um peso morto. Você me alimentou, me vestiu e fez todo tipo de gastos por minha causa!

— Falido? Eu? Dono de uma casa dessas! A maioria dos moradores de Viena *adoraria* estar falido como eu.

— Quanto maior a casa, maiores as despesas.

— Essas não são preocupações para uma mulher.

— Tenho um cérebro igual ao seu ou ao de qualquer outro homem!

— Isso você já provou, mas matemática não é finança, assim como marxismo na teoria não é comunismo — respondi rapidamente.

*

Fui ao Stadtpark tentar a sorte vendendo alguns livros, pois ainda tínhamos muitos deles em casa. No parque, instrumentos de corda eram tocados por músicos profissionais necessitados de dinheiro, e alguns solistas tocavam por horas a fio em troca de nada além de moedas depositadas em seus estojos forrados de veludo. Os tempos eram difíceis. Comparativamente, eu me dei muito melhor, pois vendi dois belos volumes com capa de couro sobre o Sacro Império Romano-Germânico e a Monarquia de Habsburgo por sete xelins cada. Para dar uma ideia de quanto isso representava, com 1,75 xelins você podia comprar meio litro de cerveja *Krugel* e 1,8 xelins pagava uma viagem de ida e volta de bonde, se me lembro bem. Ambos os compradores eram britânicos que se interessavam pelos assuntos, ou tinham algum parente em casa supostamente interessado.

Então, um casal de braços dados veio pela calçada na minha direção. Embora não o visse desde a infância, eu o reconheci imediatamente: era Andreas, um dos gêmeos que foram à festa de aniversário que minha mãe deu quando eu fiz doze anos. Estava com sua bela namorada austríaca, de porte reservado e digno. Com medo de ser visto fazendo aquilo por uns poucos trocados, juntei rapidamente os livros que restavam, escolhi uma trilha pouco usada que atravessava o parque e segui em frente, a cabeça baixa. Logo arbustos espinhentos se prendiam em meu cardigã e fiquei zangado comigo mesmo porque, com certeza, em um parque tão vasto, quais seriam as chances de trombar com as mesmas pessoas na alameda principal? Mas, quando ergui os olhos, não pude acreditar; lá estavam Andreas e a namorada menos de dez metros à minha frente. A lama agora se acumulava em meus sapatos, e Andreas praguejava caminhando na ponta dos pés em uma tentativa fútil de manter seus sapatos limpos, enquanto sua namorada se agarrava a seu braço à medida que deslizava de um lado para o outro.

Nossos olhos se encontraram e, só então, me dei conta de que Andreas me reconhecera da primeira vez e se dera ao mesmo trabalho que eu a fim de me evitar. A expressão em seu rosto permanecia incerta. Estávamos para passar um pelo outro na trilha estreita e, quanto mais nos aproximávamos daquele ponto desagradável, mais furtivamente olhávamos um para o outro. Sua reação dependeria da minha e vice-versa. Temi que, ao fingir, minha voz saísse aguda demais.

— Vamos embora — disse ele à namorada impaciente enquanto ela o guiava para passar por mim.

Nunca mais voltei ao Stadtpark; preferi encher uma cesta grande com suvenires da minha família e levá-la ao mercado das pulgas. Em uma ocasião, eu vendi roupas de segunda mão; em outra, bugigangas como estatuetas, porcelanas chinesas, caixas de comprimidos, caricaturas, porcelana de Meissen: em suma, todos os objetos que ainda restavam na casa. O mercado das pulgas não era o local alegre e divertido que é hoje: era um ajuntamento deprimente de pessoas famintas fazendo o que podiam para sobreviver. Velhas senhoras vendiam bolos e, caso não conseguissem vendê-los, ficavam sem comida para a semana. Vi um homem vender o mesmo conjunto de candelabros de prata três vezes. Um cúmplice seguia quem quer que os tivesse comprado e eles reapareciam na barraca do homem no fim do mês. O mercado das pulgas era conhecido como o lugar onde você podia comprar de volta seu relógio roubado. Hoje, você pode deixar seu guarda-chuva encostado na barraca de peixes enquanto come. Naquela época, as pessoas chegavam com guarda-chuvas e saíam com guarda-chuvas, mas não necessariamente os mesmos. Roubos eram um processo em cadeia até mesmo entre os honestos.

Depois de pensar muito a respeito, resolvi vender o violino de Ute. Eu esperei conseguir vendê-lo em até uma hora, mas continuava lá, no mercado das pulgas, mesmo após a multidão ter diminuído, os demais vendedores terem partido e a sujeira ter coberto o chão. O dia todo, crianças haviam arranhado as cordas achando muita graça dos sons que produziam. Então, os pais me devolviam o instrumento, se desculpando por o terem usado apenas como uma brincadeira temporária para seus filhos. Algumas das crianças uivavam ao serem levadas embora e, ao me lembrar de Ute, eu ficava triste e de mal com o mundo.

No dia seguinte, dois soldados americanos examinaram o instrumento até que um deles começou a tocar uma canção folclórica, duas cordas de cada vez, deslizando os dedos de nota a nota, no entanto não havia nada do folclore húngaro no que ele tocava. As pessoas começaram a se aproximar, alguns começaram a bater palmas e outro exclamou: "*Yee haw!*" O amigo do homem deu um passo atrás para se distanciar do espetáculo e deu algumas batidinhas nas têmporas, como se dissesse que seu amigo era maluco. Eu exultei com uma venda garantida, mas, quando o americano acabou, ficou claro como o dia que ele jamais cogitou comprar o violino. Em vez disso, agradeceu com mesuras exageradas e gracejou "Obrigado a vocês, muito obrigado... Por favor, nada de autógrafos...".

Para demonstrar a qualidade do instrumento, eu mesmo percorri as cordas soltas com o arco. Atraí o interesse de alguns curiosos, que me observaram por um breve tempo. Então, uma senhora se aproximou e algo tilintou no estojo do violino. Não demorou e foi imitada por um homem, que esvaziou os bolsos repletos de moedinhas estrangeiras. Fiquei constrangido pelo equívoco: eles acharam que eu era um violinista cujas desgraças da guerra não lhe permitiam mais tocar. Subitamente, me vi através dos olhos deles. Eu era um inválido, um pária de outro tempo e de outro lugar, mendigando na rua por algumas migalhas para comer!

Era doloroso demais... Eu me senti transformado na imagem que faziam de mim, e as suaves e tristes melodias que rolavam pelo parque me aprofundavam cada vez mais no papel. Deixei o mercado das pulgas em um estado mental tempestuoso e decidi levar o violino ao velho *luthier* de quem meu pai o comprara. Durante uma hora, caminhei para cima e para baixo por ruas estreitas, investigando os quarteirões vizinhos, mas sua loja havia desaparecido. Muitas pessoas da área haviam desaparecido. Um raso cinturão de água corria num fluxo silencioso e constante ao longo da sarjeta até alcançar um homem com o rosto para baixo e, então, borbulhar e se dividir em dois. Achando que o homem estava se afogando, deixei cair o violino e corri para ajudar, mas era apenas um velho casaco preto que alguém tinha jogado fora. Quando voltei à procura do violino, olhei ao meu redor várias vezes, mas ele tinha desaparecido. Caminhei em círculos por mais algumas horas, sem querer acreditar naquilo, mas as pedras arredondadas estavam livres de qualquer coisa que vagamente se assemelhasse a um estojo preto — e a água corria livremente ao longo da sarjeta.

vinte e dois

Naquele mês de julho, tivemos a pior inundação que a Áustria havia sofrido em anos, e o Danúbio cobriu a capital de tal modo que um barco seria mais útil em alguns lugares do que um carro. Até mesmo algumas pessoas que moravam longe das margens se viam com água pelos joelhos. O rio invadiu muitas casas e rearranjou a posição dos móveis para elas. Moradias adquiriram vista para o mar, e hotéis também. Vi garrafas de sidra flutuando como uma família de patos e, à medida que campos se transformavam em lagos, os próprios patos não perdiam tempo e iam nadar como se esses espaços de água datassem dos tempos mais remotos.

Elsa se aventurava fora de casa nesse grande cenário diluviano de cinco dias seguidos, como havia feito quando nevou naquele inverno, mas nunca demorava a voltar, por vontade própria. Eu não a forçava. Essencialmente, ela via a inundação como um sinal ansiosamente aguardado para cimentar sua fé; por conseguinte, de cada duas palavras suas, uma seria "Deus". Tudo o que ela era ou se tornara ou fora feito dela era a vontade de Deus. Encharcada e tremendo de frio, ela se enrolava em cobertores no meio do chão, olhando para o alto e esperando por Ele. Parecia um casulo e eu esperava encontrá-la um dia com asas abertas nas costas. Com o tempo, Deus se tornou motivo de briga. Tornou-se um intruso, fazendo de nós um trio. Ele era um competidor a ser derrotado, um amante rival — generoso, amoroso, perfeito, onisciente e intrometido.

Eu disse a ela que não havia ninguém acima nem abaixo; eu não acreditava em Deus, não de verdade, não mais do que acreditava em fantasmas, isto é, até que um ruído me atraiu a atenção naquela noite. Ela disse que havia uma luz superior, nos permitindo diferenciar o certo do errado, assim como a verdade da mentira. Ela acreditava que, quando nós, mortais, morrêssemos, teríamos permissão de ver essa luz resplandecer sobre nossas vidas. Nós seríamos capazes de absorver toda a verdade de uma só vez, a essência geral e cada minúsculo detalhe dela, assim como Deus vê um campo gramado e, no entanto, conhece cada folha de capim. Ela me deixava angustiado quando proclamava que nossa casa estava repleta dessa luz de Deus que eu não conseguia ver.

Olhei para essa "luz de Deus" que ela apontava. É verdade, havia mais luz, uma luz incomumente suave e difusa, mas a razão de sua existência era tediosamente racional: as desastrosas tempestades de neve daquele inverno haviam levado algumas telhas, deixando buracos através dos quais a luz penetrava pelo alto. Além disso, o teto estava rachado por toda casa, a chuva gotejava pelas paredes e a luz irradiava perfeitamente através das rachaduras, oferecendo um resplendor raramente visto em interiores. Por mais deprimido que eu ficasse ao ver que a casa precisava de obras, eu não tinha como fazê-las.

O que eu não fazia para ter a minha velha Elsa de volta, mesmo que por apenas um segundo e um sorriso... Com frequência, eu gastava o dinheiro dos mantimentos para comprar guloseimas na rica zona americana e lhe trazia amêndoas revestidas de açúcar, doce de leite, pipocas caramelizadas... Eu também lhe oferecia pacotes de chocolate em pó solúvel com marshmallow para preparar utilizando água fervente, ou grossos crepes chamados panquecas, acrescentando água fria e as fritando em uma panela com manteiga. Havia uma caixa de bombons em particular que era uma alegria para ela. Os recheios não eram descritos na embalagem e as surpresas deixavam seu rosto radiante... coco, nozes, creme, caramelo e geleia de framboesa. Ela amava esses bombons e era capaz de comer montes deles até sair rolando de um lado para o outro com a mão na barriga como uma grávida. Seu rosto ficava radiante do momento em que me via chegar com a sacola de papel até o momento em que eu terminava de esvaziá-la. E, então, voltava a ser como era antes. Reconheço que eu era um covarde por ceder o tempo todo, conhecendo, mas ignorando, as consequências a longo prazo, tudo para aliviar momentaneamente a minha culpa. Claro, ela não conseguia mais enfiar as pernas nas roupas, menos ainda os braços. Mesmo assim, eu deixei os escrúpulos de lado e vendi as últimas peças da família para lhe comprar roupas novas, tão luxuosas como aquelas dos anos mais opulentos, desejando que ela imaginasse que eu ainda tinha uma última reserva escondida — o que talvez também fosse egoísta da minha parte. Eu queria que ela se sentisse tão bem cuidada quanto costumava ser, ainda que não adiantasse muita coisa. Nada escondia a oleosidade do seu rosto, sua pele coberta de manchas e a má aparência dos seus dentes cariados.

O fato de ela ter embarangado me deu autoconfiança. Ela brincava dizendo que me restava pelo menos uma metade bonita, enquanto suas duas metades haviam se tornado feias. A cada dia, ela jurava que minha cicatriz estava ficando mais sutil. Eu via meu corpo se tornando mais forte e musculoso e notava que as pessoas na rua não me olhavam mais com a repulsa de antes, nem ficavam constrangidas se eu as pegasse me examinando. Por algum motivo, eu cativava as pessoas. Não amava Elsa menos, mas me tranquilizava o fato de que nenhum outro homem tentaria roubá-la de mim com a avidez que teria acontecido dois anos atrás. Eu também sabia que, mesmo em seu estado pouco atraente, Elsa tinha certeza de que eu realmente a amava. Era um sentimento não declarado, mas que pairava solenemente no ar.

Minha escolha de vender a casa não foi motivada somente por questões econômicas. Analisando bem a fundo, as finanças eram apenas a razão que eu precisava para mentir para mim mesmo. Na verdade, eu acho que queria vendê-la para que, em vez de ter de sair para trabalhar, eu pudesse ficar em casa vigiando Elsa.

Pouco tempo depois, assinei um contrato de exclusividade com um agente imobiliário, que me visitava à tarde em dias de semana com potenciais compradores. O primeiro a demonstrar interesse foi um arquiteto; e o agente imobiliário ficou impressionado, pois o homem conhecia a casa melhor que eu, que tinha vivido nela todos aqueles anos. Ele apontou o que pertencia à estrutura original e o que havia sido modificado ao longo de sucessivos séculos — cada mínimo detalhe. Ele era a empolgação em pessoa e o agente quase não conseguiu conter um sorriso. Minha testa franzida foi ainda mais difícil de ocultar, pois temi que, no andar de cima, o homem fosse identificar o esconderijo de Elsa: e não foi para menos porque, assim que o viu, correu a mão pela estrutura falsa. Pareceu perplexo, mas guardou para si mesmo o que quer que tenha pensado sobre aquilo.

Elsa estava ciente da tensão pela qual eu vinha passando. Eu perdia a paciência a troco de nada naqueles dias. Um leite derramado, uma torneira deixada aberta ou uma luz mantida acesa; eu martelava sobre ela que tais desatenções custavam dinheiro e que fora isso que me levara a vender a casa. No fundo, eu não acreditava em uma só palavra do que eu estava dizendo. Era a incerteza do nosso futuro, mais do que qualquer pequeno prejuízo, que me perturbava. Mesmo assim, eu era capaz de discursar durante horas, culpando Elsa por toda a situação, a chamando de raposa egoísta, gastadora e irresponsável. Às vezes, eu agia de modo autoritário: desligava o fluxo de água quando via que o nível já havia ultrapassado metade da banheira. Se ela tagarelava demais sobre Deus, eu ia até a caixa de fusíveis e desligava a energia. Se Deus lhe dava tanta luz, eu não via por que pagar uma conta de luz tão cara.

Excepcionalmente, Elsa não se entregou à autocomiseração. Disse que eu estava agindo como um *schmuck ciumento*, tratando Deus como um rival e o colocando no meu nível.

— De qualquer modo — disse ela —, acho que você já sacrificou muito de sua vida por mim. Chegou a hora de você *me* sacrificar em nome da sua liberdade.

Suas palavras beiravam a ironia, mas seu tom era sério.

— O que foi que você acabou de me dizer? — perguntei.

— Que você tem todo o direito de se livrar de mim.

— O que quer dizer com isso?

— Use sua imaginação e esqueça que existi um dia. Me deixe sair porta afora. É o mais fácil a se fazer. O destino decidirá o que vai acontecer comigo.

— Por que está falando tamanha sandice?

— É a maior prova de amor que posso lhe dar. Estou disposta a sacrificar minha vida para libertar você. Essa é a verdadeira definição de amor, dar ao outro espaço e liberdade. O amor não é possessivo nem é uma maneira de oprimir alguém em interesse próprio. O amor não acorrenta. O amor é tão solto e libertador como o ar, o vento... e, sim, como a luz de Deus.

Eu sabia que cada menção que ela fazia a Deus era um ataque direto contra mim. Ela estava me dando um sermão sobre como eu vim me comportando nos últimos anos, me criticando, com perfeita noção de que eu sabia exatamente o que ela queria dizer. Eu me vi apertando Elsa contra mim no mais possessivo dos abraços.

— De modo algum que isso é amor! — gritei. — Amor significa duas pessoas permanecendo juntas, não importa o que aconteça. O amor é um grude, o mais forte que existe, que mantém duas pessoas coladas! Um simplesmente não se livra do outro porque é mais fácil correr sobre duas pernas do que sair tropeçando com quatro! Não é egoísta que um queira ter o outro ao seu lado! Isso é amor! Você precisa amar a pessoa a quem diz que ama. Precisa ficar com ela. O amor é um elo apertado, dois se tornando um só, não um chiqueiro de porteira aberta!

Só então, me dei conta de que ela implorava para que eu parasse de sufocá-la.

Elsa dobrou o corpo para recobrar o fôlego e, então, explodiu:

— Seu porco! Porco! Claro que você não é capaz de entender! Como eu podia esperar que entendesse? Pérolas para os porcos! Só é amor quando você tem a escolha de ficar com alguém, a escolha livre e desimpedida entre centenas, entre milhares de outras possibilidades, só assim que ele tem qualquer sentido!

Brigamos ao longo da noite toda. Se ela tentava dormir sem fazer as pazes, eu ligava a energia de novo e colocava uma lâmpada em seu rosto. Eu era infantil, mas ela também era. Me chamou de *schlemiel*, ou seria *schlimazel*? (Eu me confundia todo com o iídiche dela. O primeiro, acredito, era o sujeito que saía por aí entornando a sopa; o segundo seguia pela vida tendo a sopa entornada sobre si.) Ela me disse que eu era um *klutz* descarado e podia ir dormir em outro lugar. Com suas pernas gorduchas tentou me empurrar para fora da cama. Eu simplesmente rebolei, fazendo chacota dela, até que ela derramou seu copo de água no meu lado do colchão. Pulei como um raio para a metade dela e a empurrei sobre a metade molhada. Ela saltou da cama e pegou um de seus livros escolares sobre a filosofia da metafísica ou coisa que o valha. Não estava realmente a fim de ler, eu podia ver que era só birra. Seu ar esnobe dizia tudo. O que ela fazia era investir mais em seu intelecto do que perder tempo comigo. Desliguei a eletricidade de novo.

A coisa prosseguiu e parou algumas vezes. Somente quando do andar de baixo eu a ouvi trancar a porta, me pus de joelhos e pedi perdão. Passei o resto da noite com o braço agarrado a ela, no lado molhado do colchão, sentindo que ela estava zangada comigo, ainda que negasse toda vez que eu perguntava para ela, o que acontecia a cada cinco minutos.

O sol se levantou antes de mim. Pensei que ela fingia estar dormindo porque não sabia como agir e, para ser franco, nem eu sabia. A casa estava uma bagunça... Cada objeto era um lembrete da nossa briga e evocava detalhes que eu preferia esquecer. Seu livro ainda me insultava do lugar onde fora parar e bolotas de lenços de papel cheios das lágrimas de nós dois se espalhavam pelo quarto como flores brancas artificiais à espera de serem integradas a algum buquê embriagado de sentimentalismo.

Com aquele tipo de dor de cabeça entorpecedora provocada pela falta de descanso noturno, saí para comprar pão. Então, ao passar por uma floricultura, contemplei um delicado buquê de edelvais, mas esse pensamento me levou a uma ideia bem melhor e peguei o bonde em direção ao centro da cidade.

Foi um fiasco. Seu rosto fechou assim que ela viu o pequeno passarinho sobre a mesa. Mesmo com ele saltitando graciosamente de poleiro em poleiro, balançando e cantando, sua expressão não se alterou. Encarando-o como um *casus belli*, como ela o chamou, em vez de um penhor da paz, como eu pretendia que fosse, ela me atacou repetidamente, dizendo que era um pecado enjaular uma criatura que Deus havia criado para voar.

— Estava em uma gaiola quando o comprei, que diferença faz se está aqui ou na loja de animais ou na casa de algum outro comprador?

— É um pecado horrível! — gritou ela e cobriu o rosto tão abruptamente que assustou o pássaro, que debateu o corpinho emplumado contra a cúpula branca. Vendo isso, Elsa lamentou ainda mais.

— Lá fora, um gato ou um gavião irá pegá-lo! Ele não sobreviveria. É melhor aqui, onde está mais protegido.

— Ele nunca vai conhecer o que é a vida estando aqui. Será apenas um bichinho de estimação, nunca um pássaro. Não consegue ver?

Havia um tom distinto em sua voz e nós dois sabíamos sobre o que estávamos realmente discutindo.

— Se é isso o que você chama de *vida*, ser abocanhado e comido vivo, fique à vontade. Para mim, isso se chama morte. Você ama tanto esta criatura de Deus? Venha, então faça você mesma. — Abri a tranca da janela da cozinha, apesar dos anos de ferrugem. — Vou lhe trazer o que sobrou para que aprecie. Mas aviso que não vai ser bonito para os olhos de uma jovem mulher.

No começo, Elsa pareceu enojada. Então, quando o passarinho cantou e inclinou a cabecinha inocentemente, ela abriu a gaiola um pouco, depois um pouco mais, e logo estava aberta pela metade. O pássaro pulou cada vez mais rápido de poleiro para poleiro, achando que ia ser alimentado. Após hesitar por um tempo, Elsa abriu a porta da gaiola completamente. O pássaro permaneceu imóvel. Sem demora, uma brisa escancarou a janela e uma força celestial parecia chamar o pássaro para assumir sua liberdade. Ainda assim, ele não tentou voar. Elsa estendeu a mão para pegá-lo e ele saltitou e bateu as asas. Quando ela envolveu o corpinho dele com os dedos e o tirou da gaiola, ele bicou sua mão e dardejou de volta para a gaiola, se acocorando detrás de sua tigela de água. A vitória foi minha e não consegui conter um sorriso.

Lentamente, ela enfiou a mão na gaiola para pegar o pássaro de novo e, desta vez, o pousou gentilmente com as duas mãos no peitoril da janela, ainda o segurando e, então, afrouxou os dedos pouco a pouco antes de soltá-lo. O pássaro ficou onde estava, suas penas parecendo apenas ligeiramente amarrotadas. Lá fora, o ar estava se aquecendo com a primavera e exalava aquele cheiro de grama recém-cortada que nos fazia inspirar mais profundamente do que de costume. Então, com um ímpeto surpreendente, o pássaro partiu como se estivesse escapando, não como alguém que tivesse ganhado a liberdade.

Fiquei revoltado com ela por ter ido tão longe e, então, fiz algo que considero vergonhoso. Pouco tempo depois, revisitei os escombros da casa de *Frau* Veidler, peguei um esqueleto de passarinho das cinzas e o engaiolei na cúpula branca, um osso da asa saindo dramaticamente através das grades. Estava muito decomposto para ser o passarinho *dela*, mas Elsa não chegou perto o suficiente para descobrir isso. Cobriu o rosto e desatou a chorar histericamente.

vinte e três

Meu contrato com o agente imobiliário iria expirar na primavera, e eu caminhava pelo distrito central em busca de outro. Quando ia tentar uma agência na Schenkenstraße, ouvi gritos vindos de um dos grandes hotéis a um quarteirão de distância, na Löwelstraße; como estava sem muita pressa, caminhei até lá para dar uma olhada no que estava acontecendo.

O que vi se tornaria uma cena banal. Alguns dos militares da ocupação estavam deixando o hotel definitivamente, voltando para o lar ao qual pertenciam, e levando consigo o que quer que considerassem um suvenir, ou algo a que houvessem se apegado nos últimos três anos e de que não suportassem a ideia de se desfazer, ou sentissem que lhes pertencia em troca dos serviços prestados por tanto tempo... Em suma, tudo aquilo que não estivesse pregado no lugar. Não, eu retiro o que disse: *incluindo* aquilo que estivesse pregado. Vi uma dupla de oficiais russos que, com a ajuda de suas tropas, deixou hotéis carregando camas antigas, consoles, pinturas, lâmpadas, banheiras com pata-de-leão e pias de mármore. Por incrível que pareça, vi os americanos fazendo exatamente o mesmo. Os austríacos davam chiliques, os insultando sem trégua, mas eram tratados como covardes ingratos e, se perdessem o controle, levavam uma coronhada ou duas; um lembrete de que deveriam tratar os invasores com respeito.

Vi uma tropa de americanos — e isso não é exagero, embora pareça bizarro — carregando material bélico de séculos atrás: canhão, armadura, lanças, estandartes medievais. Não sei onde eles encontraram aquilo, talvez na mansão de alguém ou em um museu; em todo caso, sem dúvida essas peças se destinariam a uma mansão ou a um museu do outro lado do oceano. Talvez a atmosfera geral não fosse tão ruim quanto eu faço parecer; afinal, nem todos os austríacos possuíam material digno de ser saqueado, isto é, bens cobiçáveis.

Em casa, outra surpresa me aguardava, pois havia uma faixa laranja atravessada sobre uma das janelas da frente com a palavra VENDIDO escrita em letras pretas garrafais quando voltei. Parecia bom demais para ser verdade e eu esperava que não fosse outro oficial de justiça me confiscando a casa. Foi quando dois homens emergiram do quintal e reconheci o agente imobiliário, que não via há muito tempo, e o arquiteto.

— Viu as boas novas? — perguntou *Herr* Eichel casualmente, como se tivéssemos nos visto no dia anterior.

— Vi — falei com um pouco de rancor.

— Se quer realmente saber, tentei dissuadi-lo, mas não consegui chamá-lo à razão. Sua. Dele. Qual é o sentido, quando todo mundo sabe que em uma questão de anos todas as tropas irão embora? Eu lhe garanto que os russos vão assumir logo, logo. Então, esta casa não será sua e tampouco minha.

O arquiteto achou isso hilário.

— Bobagem — replicou, e se virou para me confidenciar em voz baixa, para chamar mais atenção. — Não acredite em tudo que ouve.

Herr Eichel decapitou com um chute lateral cogumelos que haviam infestado nosso jardim e desafiou o comprador com um sorriso presunçoso.

— Ser dono de uma propriedade como esta poderia depor contra o senhor se a maré mudar. Não tem medo?

— Sim, tenho. De *outra* de suas metáforas sobre a maré vermelha.

— Deve conhecer o velho ditado: "Um homem pode muito bem levar um cavalo até a água, mas ele não pode obrigá-lo a bebê-la." *Herr* Betzler, venha ao meu escritório amanhã de manhã para oficializarmos a transação. O conceito de propriedade privada não vai durar para sempre...

*

O preço da venda, quando eu era pequeno, nos teria feito parecer milionários, mas eu aprendi da pior maneira que tais cifras são relativas. Somente quando fui comprar outra propriedade é que me dei conta de verdade. Claro, o produto da venda me permitiria comprar uma casa menor em bom estado, mas havia outro problema no qual eu não pensara até então. Se eu colocasse tudo o que tinha em outra casa, não haveria dinheiro à mão para cobrir o custo de vida cotidiano. A experiência havia me ensinado a que ponto isso poderia chegar e quão rapidamente. Assim, fui forçado a desistir da ideia de comprar outra casa e decidi, então, procurar um apartamento. Um apartamento grande era quase tão caro quanto uma casa pequena, às vezes até mais, dependendo do bairro.

Calculei e recalculei, fiz vários tipos de orçamento e os fui enxugando cada vez mais. Um apartamento bom em um bairro chique significaria viver modestamente dentro de paredes suntuosas. Um apartamento modesto em um bairro ruim nos daria liberdade financeira, pelo menos por tempo suficiente para que eu conseguisse um emprego ou fizesse algo para me restabelecer. Os edifícios mais velhos eram escuros e marcados pelos projéteis russos, mas os mais recentes eram de construção muito barata, no formato de caixas de sapato e utilitários, verdadeiras feiuras. Imigrantes pobres ficavam sentados em seus degraus e apoiados no peitoril de suas janelas, fumando cigarros e vendo a vida passar. As crianças não pareciam crianças; eram pequenos adultos desencantados, brincando tão rigorosamente como se estivessem trabalhando. Até os cães e gatos que entravam e saíam ostentavam um ar desonesto.

Mas eu tinha coisas mais importantes a considerar do que tamanho e aparência. Em cada apartamento, eu caminhava até as janelas, uma a uma, e olhava para fora cuidadosamente. Havia poucos lugares sem edifícios do outro lado da rua e, aqueles que não os tinham, provavelmente não ficariam muito tempo sem os ter. Ser capaz de ver outras pessoas era, na minha opinião, quase como viver com elas, e isso não seria possível com Elsa. Em um edifício, os apartamentos ficavam tão perto um do outro que a mulher do apartamento em frente e eu poderíamos estender os braços e apertar as mãos.

Eu estava ficando muito velho para tudo isso — olhos espiões, ouvidos curiosos... inimigos à espreita por toda parte, querendo roubar Elsa de mim... — e ansiava por uma vida normal, prosaica, com ela. Era hora de vivermos fora das fantasias que tínhamos alimentado em nossas mentes juvenis.

Elsa olhava com alegria para as caixas empilhadas, como uma criança que via um aviso de avalanche e achava graça, enquanto adultos aguardavam apreensivos em um abrigo.

— Você não vai me deixar para trás? — perguntou empolgada, como se esperasse que eu o fizesse.

Acariciei seu cabelo desgrenhado por um momento e, então, falei:

— Elsa, quero que nossa futura relação seja cheia de verdade, honestidade e confiança mútua.

— Ah, que *saco*! Não me prometa isso! *Santo Deus*! Já menti para você também antes... O que acha? Você acha que um homem e uma mulher podem ser cem por cento honestos um com o outro? Apenas a verdade, a verdade, a verdade e mais chata das verdades? O que pretende fazer? Acabar com todo o mistério, todo o charme?

Não reconheci seu rosto nem suas maneiras enquanto ela pronunciava essas palavras. Agitava as mãos superficialmente, sem mencionar seu queixo, que tinha se tornado uma papada dupla, o que a transformava em uma criança mimada diante dos meus olhos. Seu rosto exibia um sorriso cínico e pesadas pálpebras de meretriz. Claro, tais atitudes estavam em voga naqueles dias, entre o tipo errado de mulheres que buscavam sua chamada emancipação, mas eu não fazia ideia que Elsa fosse daquele jeito. Mais do que qualquer outra coisa, porém, foram suas palavras que me ofenderam.

— Você disse que já mentiu antes para mim?

— Claro que sim. — Ela riu e piscou o olho. — Como espera que eu não magoe seus sentimentos dia após dia com a verdade absoluta? Pode imaginar como seria a vida? "Como foi a sua noite, querida?" Horrível, você roncava como um *Schwein*; eu podia tê-lo matado. "Sentiu a minha falta?" Nem um pouco; eu estava o tempo todo pensando no meu primeiro amor. Pode imaginar como seria abominável viver sob o fio da navalha da verdade? Se um pudesse ler o pensamento do outro o tempo todo? Como se sentiria se soubesse que eu tinha ido para a cama com você pensando que estava nos braços de outro homem?

Minhas mentiras eram todas insignificantes diante das dela. Eu até diria que minhas mentiras, comparadas às *dela*, eram prova do meu amor.

Ela continuou:

— Estou certa de que você fez o mesmo, claro que fez.

— Nunca! Eu juro pela memória da minha mãe!

— Ora, vamos, Johannes. É um dos fatos cruéis da vida, todo mundo sabe disso, geração após geração, mas ninguém quer admitir. É uma mentira coletiva. Talvez uma melhor maneira de definir a humanidade, em vez de "a fabricante de ferramentas", seria "a fabricante de mentiras". Agora, admita para mim, não vou ficar ofendida. Nunca meus seios foram os de outra mulher? Quando você fechava os olhos, eu era uma enfermeira? Uma professora?

— Nunca. Você sempre foi você! Vestida de seu próprio nome e em seu próprio corpo!

Àquela altura, eu estava branco de raiva, o que pareceu agradá-la intensamente. Era como se eu tivesse me livrado de um feitiço, de uma maldição, pois conseguia olhar para suas mãos agitadas sem que elas exercessem qualquer efeito sobre mim, nem mesmo quando subiam pelas minhas pernas em direção àquela parte do meu corpo mais disposta a ceder. Estava para me afastar, mas alguma curiosidade teimosa me levou a verificar se o que ela estava dissimulando era verdade. Inspecionei sua genitália como um ginecologista em busca da verdade: aquela era uma porção estreita dela incapaz de mentir. Seu desejo era autêntico, o que eu não esperava, e minha fria atitude médica estava, de fato, acirrando sua volúpia por mim, até que me vi olhando para ela com um ódio extremo.

— Vamos, me diga. *Quem* sou eu agora?

Ela mordeu meus lábios e enfiou as unhas no meu torso, como se tivesse enlouquecido. Suas inflições de dor eram cada vez mais sádicas, mas eu fiz o que pude para não recuar.

— Finalmente um homem... um *Mensch* — disse ela, apertando meus testículos com força.

Se eu me deixei cair, foi só para testá-la, embora a dor deva ter desempenhado um papel importante também. Observei-a friamente e o jeito como fechava os olhos enquanto praticava suas pequenas torturas.

— Abra os olhos! — ordenei, e ela o fez com aquele rosto lustroso de puta que eu reprovava. — Olhe para mim! Aqui, para mim! Não ouse!

Eu a fiz dar uma boa olhada na minha genitália de frente e, depois, de perfil e apliquei pressão em suas têmporas para que seus olhos se abrissem mais. Meus próprios olhos se mostravam insensíveis e ameaçadores.

— Expulse o sujeito ou eu mato você com ele! Se a pegar transformando uma fração de mim em outra pessoa... uma fração!

E, então, cutuquei as órbitas de seus olhos com meu pênis.

Tudo terminou mais como luta livre, combate e agressão do que como amor. Quando este ato de dominação ou o que quer que tivesse sido chegou ao fim, Elsa enrolou uma mecha de meus cabelos em seu dedo e disse:

— Eu sei que você me ama, Johannes. Às vezes, acho que não o mereço... Sou uma pessoa má.

Ergui uma sobrancelha pela desculpa que achava merecer e perguntei:

— Verdade? E por que isso?

— Bem, eu me pergunto, ora, só às vezes, de vez em quando...

— Sim, às vezes, de vez em quando...

— Bem. — Ela fez uma pausa e passou os dedos pelo piso, onde um relevo parecido com um tabuleiro de xadrez resultou da remoção de todas as lajotas. — Se, bem... com tudo o que você sacrificou, arriscou, fez e perdeu por mim. E o jeito como eu o tenho torturado. Você e eu sabemos como o tenho torturado.

— Meu corpo parece ter uma memória recente disso.

— O problema é que se a verdade um dia vier à tona... Quem sou eu, quem é você, por dentro e por fora? A grande e bela verdade, a grande e feia verdade. Lembra que certa vez você me disse, quando eu tinha perdido toda a vontade e todos os motivos para seguir em frente? *A verdade é um conceito perigoso do qual ninguém precisa para viver.*

Ela parecia saborear a palavra "verdade" cada vez que a falava, rolando o "r" no seu palato como vinho de boa qualidade.

Quanto ela realmente sabia? Quanto ela se recusava a saber? Estava me contando essas mentiras horrorosas para que eu confessasse as minhas? Ou simplesmente o oposto: me dando permissão para que eu não o fizesse? Como seu protetor, eu a excitava. Como um simples companheiro, eu a entediava. De heroico e poderoso, eu me reduziria a um mero homem que precisava dela. Ela precisava depender de mim para me desejar. Ainda assim, eu precisava admitir isso para mim mesmo.

Resmunguei que "Fui um idiota de ter dito aquilo. As mentiras são como amigos fáceis, presentes para resgatá-lo de águas turbulentas. A curto prazo. Mas, a longo prazo, são traidores que estão ali apenas para destroçar a sua vida..."

— Muitas criaturas se refugiam nos destroços, constroem um lar dentro deles. Você acha que sem algumas mentiras aqui e ali eu conseguiria seguir vivendo assim? Não acho que conseguiria. Não me bastaria simplesmente voar para longe? Quero dizer, partir, como aquele passarinho, e seguir voando até o fim do mundo, sem dizer obrigada, sem nada, sem olhar para trás, nem uma só vez, apenas batendo e batendo as asas...

Ela sacudiu os braços algumas vezes e, depois, pareceu pairar com eles abertos; um brilho aguçado e indômito no olhar.

— Então, a realidade lá fora me alcança, uma liberdade com presas. A mente pesada, cheia de pensamentos; a alma pesada, cheia de culpa. Ninguém para enlouquecer além de mim mesma. Uma enorme queda lá de cima. — Ilustrou a cena com um assobio, deixando que os braços tocassem suas laterais com força. — Atingir o chão como um emaranhado de ossos e penas. Não, Johannes, é um aviso: guarde a verdade para si caso tenha a intenção de continuar comigo.

*

O baú estava pronto, forrado de edredons e com uma quantidade de furos que lhe permitiria respirar. De uma maneira indiferente, segurei a tampa aberta para que ela saltasse para dentro. *Nenhum homem botaria seus olhos sujos em Elsa além de mim. Nem ela botaria seus olhos em outro homem além de mim.* Olhando-a furtivamente, reparei como estava insegura depois do que havia admitido, talvez imaginando que eu pudesse jogá-la no Danúbio. Não foi fácil para ela se acomodar confortavelmente, especialmente com o peso extra que ganhara. Seus joelhos tiveram de se comprimir contra o peito e o pescoço precisou dobrar um pouco para que ela coubesse ali dentro. Eu lhe disse para não se preocupar e, sabendo que não havia volta, girei a chave.

Os homens da mudança chegaram pontualmente e, ao meio-dia, tinham partido com todas nossas coisas, exceto aquela que eu guardava possessivamente. A julgar pela frequência com que a espiavam, deviam ter suposto que continha seu peso em *Goldkrone* dos tempos da monarquia. O táxi não demorou a chegar e, me vendo em dificuldades, o motorista se apressou em me ajudar a colocar o baú no porta-malas. Não estava se encaixando na posição correta, então, praguejando em dialeto, ele o colocou de lado. Ambos ouvimos o baque.

— Alguma coisa que quebre aí dentro?

Apesar da onda de medo que me passou pela cabeça, neguei. Mal havia entrado no táxi e sentado no banco do carona, ouvi um distinto arranhar dentro do baú, acompanhado de miados abafados. Nervoso, perguntei qualquer coisa sobre o tempo, mas ele ignorou meu papo furado.

— Para onde?

— *Por favor* — respirei —, Buchengasse 6, décimo distrito.

vinte e quatro

O motorista do táxi puxou o freio de mão e eu desci em uma calçada coberta por cascas de nozes jogadas por um velho que quebrava nozes sentado num degrau na entrada. Apressadamente, paguei o motorista pela corrida, incluindo uma gorjeta honesta, para a qual ele fez uma cara feia antes de partir, me deixando ali parado com o baú a meus pés. O apartamento novo ficava no quarto andar e eu não fazia ideia de onde estariam os homens da mudança.

— Hi, hi, hi — riu o velho e fez uma mímica de carregar o baú no seu ombro. Percebi que não falava alemão e uma olhada (e uma fungada) mais de perto me mostraram que ele não morava neste edifício nem, muito provavelmente, em qualquer outro.

Finalmente, os homens da mudança chegaram com passos pesados, um deles fazendo acrobacias de dedo em dedo com minhas chaves. Assim que pegaram o baú, os miados recomeçaram — um fiapo agudo e lamurioso — e os homens trocaram olhares maliciosos entre si. O mistério estava resolvido. Eu estava contrabandeando um gato para um prédio cujas regras proibiam animais de estimação.

— Sai pra lá, garoto — berrou um dos homens para uma criança que estava à toa nas escadas, a obrigando a ficar de lado, sua fralda igual ao rabo de um ganso.

A sós de novo com Elsa, procurei freneticamente nos bolsos a chave do baú. Não estava lá, simplesmente não estava, por mais que eu virasse os bolsos do avesso. O que me assustava era que os miados de gato tinham cessado desde que os homens deixaram o baú cair da altura de um metro do chão.

— Diga alguma coisa! Me responda, Elsa!

Implorei, mas ela não deu sinal de vida. Meu Deus, talvez eu tivesse deixado a chave na casa antiga? Será que eu tinha um martelo ou uma chave de fenda? Sim, eu tinha, mas em que *verdammt* caixa eu havia colocado as ferramentas? Teria dinheiro suficiente para ir de táxi até a casa antiga e voltar? Abri minha carteira para conferir e ouvi o barulho de uma moeda cair no chão. Era a chave; eu a tinha enfiado na carteira para não perder.

Eu estava tremendo quando enfiei a chave na fechadura, levantei a tampa e arranquei as cobertas. Meu primeiro pensamento foi que ela não tinha mais cabeça, pois, de algum modo, tinha virado seu tronco enquanto suas pernas permaneciam dobradas atrás dela, e sua cabeça, encurvada para baixo de uma maneira nada natural. O jeito como seus braços se projetavam em diferentes direções, um deles amassado debaixo do peito, o outro, duro atrás de suas costas, fazia com que ela parecesse uma boneca cujos braços de porcelana tinham se soltado dos soquetes.

Cada deslocamento que eu a ajudava a fazer causava dor, mas, em questão de minutos, já estava rindo onde quer que eu apertasse no seu corpo, e eu me perguntava se ela não estaria encenando tudo aquilo o tempo todo.

— Quieta! Alguém pode ouvir você! — falei para ela.

— Quieta. Minúscula. Invisível. Como um pequeno camundongo... — Seu sussurro tinha algo de musical. — Cuidado, pequeno camundongo, ou alguém vai arrancar a sua cabeça.

Sua conversa de camundongo subitamente acionou minha memória e eu perguntei:

— Aqueles sons que fez dentro do baú, que diabo pensou que estava fazendo?

— Não seja tão rabugento. Meu Deus, era só um código para você saber que eu não estava *kibosh! Em rigor mortis!* Não ficou morrendo de medo? Quero dizer, por mim?

Havia certa dissimulação na sua pergunta, algo que não apreciei nem um pouco.

— O que você acha? — repliquei. — Que eu estava pulando de alegria?

— Eu acho... — começou ela e, então, mordeu a unha para ganhar tempo.

— Penso exatamente como você.

Com exagerada cautela, ela passeou por seu novo apartamento. Cada medida de precaução parecia forçada, mesquinha e pervertida. Caminhou tão levemente quanto podia na ponta dos pés, mantendo o dedo indicador sobre os lábios. Cada rangido da madeira a fazia cobrir os ouvidos e fechar os olhos como se tivesse acabado de pisar em uma mina terrestre. Agachava-se debaixo das claraboias, cobrindo a cabeça com os braços como se alguém do lado de fora estivesse atirando nela. A vista consistia principalmente do céu, pois este tipo de janela seguia a inclinação do telhado, em vez de se erguer na vertical como a água-furtada em seu antigo quarto, por isso ela estava sendo claramente sarcástica. Somente pude cruzar os braços e fuzilá-la com o olhar.

Só havia dois quartos no apartamento, ambos espaçosos, ainda mais porque o pé direito era incomparavelmente mais alto do que aquele que ela possuía antes, onde bater a cabeça era inevitável até a terceira vez, quando você aprendia a prestar atenção. As paredes, recém-pintadas em branco, davam ao lugar um cheiro de vazio e desabitado. A pequena copa ficava no canto do quarto a oeste, e o banheiro, no canto a leste. Nem a copa nem o banheiro tinham janelas e, enquanto Elsa olhava com tristeza para o chuveiro, não pude conter minha satisfação. A banheira tinha sido motivo de desavença entre nós, por isso eliminei o problema. Só havia um guarda-roupa. Ela espiou dentro dele, esperando encontrar algo mais do que um cabide de arame pendurado no suporte. Depois que tirou seu cardigã e o pendurou ali, seus ombros pesaram, melancólicos, indicando como ela provavelmente se sentia.

*

Houve um período de adaptação de dois meses, durante o qual Elsa me mandava à loja de ferragens três vezes ao dia enquanto ficava em casa sem fazer nada, como eu deduzia pelos copos e xícaras de café que encontrava na pia ao voltar. Os parafusos que eu tinha escolhido para instalar as luminárias eram curtos demais e bastou outra viagem de ida e volta à loja para me ocorrer que eu precisava de porcas, mas sem os parafusos, que eu não havia pensado em levar, seria impossível escolher as certas.

Parte da minha falta de concentração podia ser atribuída à falta de modos das pessoas que moram nos bairros operários. Mais de uma vez, ao voltar para casa, Elsa me dava a notícia chocante: alguém havia batido à porta na minha ausência. Deixavam pequenos recados em pedaços de papel rasgado, que no fim das contas eram de *Frau* Beyer, que morava com o marido no andar térreo, o que me forçava a descer para ver que diabos ela queria. Se não era um ovo que precisava para seu bolo, era um abridor de lata, porque o dela tinha acabado de quebrar, ou um termômetro para se certificar de que o dela *não estava* quebrado, com a temperatura do marido tão alta. Ela inventava precisar de coisas, percebi, sempre após eu sair de casa.

Pelo menos, o *Herr* e a *Frau* Campen, que moravam no andar de baixo, nunca nos incomodavam; ao menos não diretamente. Brigavam como cão e gato, e podíamos ouvir suas discussões como se estivéssemos no mesmo cômodo. Às vezes, colocavam música alto quando baixavam demais o nível, me obrigando a bater no chão com uma vassoura. Eu já estava começando a me comportar como os outros moradores do prédio.

Todo dia, a tecnologia moderna aparecia com novos aparelhos eletrônicos. Era impossível andar por Mariahilfer Straße sem tropeçar em estandes de demonstração que atraíam multidões tão numerosas como aquelas dos espetáculos de marionetes. Desde a antiguidade, o ar secava os cabelos das mulheres. Agora, um aparelho ruidoso, como um capuz inflado, podia secá-los na metade do tempo. As pessoas não precisariam mais bater a massa com as próprias mãos. Havia até, acreditem se quiserem, uma engenhoca para bater ovos! E isso, eu lhes garanto, nada tinha a ver com a geração mutilada da guerra — não era *ela* que comprava essas coisas. Nossos vizinhos não eram exceção e, por causa deles, Elsa não ficava alheia a toda essa bobagem eletrônica — auditivamente, devo dizer. Com um sorriso sarcástico, ela oferecia sua própria explicação: os ruídos altos, os zumbidos de trituração, deviam ser os sons da reconstrução pós-guerra.

*

Um dia, eu estava passando pela modesta entrada do edifício quando *Frau* Beyer veio para cima de mim segurando, é sério, um esfregão.

— Ah, *Herr* Betzler? — Ela sorriu para mim. — Estava querendo falar com o senhor.

Com o cabo do esfregão, apontou para o pequeno cartão branco que eu havia afixado na minha caixa de correio — eu gastara alguns deles tentando fazer com que minha letra ficasse impecável.

— Vou datilografar um para o senhor a fim de que fique igual ao dos demais. Normas do prédio. Uniformidade, essencial para manter o nosso prestígio. Basta que eu datilografe "Herr Betzler"?

Examinei cuidadosamente o seu sorriso, a sua barriga redonda, as fivelas douradas de suas sandálias, mais ouro em seus dedos e as unhas feitas que seguravam o cabo do esfregão. Onde estava querendo chegar? Só queria dizer que soaria melhor se ela colocasse "Herr *Johannes* Betzler"? Ou se usasse apenas minhas iniciais? Sua ênfase tinha sido no meu sobrenome, não? Repeti sua pergunta mentalmente. Não, o que ela quis dizer foi: "O *seu* nome é *tudo* o que eu deveria datilografar? Não deveria datilografar o nome, *também*, daquela mulher que mora lá em cima com o senhor?" "Não vai admitir a presença dela?" "Acha que está escondendo de alguém o fato de que o senhor e ela não são casados?" Ela queria que eu negasse a existência de Elsa. Minha resposta foi breve:

— "Herr Betzler" basta por agora.

Não mais do que dois dias depois, quando o padeiro entregou meu pão, ele observou:

— Nunca vemos a senhorita. Ela gosta desta nossa especialidade fermentada?

Respondi que o pão era só para mim e, com fingida admiração, ele exclamou:

— Meu Deus do céu, o senhor é mesmo bom de garfo! Tudo isso só para o senhor? Uma maravilha que o senhor não seja gordo como... — Bateu na pança enquanto olhava duvidoso para minha barriga achatada. — Deve dar todos os miolos e migalhas para os passarinhos, não? Estou certo? Hahaha!

Esse comportamento se alastrou rapidamente entre os demais comerciantes e até o peixeiro, colocando dois peixes no prato da balança em vez de um, teve o atrevimento de perguntar como estava a minha "cara-metade". A partir de então, decidi que faria minhas compras nos arredores da cidade, em um supermercado mais impessoal, com tudo o que você precisava na mesma loja — um conceito vindo da América. O pão não seria tão gostoso, o peixe certamente viria congelado, mas, pelo menos, eu estaria livre da vigilância.

vinte e cinco

No final da semana, eu comprei um gato. Enquanto o escolhia, Elsa deve ter se entretido jogando algum novo tipo de paciência; foi o que supus a partir das cartas que encontrei ao chegar em casa. Duas mãos do baralho estavam de cabeça para baixo, seus dorsos cor-de-rosa com padrões de renda os fazendo parecer os elegantes leques das damas de séculos passados, e, sobre eles, as marcas úmidas de copos que provavelmente tinham sido recolhidos. O gato foi o maior que pude encontrar — um bichano alaranjado com listras brancas e olhos grandes e pidões. Eu o peguei em uma gaiola lotada no gatil, onde seria morto com gás em três dias se eu não o tivesse adotado. Essa seria a razão a partir de agora de qualquer ruído que ouvissem vindo do meu apartamento quando eu estivesse ausente... Me perguntei por que não havia pensado naquilo antes. Ao entrar, cruzei com *Frau* Hoefle, que nunca tinha visto um gato em uma cesta antes, o que deduzi pelo seu olhar, talvez porque o miado fosse o meio-termo entre um bebê faminto e uma mulher chorando. Em nossa breve conversa sobre a sujeira que as pessoas trazem para o edifício nas solas dos seus sapatos, encaixei uma frase sobre trazer meu gato de volta do veterinário, para que ela não suspeitasse que se tratava de uma nova aquisição.

Elsa deu ao gato o nome de Karl, mas, com maior frequência, o chamava de coisas como *amado, amor, meu querido, minha vida*. Passava horas mimando ele com carícias da cabeça à cauda, admirando seu rosto simétrico até que, pouco a pouco, eu me vi perdendo o gosto pelo animal. Ela levantava cedo para preparar o desjejum dele, enquanto nós comíamos o nosso às pressas, a perna sacudindo para cima e para baixo, mal podendo esperar para transformar meias amarradas em cobras, e seu chinelo em um camundongo com a ajuda de botões e piaçavas de vassoura. Ela mudava a água do bebedouro de hora em hora; mantinha a caixa de areia mais limpa que o nosso banheiro, onde eu geralmente achava fios de cabelo seus na pia; e esfregava seu pote de comida até ficar tinindo de limpo — enquanto eu era obrigado a lhe lembrar de remover a água do banho que acumulava em nossa saboneteira!

Áreas inteiras de seus braços estavam arranhadas porque ela os vestia com meias e os fazia latir e, depois, morder as patas traseiras de Karl. Ela dizia que as meias a protegiam das garras do felino. Nunca que a protegiam! E, como se não bastasse, eram as minhas meias que ela o deixava estraçalhar! Se eu agarrasse Elsa e lhe fizesse cócegas, era um Deus nos acuda: "Ui! Você sabe que eu me machuco fácil." Se fosse eu a repousar minha cabeça sobre seus seios, tudo o que eu recebia era: "Johannes, não! Você pesa uma tonelada! *Saia*, não consigo respirar."

A pior parte era o jeito como ficava em pé com os tornozelos juntos para que Karl passasse por entre suas pernas ganhando um chamego em ambos os lados do corpo. Ele produzia ruídos extasiados bem do fundo e encurvava as costas bem alto, eriçando seus pelos e deixando o rabo duro e ereto, como se estivesse obtendo algum tipo de prazer sexual daquilo. Mencionei isso certa vez quando me queixei da maneira que ela rejeitava as minhas carícias e ela disse que, quem sabe, obtivesse mesmo. Ainda assim, o deixava fazer aquilo! A certa altura, achei que a única maneira de manter a paz seria eu fazer amizade com Karl também, mas, cada vez que me aproximava, ele se esquivava furtivamente parecendo incomodado. Depois de um mês, perdi a paciência e o encurralei em um canto do quarto, o ergui pelo cangote e o fiz sentar no meu colo. No instante em que relaxei para acariciá-lo, ele se afastou como louco, fincando com força as garras traseiras em mim.

Depois daquele episódio, não conseguíamos encontrar Karl em lugar algum e Elsa me acusou de deixar o gato fugir de propósito. Foi só depois do anoitecer que um miado fraco e abafado nos chamou a atenção e, então, encontramos Karl no espaço estreito atrás da pia da copa. Estava sujo, chiava e cuspia a cada tentativa nossa de o pegarmos, e mesmo o chacoalhar da lata de ração não conseguia atrair a atenção dele. O bebedouro foi mais persuasivo (quando arremessado), mas ela não me agradeceu, não, senhor. Em vez de ficar zangada com o gato, Elsa ficou dias sem falar comigo, respondendo apenas monossilábicos sim, ah, hm, não.

À medida que as semanas passavam, cheguei à dura decisão de me livrar de Karl porque ele tinha começado a puxar fios da nossa colcha, brincar com pincéis no meio da noite e urinar nas roupas que eu porventura tivesse me esquecido de guardar no armário. Por mais lavadas que fossem, as roupas não perdiam o fedor — aquele cheiro almiscarado acre característico da urina de gatos machos.

— Ouça — prometeu Elsa. — Vou ficar de olho e punir ele se acontecer de novo.

— Não vejo por que esperar — falei e, ao me aproximar dele com toda a cautela do mundo, seu corpo imediatamente se retesou.

— Pare! Ele não vai entender o motivo da punição se você o punir agora. Precisa pegar ele no flagra — disse ela e, depois de pensar um pouco, acrescentou: — É melhor que eu mesma o puna. Ele vai entender melhor se for eu.

Para ajudar o processo, deixei meu casaco em um de seus cantinhos de cochilo e não tirei os olhos dele um momento sequer. Fui recompensado pela paciência. Enquanto Elsa estava ocupada recosturando um dos botões que o gato havia roído de seu camundongo, eu me recostei e vi Karl se aproximando e assumindo a posição.

— É melhor se mexer se quiser pegar ele no flagra — avisei friamente.

Ela não se deu ao trabalho de erguer os olhos antes de terminar a costura e cortar o resto de linha com os dentes. Então, devagar, caminhou até minha mesa rebolando orgulhosamente as nádegas rechonchudas. Pegou a minha escritura do apartamento, a enrolou e a apontou para o casaco e disse no que me pareceu um tom brando:

— Karl, isso não é coisa que se faça.

Bateu duas vezes com o papel enrolado nas ancas do gato. Em seguida, jogou a escritura de volta sobre a minha mesa e, sem tentar sequer aplainar o papel, voltou aos seus remendos.

— Ele mijou na minha roupa e tudo o que leva são duas batidinhas nas costas? — explodi. — Você estraga as coisas tanto quanto ele! Acho que vocês dois estão se divertindo às minhas custas!

Tudo o que fiz foi pegar uma régua, tornando nulas (pela mais simples forma de dedução, coisa em que ela era esperta) minhas ameaças de "arrancar seus membros um a um."

Ela agarrou a régua e, com raiva, a quebrou em duas sobre seu joelho.

— Você é tão estúpido! É o barulho que o castiga, não a dor.

— Você ficaria surpresa em ver como a dor pode educar! — gritei, mas o gato foi mais rápido que eu. Ainda assim, o estrondo que o sapato fez contra a parede foi, em minha opinião, mais eficaz do que as batidinhas que Elsa tinha dado.

— Seu bruto! — gritou ela, batendo com os punhos no meu peito... Ela que, por sua vida, não teria machucado um pelo daquele gato. Nossos gritos de raiva provocaram batidas do andar de baixo, que nos fizeram parar imediatamente. Olhamos um para o outro como se parados no tempo, nenhum de nós capaz de se mexer. Depois do que pareceram ser minutos, pousei o olhar na rachadura na parede e falei por entre os dentes:

— Veja o que você me levou a fazer.

Ao falar, eu rompi o transe; Elsa afundou de novo na sua cadeira, as pernas abertas de um modo nada refinado. Em questão de segundos, Karl pulou sobre a barriga gorda dela e ela se pôs a afagar voluptuosamente o ventre do bichano. Ele ergueu uma pata traseira e, a mantendo reta e rígida, começou a lambê-la. Era uma provocação perversa, expondo seus testículos orgulhosos, justo quando eu vinha nutrindo o sentimento de ter sido castrado por Elsa.

Antes do amanhecer, eu mandei o gato sair... e ele saiu, uma sombra furtiva de pelos que eu persegui com uma cesta até encurralá-lo no térreo debaixo das caixas de correio.

Já era quase de tarde quando voltei e encontrei Elsa à toa na copa, de costas para o forno. Seu rosto recuperou a confiança assim que viu o que eu carregava; e seu sorriso foi de vitória ao estender a mão. Entreguei o gato a ela, que o pegou e o encostou sobre o ombro, dando beijinhos em seu rosto sonolento. Então, ela olhou de novo para mim; desta vez, após ter visto a área raspada e entendido que eu havia levado ele para castrar. Em um instante, o semblante juvenil se desfez e o rosto que permaneceu parecia mais condizente com sua idade.

Nas semanas seguintes, o gato engordou tanto quanto ela e deixou o camundongo no meio do quarto sem um pingo de atenção. Se Elsa fazia o brinquedo se mexer agitando-o pelo rabo de cadarço, o gato no máximo erguia a pata uma ou duas vezes, piscando cinicamente. Observava pássaros pela janela com uma passividade que desacreditava sua espécie. Pelo mesmo critério, à noite ele examinava as sombras nas paredes sem demonstrar qualquer emoção. Por conseguinte, se Elsa enfiava seus braços em minhas meias e os fazia pular, grunhir e farejar, o gato parecia se sentir ofendido com suas brincadeiras. Se ela insistisse, ele se levantava em um rompante de arrogância para ir cochilar em outro lugar. Suas explosões de beijos eram agora recebidas com olhos semicerrados; toleradas, não mais apreciadas.

*

Elsa e eu tínhamos cada vez menos assunto; parecia que havíamos esgotado nosso estoque. Continuávamos a conversar, é claro, mas só sobre coisas das quais já tínhamos falado. Ouvi sua história sobre o teste para o Conservatório de Viena pelo menos umas cem vezes. Na primeira peça, ela havia tocado como se o espírito de algum grande artista estivesse ajudando-a. Na segunda, tentando manter o nível da anterior, ficou nervosa e sua mão escorregou um pouquinho, o que, em um instrumento tão exigente como o violino, bastou para reduzi-la ao nível de principiante. Tenho certeza de que ela ouviu o mesmo número de vezes, se não mais, sobre a época em que Pimmichen e eu estávamos os dois morrendo.

    Estávamos entediados um com o outro. Até o gato estava e fugia do tédio dormindo. Com certeza, sua vida era mais emocionante naqueles dias em que tinha medo de mim e receava por seu futuro. Hoje, se Elsa lhe dava uma guloseima debaixo da mesa e eu levantava o braço em descontentamento, ele se limitava a erguer os olhos e verificar se por acaso não havia algo comestível na minha mão. Não explorava mais o ambiente; afinal, já conhecia cada metro quadrado de cor. Eu sabia o que era aquilo. A rotina fizera nossa casa encolher a ponto de às vezes parecer que morávamos em uma caixa. Acho que os cheiros ajudavam a reduzir ainda mais o espaço. Da cama, a gente podia sentir o cheiro de feijão tão forte como horas antes na copa. Da copa, a gente podia sentir o cheiro do creme de barbear como se estivesse no banheiro. As obras pontuais do gato eram instantaneamente captadas em qualquer lugar da casa, como as nossas provavelmente o eram para ele. Não dava para fazer muita coisa sem que todos nós tomássemos conhecimento.

    Elsa e eu raramente perturbávamos um ao outro com desejo físico, uma vez que estávamos, acredito, fisicamente próximos demais noventa e nove por centro do tempo para querermos ficar ainda mais perto. Na cama, virávamos de costas um para o outro, cada um se agarrando fielmente ao próprio lado do colchão. Raramente, eu tentava tocá-la, se o fazia, era sempre depois de um sonho impróprio com uma mulher que eu nunca tinha visto antes. Elsa não ficaria mais escandalizada se eu fosse seu próprio irmão, e minha mão era estapeada e empurrada de volta como uma luva de jardinagem suja.

No que dependesse dela, Elsa podia passar um mês inteiro ou até mais sem mim; talvez fosse assim que as mulheres funcionassem. Então, ela me desejaria por um dia, não mais que isso, e com restrições. Muito raramente, ela esquentava os pés usando minhas pernas, mas eu desconfiava que ela faria o mesmo com um bichinho de pelúcia qualquer. Como eu disse, se eu fosse tolo o bastante para tomar iniciativa, certamente seria rejeitado. Tudo o que eu podia fazer era esperar o tempo que fosse até ela se aproximar, ocasião em que eu me colocava à sua disposição. Jurei que a deixaria na mão na próxima vez que viesse me iludir, mas, quando ela soprava o apito, eu ia correndo como um cão. Talvez fosse assim que os homens funcionassem.

Esqueci de mencionar que ela raramente ficava mais do que parcialmente despida e devo dizer que, à medida que os meses transcorriam, ela se preocupava cada vez menos com tais detalhes. Se podia botar de lado uma peça de roupa, ora, não havia necessidade de tirá-la. Mais frequentemente ainda, ela não queria fazer amor, mas sim somente "tomar emprestada minha perna", como ela dizia, ou se esfregar, ou esfregar aquela parte sua, em mim até chegar ao resultado desejado. Para ser justo, era sempre ela quem tomava a iniciativa. Isso me colocava em um terrível estado de excitação, mas eu não podia fazer nada a respeito, caso contrário, ela me repreendia. Meu papel era ficar deitado ali com os braços de lado. Tudo o que podia esperar dela depois era a possibilidade igualmente generosa de me deixar usar a *sua* perna.

O gotejar na pia da cozinha era nossa única pista dos dias que passavam. E uma gota podia ser outra gota, assim como ontem podia ter trocado de lugar com hoje ou amanhã. Até que, certa manhã, uma pequena mudança ocorreu e, sem dizer uma só palavra, comecei a fatiar o pão enquanto Elsa, dando de ombros, decidiu que faria o café. Deixei tudo sobre a mesa e fui usar o vaso sanitário primeiro. Ao voltar, vi que a cama tinha sido feita. Na verdade, até sorrimos um para o outro. Como era eu naquela manhã quem cuidava da comida, ela tomou para si a tarefa de limpar a copa. Enquanto ela usava o vaso sanitário, eu coloquei o feijão de molho, como ela sabia que eu faria. Quando ela voltou, viu o que eu tinha feito e sorrimos um para o outro novamente — duas vezes antes do meio-dia, um recorde.

O gato, vendo que algo novo acontecia, ficou naturalmente curioso. Saltou sobre a bancada e, abaixando a cabeça para farejar, seus bigodes entraram em contato com as chamas, o que causou um fedor horrendo. Imediatamente, Elsa veio correndo para ver o que estava acontecendo e, ao espanar as cinzas, notou que os bigodes eram como grãos de areia na sua mão. Isso levou a outra surpresa, a maior até agora: ela não me culpou pelo ocorrido.

Durante aquele almoço, em vez de ficarmos olhando para baixo para nossos pratos enquanto comíamos sem nenhum apetite real, conversamos. Disse a Elsa para não se preocupar porque os bigodes de Karl eram tão necessários para ele quanto os meus. Errado, disse Elsa, os bigodes são para os gatos tão necessários quanto é a vara para um equilibrista na corda bamba. Achei aquilo hilário, mas ela disse que era exatamente como nós, humanos, usamos nossas orelhas, não nossos pés, para manter o equilíbrio. Respondi que, se o que ela dizia era verdade, Karl deveria estar andando torto para um lado ou em círculos. Não sei o motivo, mas logo estávamos rindo como crianças. Toda vez que olhávamos para Karl à espera do seu petisco, com seus bigodes compridos e orgulhosos de um lado e as cerdas atrofiadas do outro, parecendo uma escova de dente gasta, explodíamos em uma nova onda de risadas, especialmente quando nosso comportamento levava ele a balançar a cabeça como uma gangorra até que a irritação o fizesse sair de cena. Elsa, então, abriu as janelas e, em vez de fechá-las por medo de uma corrente de ar, eu, pela primeira vez, as deixei como estavam.

Na soneca daquela tarde, foi como se estivéssemos nos encontrando pela primeira vez. Foi maravilhoso porque ela e eu éramos os mesmos de antigamente e, no entanto, por termos ficado distantes por tanto tempo, ao nos reunirmos, nos esquecemos de odiar aquilo que outrora tínhamos amado. Era raríssimo abraçar a novidade enquanto compartilhávamos o bem-estar que só a intimidade pode trazer. Puxei Elsa para perto de mim e o vento cálido levou embora velhas mágoas, e respiramos revitalização em nossos espíritos. Um passarinho chilreava e eu adormeci embalado por céus em tons pastel e doces melodias.

Ao acordar, não notei a água até que, ao sair da cama, pisei sobre ela, um lago raso que parecia a mais delgada língua de mar que se insinua sobre a areia da praia antes de ser drenada para longe. Mas esta água não recuava; ela avançava em pequenos espasmos, centímetro após centímetro. Sem motivo aparente, Elsa havia tentado se deitar em uma bacia de plástico que eu usava normalmente para guardar meus cintos, meias e coisas parecidas. Ela conseguiu ficar presa enfiando a cabeça e o tronco na bacia, enquanto as pernas e um braço sobressaíam ridiculamente, o outro braço se curvando para tapar o nariz. O chuveirinho estava de certo modo enfiado debaixo do seu corpo, o que fez a mangueira de borracha furar, com finos jatos de água esguichando ao longo do seu comprimento. O nível da água se elevou, fazendo seus cabelos ondularem para frente e para trás e mais água escorria... Em nosso quarto de dormir, ela havia atingido duas paredes, e o nível continuava subindo progressivamente.

— Os vizinhos virão aqui em cima a qualquer minuto! Levante-se! — gritei enquanto a arrancava da bacia e a empurrava nua e pingando até o guarda-roupa. — Entre aí.

Mas algo nela havia mudado e ela estava completamente serena; por um longo tempo, ficou parada, buscando em meus olhos, implorando pela verdade com aquele seu olhar de sapiência. Foi nesse momento que acredito ter perdido a minha chance.

— Não é hora para brincadeiras. Vou resolver isso. Se ouvir vozes, nem um pio! — disse, sem querer admitir essa mudança nela, não em meio à confusão que nos cercava. Empurrei-a para debaixo dos cabides, que chacoalhavam, e fechei as portas de metal em suas costas.

Feito isso, desci as escadas e encontrei alguns de meus vizinhos acusando uns aos outros como se cada um deles estivesse coberto de razão. Um marido se virou para outro a fim de defender a mulher e falou:

— Eu afirmo, meu caro senhor, não fomos nós. Está caindo do apartamento do Betzler, acima do nosso. Talvez ele esteja até se afogando.

— Olá?

Eles me reconheceram com constrangimento.

— O senhor já enxugou tudo? — perguntou *Frau* Campen em um tom ríspido, apontando para o teto do qual gotas inchavam, grandes como cascalho, antes de caírem.

Mal eu tinha acabado de responder e eles já se muniam de panos e baldes e, antes que eu pudesse protestar, subiam as escadas e invadiam meu apartamento enquanto eu os seguia. Àquela altura, eu achei que devia estar sonhando, porque Elsa havia posto uma cadeira no centro do quarto a oeste. Sua postura séria e resoluta falava por ela: tinha todo o direito de estar sentada ali, totalmente nua, o cabelo pingando, os seios fartos repousando sobre a barriga protuberante, a barriga protuberante sobre as coxas grossas (grossas o suficiente para ocultar a parte mais chamativa), as mãos cruzadas sobre os joelhos com covinhas como uma aluna obediente, embora os dedos dos pés, rosados e gorduchos, saracoteassem como dez porquinhos. Havia outra contradição em sua pose: a cabeça pendia acentuadamente, como se estivesse um pouco envergonhada por ter desobedecido.

Eu estava atrás de meus vizinhos, por isso não vi seus rostos, mas podia ver bem o de Elsa e como os olhos dela se ergueram brevemente para encarar as pessoas. Vi *Herr* e *Frau* Campen desviarem rapidamente o olhar e cobrirem a boca, atônitos. Minha própria boca secou; eu podia sentir o coração batendo na garganta. Sem perder mais nenhum segundo, eles se puseram de joelhos, secando o chão em movimentos circulares e torcendo os panos nos baldes e, mais que tudo, evitando olhar na direção de Elsa. Os Beyer, ouvindo a comoção, entraram como se estivessem chegando a uma festa, até que viram o que havia para ser visto. Algo no modo como os olhos de Elsa se ergueram para encontrar os de *Herr* Beyer me indicou com clareza que eles já se conheciam há tempos, daquela maneira especial típica de homens e mulheres. *Frau* Beyer, como eu, pareceu ter notado aquilo e, pelo jeito como fuzilou o marido com o olhar, é provável que tenha notado. Apesar de tudo, *Herr* Beyer, com improvisada galanteria e certa casualidade, tirou sua jaqueta de caça e a jogou desajeitadamente sobre Elsa, que a deixou cair como um amante sem cabeça atacando seus peitos, antes de deslizar submisso aos seus pés.

Dei-me conta dos olhares maldosos que as mulheres lançaram quase sem trégua sobre mim. Já os homens, visivelmente constrangidos, reagiram com mais simpatia, secando o piso como se aquilo não fosse culpa minha, mas um desastre natural que eles, unidos, estavam combatendo. *Herr* Beyer assegurou a todos que a vida continuaria... ninguém iria morrer... a seguradora mandaria seus peritos. Eu senti que seu discurso estava irritando todo mundo e desejei que ele calasse a boca.

Com os olhos, ordenei a Elsa que se cobrisse, mas, tirando uma majestosa piscada, ela me ignorou. A maneira como permaneceu sentada ali, como se protestasse contra algum nada invisível e não declarado, fazia tudo parecer pior do que se poderia imaginar. As mulheres, é claro, a tomaram como vítima. Entretanto, fazia tanto tempo que Elsa não via qualquer outra pessoa que ela talvez não *soubesse* como se comportar.

— Minha mulher não teve a intenção de... — gaguejei, mas minha voz, engasgada e forçada, não soou verdadeira, e engoli em seco antes de continuar. — Ela nem sempre tem o controle sobre si mesma.

Frau Campen parou de torcer o seu pano e apenas o som das gotas caindo no balde podia ser ouvido. Ela e as outras mulheres se entreolharam, completamente intrigadas, talvez porque Elsa lhes parecesse bastante normal. Talvez não acreditassem que ela fosse minha mulher. Que diferença fazia? Casado ou não, era problema meu se escolhi morar com uma louca.

— Ela não consegue evitar. Ela não responde por si mesma — Eu me ouvi dizendo.

Achei que agora Elsa aceitaria a corda que eu lhe oferecia para ajuda-la a sair da areia movediça... mas, em vez de balbuciar qualquer bobagem ou bater na própria cabeça para confirmar o que eu havia acabado de expor, ela simplesmente me observou, serena. Ela estava me contradizendo! Não só parecia perfeitamente consciente do que fazia, eu até diria que ela lhes deu a impressão de ser bastante inteligente, lúcida e até mesmo simpática em comparação ao tolo pelo qual eu me fiz passar. Um último olhar para ela e eu abaixei a cabeça e, diante de todos os presentes, minhas últimas defesas vieram a baixo. Não tinha planejado fazer aquilo, mas, a partir do momento em que comecei, vi que era a última chance de livrar minha pele. Lamuriei:

— Vocês não sabem o que é ter uma mulher como ela! O que é ter de escondê-la. O desconforto e a vergonha que ela me causa! Nunca estou livre... livre para sair, livre para viver. Tenho de viver encarcerado como se tivesse feito algo errado, como se fosse um criminoso que tem de passar a vida sob tortura na prisão!

Herr Beyer logo estava ao meu lado, dando tapinhas nas minhas costas, e os outros se juntaram a ele e me emprestaram panos para assoar o nariz.

Só Elsa se manteve distante sacudindo a cabeça para mim. Seus olhos eram fáceis de ler: eu era uma vergonha. Então, ela deve ter se esgueirado rapidamente e entrado no guarda-roupa porque, quando olhei de novo na sua direção, ali estava a cadeira vazia.

vinte e seis

Assim que o último vizinho saiu, tive um ataque de fúria durante o qual meu ciúme se intensificou até me consumir... Quanto mais eu pensava sobre a traição, mais monstruosa ela parecia. Teria ela um código secreto para avisar a Beyer que o cão de guarda havia saído? Uma meia pendurada para fora da janela, três batidas no piso? Talvez ele subisse toda vez que me visse sair e tivesse relações com ela na nossa própria cama? Botasse sua bunda suja bem aqui enquanto tirava as meias? Teria rido ao me ver subindo a rua, carregado de mantimentos ou trazendo um cesto de roupa limpa? Que tolo eu vinha sendo! O azarão, que havia feito vista grossa a tudo que acontecia só para poder ficar com ela... e ela, a figura heroica e forte que provavelmente dissera a ele que só ficava comigo por sentir pena de mim... Teria ela inundado o edifício para que pudesse vê-lo? Talvez porque ele quisesse terminar com ela e ficar com sua mulher? Era aquela a causa do seu protesto silencioso? Era por isso então que *Frau* Beyer estava sempre batendo à nossa porta pouco depois que eu saía... Ela devia estar de olho neles!

Elsa não negou que o conhecesse ou a qualquer outro dos vizinhos. E, ao agarrá-la com raiva e jogá-la na cama, senti uma súbita dor no peito... e, então, ela debruçou sobre mim até me deixar sem ar e explicou que ninguém sabia nada a respeito dela ou de sua verdadeira identidade... Para eles, ela era apenas a *Frau* Betzler... então, que motivo eu teria para me preocupar? Em seguida, ela parou para bagunçar meus cabelos antes de perguntar, maliciosamente, se não me preocupava o fato de que nossos queridos vizinhos talvez pensassem que *Herr Betzler* não estivesse em pleno uso de *suas faculdades mentais*.

Aquilo foi a gota d'água. Eu simplesmente não a aguentava mais! Troquei o miolo da fechadura para que ela não pudesse mais abrir a porta sozinha. Esse direito seria reservado a mim. Ainda assim, ela me observava com aquele maldito sorriso ambíguo até que eu tivesse de sair.

No centro da cidade, os arredores me pareciam familiares e, ao mesmo tempo, estranhos, como se não pertencessem mais àquele tempo ou espaço. Estruturas metálicas reluzentes se erguiam como torres acima das casas mais velhas da cidade e parecia que os bancos tinham sido construídos usando as moedas que juntavam e derretiam, e os mais altos eram aqueles que tinham reunido o maior número. Por toda parte, carros esquisitos em austeros tons pastel rodavam pela cidade, cerca de uma dúzia parava em cada sinal vermelho, bloqueando uns bons quarenta metros em muitas ruas. Com o tempo, a fumaça dos canos de descarga me deixou tonto e o ruído de seus motores sufocou os sons mais doces do murmúrio dos pombos, do sussurro das folhas de outono e do Danúbio, que corria silenciosamente; o silêncio sendo um som, assim como as pausas são parte da música. Policiais me levaram de volta ao meu bairro em uma viatura, conversando sobre como seria o fim do mundo se as duas superpotências, a União Soviética e os Estados Unidos, começassem a jogar bombas atômicas uma sobre a outra. Bastava uma delas para que um gigantesco cogumelo tomasse conta do céu e uma luz abrasadora imprimisse a sombra das pessoas nas paredes e nas calçadas. A radiação se espalharia sobre nós, atingiria nossas entranhas em combustão lenta e deformaria até os bebês no ventre das mulheres. Era um pensamento aterrorizante e eu não via a hora de chegar em casa! Casa! Casa!

Quando reconheci a sapataria da esquina, eles me deixaram descer e me mandaram ir para casa para descansar. Os aspectos do bairro que costumavam me desagradar agora me confortavam: cascas de noz na calçada, canos saindo como veias dos vários edifícios, cheiros de comida exalando das janelas como sopros calorosos e familiares.

Isso até o momento em que vi o círculo de pessoas diante do nosso edifício, adultos e crianças, todos olhando para baixo com tristeza. Não cheguei a notar se Beyer estava lá ou não. Em vez disso, levantei a cabeça para procurar o cogumelo e vi... a janela do nosso apartamento escancarada. Um menininho chorava e sua mãe lhe dizia que todo mundo tem de morrer um dia. Foi então que eu lembrei que tinha trancado a porta. Eu tinha trancado a porta! Foi tudo culpa minha. Ela tinha feito aquilo, meu Deus — ela tinha ficado quite comigo da pior maneira possível.

Gritando "Elsa!", abri caminho até o meio do círculo.

Não era Elsa. Era o gato.

vinte e sete

No mês que se seguiu, Elsa só ficava deitada de costas, observando o céu, dia após dia. Ela observava a primeira luz da manhã dissolver o preto no cinza e, então, num pálido azul. Em seguida, esperava as manchas cor-de-rosa, vermelhas, laranja e, então, abraçava os azuis e a chegada das pinceladas brancas e cinza. O fim do dia levava a paleta embora e deixava um esboço desbotado de seu próprio rosto vagamente refletido no vidro.

Ela me explicava o que se passava na sua cabeça sempre que eu perguntava, mas eu achava que, apesar de todo o esforço que ela empregava no que dizia, nada daquilo fazia o menor sentido.

— Veja, Johannes, enquanto eu observo o céu por esta janela, outra pessoa no apartamento ao lado também o está observando, mas ela tem uma visão única do que está dentro de sua própria moldura da janela. Esse pedaço de céu é a *minha* vida, a *minha* pequena parte do céu, aquela que é dada a *mim*. É como a pintura pessoal de Deus para mim. Você entende?

Não, eu não entendia.

Da metade inferior da janela, copas de árvores podiam ser vistas e elas, também, se integravam ao que Elsa entendia por vida. Ela as observava, em diferentes tons de verde, antes que o pincel de Deus as transformasse em vermelho, laranja e amarelo, depois do que as folhas caíam. A partir de então, ela passou a ver uma relação entre as árvores e o céu, ambos vividamente coloridos antes de morrer, e os mistérios da vida e da morte. Deus não tirava a vida, não; Ele simplesmente reabsorvia Suas cores.

Eu não sabia mais o que fazer. Do lado de fora, eu podia ouvir um carro ou uma motocicleta passarem a cada dois minutos; no térreo, os Campen brigarem sobre o comprimento — na verdade, sobre a quase falta dele — da saia de suas filhas, que expunham indecentemente seus joelhos quando se sentavam. Mas Elsa não vivia neste mundo moderno. Para ela, um céu levava a outro, um pensamento levava a outro. Segundo sua maneira de pensar, ela não estava imóvel: não, ela se movia tão rapidamente quanto o mundo girava, dando gigantescas cambalhotas através do espaço... Somente pessoas comuns como eu é que nunca sentiam a grande viagem que estávamos fazendo.

Eu não tinha tempo para tamanha idiotice, pois meus dias eram preenchidos com papelada, preocupações e trabalho doméstico. Recentemente, eu havia recebido em minha caixa de correio uma convocação para a próxima reunião de proprietários, mas a ideia de me sentar com eles em volta de uma mesa de jantar era tão desagradável que decidi não comparecer. Alguns dias depois, recebi um bilhete que me deixou de queixo caído, porque os proprietários tinham votado a favor de caiar o preto da fumaça que o cano de descarga dos automóveis tinha deixado sobre a nossa fachada. Era inútil, uma vez que o mesmo fora feito ao prédio vizinho e ele enegrecera de novo passados alguns anos. Sim, e também tinham votado para aproveitar os andaimes da pintura para consertar o telhado. Suspeitei que fosse um complô contra mim ao me apresentarem uma conta que eu não teria como pagar.

Eu não conseguia mais dormir ao lado de Elsa. Sua respiração suave e ritmada era como um instrumento de tortura, prolongando penosamente uma noite que extrapolava várias vezes a sua duração normal. Naquelas noites, minha vida era mentalmente revirada como as mil peças de um quebra-cabeça à medida que lembranças desconexas vinham à tona, cada uma delas irracionalmente encaixada na próxima. Aqueles anos em que a morte dos meus pais me oprimia haviam ficado para trás. Eu estava pegando no sono quando uma garota que conheci na escola primária, esquecida havia muitos anos, surgiu em minha mente. Então, eu acordei com o coração batendo acelerado, me perguntando que fim ela teria levado. Eu teria sido capaz de passar as horas seguintes fazendo planos de como retomaria o contato com ela. Aquilo me pareceu tão urgente que eu não conseguiria viver um dia sequer a mais sem saber. Com o amanhecer, ela foi esquecida e o drama mental que eu havia atravessado pareceu uma bobagem.

Não havia nada de racional na minha insônia. Eu virava de um lado para o outro, sentindo falta da nossa antiga casa como se fosse uma parte viva de mim que tivesse sido brutalmente amputada. Criava meios infalíveis para encontrar quem quer que estivesse em posse do violino de Ute e para restabelecer a fábrica do meu avô, com fundos e desculpas do governo.

Acabei conseguindo emprego em uma fábrica de bolinhos, em parte para ganhar dinheiro, em parte para poder ficar longe de Elsa. A ideia poderia parecer peculiar: *fabricar* bolinhos. Máquinas misturavam a massa de farinha, ovos e leite e a deixavam escorrer nas formas, que depois recebiam uma segunda camada, que afundaria para se tornar seu recheio. Deslizavam, então, para os fornos maciços e, cinco metros depois de serem resfriadas por ventiladores possantes, eram cobertos com glacê cor-de-rosa. Eu achava um insulto aos nossos tradicionais *Punschkrapfen* dar àqueles produtos mecânicos o mesmo nome. Cada *Punschkrapfen* era exatamente igual ao anterior e ao seguinte — nem maior, nem menor, e nada parecidos com os doces feitos pelas mãos de um confeiteiro dedicado.

Nós, os operários, supervisionávamos as máquinas, porque às vezes uma correia empacava e uma avalanche de cobertura era desperdiçada. Minha função era verificar que seis doces intactos estivessem alojados em cada recipiente plástico antes de fechar a tampa, e que nenhum estivesse sem seu pequeno guardanapo, ao qual logo ficaria aderido. O operário depois de mim lacrava a tampa com fita adesiva, e o seguinte colocava o rótulo elegante.

Era um inferno. Eu sentia que estava trabalhando duro para continuar pobre. Se não tivesse ido antes ao banco e hipotecado o apartamento para cobrir minhas dívidas, eu teria largado o emprego dez vezes ainda no primeiro mês. Eu me vi invejando Elsa, que nunca conhecera tal dureza ou pessoas horríveis como aquelas. Dos três que se sentavam perto de mim, nunca recebi sequer um aceno de cabeça em resposta a minhas saudações. Achei que era porque ninguém conseguia me ouvir por causa do barulho das máquinas, por isso, uma manhã, ensaiei um aperto de mão. Minha mão ficou suspensa no ar, recebendo de um deles apenas o contato mais frouxo que já recebera. Considerando os poucos dedos grudentos que havia usado, foi realmente relutante.

Depois de ficar fora tempo o bastante para sentir sua falta, considerei Elsa uma alegria para a qual retornar. Minha única alegria. Dei-lhe seus livros, do tipo maçante que ela gostava, com todas aquelas notas de rodapé, mas, depois que Karl caiu da janela, ela parou de ler, já que a contemplação lhe trazia as mesmas verdades sem cansar os olhos. Sua apatia crônica me levou a juntar jornais das velhas pilhas na sala de descanso dos trabalhadores e deixá-los espalhados por toda a casa. Eu esperava que eles resolvessem a questão por mim e que a realidade sacudisse ela para fora de sua depressão. Ainda lembro a sensação de tremedeira nas pernas o dia todo na fábrica e meu coração vacilando toda vez que eu pensava a respeito. A primeira coisa que eu fazia ao voltar para casa da fábrica era ver se os jornais estavam onde eu os havia deixado. Estavam. Ela não queria que os jornais resolvessem o problema por mim.

— Quantos anos eu tenho? — perguntou ela um dia, a troco de nada, enquanto procurava seu reflexo transparente no vidro da janela.

Querendo tirar o corpo fora de maneira bem humorada, eu respondi:
— Cem anos.
— Onde eu moro?

Dei a ela o nosso endereço, tive de repeti-lo e soletrar o nome da rua duas vezes.

— Por que eu moro aqui?

Ela precisava ouvir tudo de novo, a velha história, que estava se tornando impossível de contar.

Como o momento certo já tinha passado havia muito tempo, escolhi um jornal ao acaso das pilhas e, depois de fazer caretas diante das manchetes, adotei um tom de deboche:

— "*A Metafórica Cortina de Ferro Torna-se Fronteira Real*. Uma alta cerca de metal com arame farpado no topo continua a dividir ao meio uma grande cidade alemã. Em alguns lugares, a cerca foi erguida diante dos edifícios da noite para o dia, de tal maneira que, quando as pessoas que moram ali olharam pela janela de manhã para ver se chovia ou fazia sol, sua visão do céu fora substituída pela de uma absurda estrutura metálica que as enjaulava. Em muitos casos, pai e filho se encontravam no lado leste perguntando o que havia para o café da manhã, enquanto mãe e filha, no lado oeste, estavam ocupadas fritando ovos para eles."

Elsa mandou que eu parasse com um aceno de mão.

— Ótimo, ótimo. Aqui tem outra história. Hm-hm. "*Wernher von Braun: Do V-2 ao Sonho do Foguete Espacial.*"

Eu insisti, lendo o texto na íntegra, embora saltasse linhas e parágrafos inteiros.

— "Quando o Exército Soviético se aproximava na primavera de 1945, Wernher von Braun e sua equipe de cientistas fugiam de avião para se entregar ao Exército Americano. O irmão de Braun, também engenheiro de foguetes, gritou para um soldado americano: 'Olá! Meu nome é Magnus von Braun! Meu irmão inventou o V-2.' Em 20 de junho de 1945, o Secretário de Estado norte-americano aprovou a relocação de Braun e de seus especialistas na América como parte da Operação Paperclip, que resultou no emprego de cientistas alemães que eram anteriormente considerados criminosos de guerra ou ameaças à segurança nacional."

Fiquei em pé e saltitei feito um palhaço.

— Você sabe? Eles dizem que não existe gravidade no espaço sideral.

Ela riu e jogou um travesseiro em mim para que eu parasse.

— Você consegue imaginar você e eu dançando? Pela primeira vez, eu não pisaria nos seus pés. — Dancei sobre o colchão e fiz meus movimentos mais efeminados, o que a levou rir ainda mais. — Se você acha que nossas condições de vida são ruins, veja só isto: todo objeto teria de ser pregado num lugar, inclusive o sabonete. As gotas de água do chuveiro subiriam, o que obrigaria você a ficar pairando sobre a ducha. Se você perdesse fios de cabelo toda vez que se penteasse, olharia para o teto e veria um ninho, como se estivesse embaixo de um guarda-chuva!

A esta altura, Elsa estava segurando a barriga de tanto rir. Assim encorajado, apontei para uma terceira manchete e fingi ler:

— "*Homem Esconde Mulher*. Era uma vez um homem austríaco que amava tanto uma mulher que a escondeu do mundo, ou escondeu o mundo dela... Ele arriscou sua própria vida ao fazer isso."

Elsa olhou para um segundo travesseiro e, por trás do seu ar brincalhão, pude ver um brilho de ameaça em seu olhar.

— "... mas não do jeito que ela pensava. Na verdade, a Áustria tinha ficado nas mãos dos vencedores... durante... quatro anos. A cidade dividida ao meio era Berlim."

Não ousei respirar enquanto meu coração executava sua familiar valsa, cada vez mais rápido, girando e girando. Levantei as sobrancelhas bem alto, apontei para baixo e falei tão comicamente quanto podia:

— É o que diz aqui.

Mas não teve graça, embora minha voz estivesse enérgica e anasalada, como um palhaço tentando ser engraçado, mas sabendo que não era e que o público também sabia que ele não era.

Elsa, o braço ainda no ar, deixou cair o travesseiro... e, por trás de seu último arroubo de risada nervosa, havia um traço de alívio amargo ou talvez a impressão que tudo havia ido longe demais. Por um longo instante, ela me observou com uma expressão que era tanto pesarosa como profundamente receosa... como se perguntasse a si mesma não o que iria lhe acontecer, mas, desta vez, o que aconteceria comigo.

vinte e oito

O dia seguinte foi uma segunda-feira, e os bolinhos cor-de-rosa passavam por mim chacoalhando na esteira de produção, seu aroma doce sintético me atingindo em intervalos de dez segundos. Eu estava habituado demais a ver milhares dessas guloseimas por dia para discernir uma da outra sem que fosse necessário ter máxima concentração. Na verdade, fornadas inteiras podiam passar sem que eu realmente as tivesse visto; e, naquele dia, eu estava no mundo da lua. Os bolinhos eram manchas rosadas, vagas e mesmerizantes, seguidas por bim, bam, bum, e mais manchas rosadas vagas. Então, não mais que de repente, tomei uma decisão. Sem dizer uma só palavra, pendurei o jaleco e a touca brancos no cabide. Não tinham me dado boas-vindas, tampouco se despediriam de mim.

Fiquei radiante. Depois de muitas soluções falsas, eu tinha chegado à verdadeira. Levaria Elsa para uma ilha exótica a milhares de quilômetros de distância. Venderia o apartamento e levaria o dinheiro conosco — ele valeria dez vezes mais em um país subdesenvolvido. Que vida que nós íamos levar! Eu nunca mais teria de trabalhar. O sol brilharia sobre nós, o mar nos cercaria com sua espuma, as palmeiras lançariam suas sombras altas e desalinhadas sobre nós. Elsa ficaria em êxtase quando eu lhe contasse como se sentiria ao enfiar os pés bem fundo na areia quente, areia de verdade. Nossa nova vida nos rejuvenesceria. Havia muitos lugares assim no mundo, então o que eu estava esperando? Não tinha família a me prender, nenhuma raiz que me ligasse à minha pátria. Por que não tinha pensado nisso antes?

Folheei catálogos em uma agência de viagens e me dei conta de que a escolha era muito ampla, pois o mundo era grande demais. Havia as ilhas da Polinésia — só seus nomes já me faziam sonhar: Rurutu, Apataki, Takapoto, Makemo; as ilhas do Caribe, Barbados, Granada... Havia tons de azul-turquesa capazes de nos fazer não ligar para onde o mar terminava e o céu começava, assim como a gente não se importaria mais com onde o nosso passado terminava e o nosso futuro começava: ambos subitamente pareceram frágeis como cartolina.

A imagem idílica, no entanto, só ofuscava a realidade, quando descobri que cada ilha ou arquipélago era um país. Qual deles nos permitiria imigrar? Em qual deles meus recursos teriam maior valor? O agente de viagens me forneceu horários de voos, valores das tarifas e estava empenhado em me vender as passagens, mas não sabia responder às minhas muitas perguntas; mesmo assim, ele escreveu para mim meticulosamente em uma folha de papel uma lista de embaixadas e consulados.

Meus sonhos foram despedaçados por um funcionário do consulado da República Dominicana, que me disse que, para viajar para lá, eu precisaria de dois passaportes válidos, o meu e o de minha companheira. Disseram-me o mesmo em outros consulados. O passaporte de Elsa, *se* eu pudesse encontrá-lo, era velho demais e estaria vencido há muito tempo. Ela era apenas uma criança na foto; e, além do mais, o passaporte tinha o carimbo de uma estrela amarela. Será que isso chamaria a atenção quando eu fosse renová-lo?

A brisa em meu rosto me fez bem enquanto caminhei de volta para casa, me fazendo vislumbrar novas soluções. Em vez de tirar um novo passaporte, eu podia mudar a foto de Elsa e alterar a data de validade com uma caneta preta. Se aquilo nos permitisse sair do país, alguém na remota ilha de Takapoto saberia o que a estrela significava? Duvido. Podiam até interpretá-la como uma honraria diplomática.

Mas e se verificassem nossos passaportes aqui no Aeroporto de Schwechat antes de embarcarmos? Eu tinha de chegar em casa logo e pensar melhor. Se o pior acontecesse, eu podia escondê-la em uma mala, embora, desta vez, nós fôssemos para muito longe e ela pudesse morrer na viagem. Ao subir as escadas, eu pensei em todo tipo de outros riscos e tomei um susto quando minha chave encontrou um buraco na porta. A madeira fora arrancada, e meu primeiro pensamento foi de que tínhamos sido roubados e que os ladrões agora sabiam da existência de Elsa. Antes de me dar conta de que em 1949, a meros seis meses da metade do século, eles não teriam estranhado encontrar uma mulher em um apartamento, eu percebi que Elsa havia desaparecido.

Naquele momento, eu tive certeza que seria preso e condenado a viver sem ela. Teria Elsa chamado a polícia? Isso era a pior coisa que eu poderia imaginar, ela sendo levada para longe de mim antes que pudéssemos ter uma última conversa franca. Disse a mim mesmo que aquilo não era justo. Ela era tão culpada quanto eu! Eu não tinha provas, mas eu *sabia* que ela sabia! Toda vez que a verdade havia chegado à minha boca, ela se jogara sobre mim, me obstruindo verbalmente, ou fisicamente suprimira minhas palavras e, ao fazê-lo, mantivera toda a culpa sobre mim! Ela havia estado do lado de fora, ela conhecia a verdade, é claro... Condenei meus erros da juventude e minha covardia até que logo me vi esperando que a polícia chegasse logo e me levasse embora, já que estar em nossa casa sem ela não fazia sentido.

E, então, um feroz senso de sobrevivência tomou conta de mim. Eu tinha como escapar antes que eles chegassem e, pegando carona, podia chegar à Itália em um dia e pegar o próximo navio para a América do Sul, Tombuctu; que importava o destino? Qualquer coisa seria melhor do que o que me aguardava aqui. Juntei meus pertences em uma bolsa o mais rápido que pude, e, então, depois de descer dois andares, voltei para cima correndo para escrever um bilhete para que a polícia entregasse a ela. Buscando as palavras certas, subitamente tive um vislumbre perturbador. E se ela voltasse? E se precisasse de mim? Não havia mais ninguém para cuidar dela. Será que haveria alguém para sequer acreditar na sua história?

Se eu fosse apanhado por causa desta esperança remota, eu me consideraria um completo imbecil. No entanto, por menor que fosse a possibilidade de que *talvez simplesmente* ela pudesse voltar, se ela o fizesse e eu perdesse a ocasião porque havia fugido para outro continente, isso seria o arrependimento da minha vida... um arrependimento que me pressionaria até me deixar louco... Por isso, eu tirei os pertences da bolsa e, depois de esperar um pouco, os devolvi aos seus devidos lugares.

A luz do dia se apagava e eu não tinha o ânimo para acender uma lâmpada. Preferi ficar deitado sob a janela olhando para o céu pálido que escurecia. Que grandes verdades ela via lá em cima? Imaginei-a caminhando livremente, as mãos balançando, a ginga de suas nádegas, sabendo que não tinha absolutamente nada a perder, dando uma risadinha do grande susto que me daria. Eu a vi com seu busto se inclinando pesadamente para a frente em sua postura resoluta, as sobrancelhas arqueadas, atravessando o parque, parando jovens para interrogá-los, inquieta. Estaria Adolf Hitler vivo ainda? Eles se afastariam dela, achando que estava perturbada, e ela interpretaria essa reação como medo do regime totalitário. Esses jovens eram minha única chance. Mas eu também via o policial para quem ela abriria seu coração. Então, a pior hipótese surgiu na minha imaginação e eu vi o primeiro homem que ela encontraria. Considerando-a atraente, ele confirmaria tudo que ela dizia que eu havia dito, diria tudo que ela desejava ouvir, e lhe asseguraria que era a mais pura verdade. Então, ela iria para a casa dele e ficaria com ele.

O dia raiou, avançou até meio-dia, e ainda ela não tinha voltado. O que era difícil de acreditar é que nem a polícia havia aparecido. Pela primeira vez, me ocorreu que ela poderia não ter saído por vontade própria, mas sido obrigada a sair por outra pessoa... Beyer, é claro, aquele filho da mãe... ou talvez todos eles, da Associação de Proprietários... Sabendo que eu não estava em casa, eles teriam arrancado a fechadura. Talvez ela tivesse batido na porta, pedindo socorro? Fui de porta em porta confrontar nossos vizinhos, incluindo Beyer, mas ele, como os outros, pareceu sincero o suficiente sobre não saber aonde ela fora... embora eu pudesse sentir que sua mulher e os Campen estivessem secretamente felizes com o fato de que ela havia partido.

*

Por não ter nada em meus bolsos nem em minha conta bancária, nem sequer para uma cerveja que se fazia muito necessária, eu me candidatei a alguns empregos aleatórios, o que realmente me custou muito. Envelopes, papel carbono e selos, ainda por cima. Fui para as ruas e me ofereci para lavar os carros de dois homens de negócios por uma moeda. Aceitaram minha oferta e lavei ambos os carros por *uma moeda*. Certo, foi o combinado. Senhoras de idade se mostraram menos dispostas a aceitar meus serviços, mesmo por uma moeda, por mais que eu tenha argumentado que carregar suas compras ou levar seus cães para passear seria bom para todos. Sua recusa, se agarrando a suas bolsas até que as juntas dos dedos ficassem brancas, foi mais humilhante que o esforço conjunto dos dois homens de negócios para encontrar uma única moeda.

Restou-me apenas uma saída, gerada pelo pânico e por um desejo mesquinho de vingança, que foi vender um dos dois quartos. Foi preciso ponderar cuidadosamente para decidir de qual deles eu abriria mão, do dela ou do meu. O quarto dela tinha o banheiro, o meu tinha a copa, o que significava que, depois da venda, eu seria obrigado a tomar banho na minha copa ou cozinhar no banheiro dela. As duas opções não eram nada práticas, mas achei a última menos degradante. Eu não tinha fundos para contratar um pedreiro, nem crédito no banco para obter o empréstimo desta última quantia vital, por isso, com tijolos e argamassa comprados com um "cartão de crédito" de uma empresa privada americana, uma prática estrangeira considerada desonrosa na conservadora Áustria, eu construí a parede que separaria os dois quartos. Levei quatro dias para erguer uma parede reta e aparentemente sólida.

Uma jovem comprou o apartamento de um quarto, mas, antes de assinar os papeis, impôs uma condição de última hora. Eu deveria erguer uma nova parede, e derrubar parte de outra, para criar um corredor que ligasse o banheiro à entrada e, ao fazê-lo, bloquear o acesso a ele pelo meu quarto, o transformando, assim, em um banheiro comunitário para os dois apartamentos. Eu não tinha escolha e ela sabia disso. A partir de então, eu teria que sair do meu único quarto para usar meu próprio banheiro. A maioria das vezes, eu ficava deitado na cama com a bexiga cheia, sem o menor ânimo para me levantar.

Além disso, logo comecei a suspeitar que eu vinha sendo observado. Embora ninguém soubesse da minha existência, eu era conhecido em certo nível universal — um espécime do homem moderno, alvo da curiosidade humana. Não podia fazer mais nada sem sentir que alguém me observava. Meu nicho encolheu e eu fui reduzido a uma pessoa minúscula. Tinha o canto de dormir, o canto de comer, o canto de me vestir, além da pequena pia em que eu bebia água e me lavava. O nicho se transformou em uma jaula e alguém imenso me observava. Eu podia sentir a presença de um olho grande e infalível espiando, noite e dia, pela janela. Seria essa a minha ideia de Deus?

Perdi toda sensação de lar e, antes de me dar conta disso, eu estava na jaula de Elsa. Sim, fora Elsa quem me aprisionara; eu estava no território *dela*, nada mais me pertencia. Suas paredes eram brancas demais e eu precisava me afastar, então eu me escondia no guarda-roupa até estar completamente trancado. *Ela* havia me trancado, *ela* me mantinha ali, me torturava, me enfiava no equivalente ao seu antigo esconderijo. Sentia prazer em observar a verdade fermentando em mim até que minha alma amolecesse! Eu nunca a havia mandado ao inferno, nem dado um soco naquela sua cara amuada; eu era um frouxo. Receando todos os *se*, rezando por todos os *talvez*, até ser condenado a esse espaço para apodrecer e deteriorar.

Ela havia pedido a verdade e eu lhe dera. Não! A própria verdade era uma noção mentirosa! Um homem que sonha que está sendo caçado *não está* são e salvo em sua cama. Um homem está onde está seu espírito. Se viveu uma vida abjeta com uma mulher, mas tinha outra fechada em seu coração o tempo todo, esta mulher foi a única que ele amou. A única com a qual compartilhou sua vida. O dom mais secreto e poderoso concedido a um homem não é a vida, mas a capacidade de podá-la em sua mente, de apará-la em seu coração, de cultivar todos os ramos possíveis e que ganharam vida em todas as incisões de sua vontade, nos cortes da sua alma. É aqui que a árvore da vida está oculta, gravada em cada homem.

Já era mais que tempo de me aprumar. Fazer a barba, tomar um banho, recolher todas as roupas e louças sujas! Por que eu não verificava a correspondência? As respostas talvez estivessem ali se eu apenas resolvesse verificar. A situação era tão desesperançosa quanto eu a fazia ser? Por que eu ficava como uma pedra ou um tronco à espera de que ela tomasse a iniciativa? Já devia há muito tempo ter agido como um homem! É isso, eu *a* reconquistaria, ainda que tivesse de vasculhar cada casa e apartamento em Viena para encontrá-la e, então, convencê-la a me dar uma segunda chance... encontrá-la e fazer com que ela ficasse ao meu lado com a força dos meus sentimentos! Com a coerência das minhas resoluções! Uma nova página! Páginas! Por que eu não colocava a verdade por escrito? Ela poderia ler e tirar as próprias conclusões. Com certeza, tal esforço provaria o meu amor. Eu poderia espalhar as folhas por toda Viena se fosse preciso. Alguém a encontraria, alguém que se identificaria com o que eu sentia.

Ao confinar a realidade, os sentimentos e a memória em palavras, eu podia pelo menos capturá-la e alojá-la em preto no branco. E talvez isso ajudasse a descobri-la, a revelá-la. É preciso uma boa luta para desenterrar qualquer partícula de felicidade nesta vida, não acham? Mesmo as árvores precisam forçar suas raízes através da pedra, não é verdade? Cavar fundo para encontrar uma mísera gota d'água? Envergar sob os ventos da realidade? Afundar três quartos de sua estrutura na velha e encardida verdade? E não há nada como um solo limpo!

Eu já havia perdido tempo demais. Havia uma pilha de folhas de papel e uma máquina de escrever a serem compradas e toda uma verdade a transcrever. Qualquer que fosse o esforço. O que mais eu tinha a perder? Meu último quarto? Sem telhado, sem família, eu só estaria mais perto de encontrá-la se a procurasse pelas ruas. Não, eu podia tê-la de volta de novo se lutasse até o fim. Por Deus, eu juro que poderia oferecer a ela uma relação mais profunda, uma vida melhor, um novo lar sob o sol cítrico. Eu poderia comprar para nós um trailer cor-de-rosa para que pudéssemos atravessar ponte após ponte, ilha após ilha, pelo restante de nossos dias. Como tartarugas — ela mesma não havia dito isso certa vez? Nossas casas sobre nossas costas.

*

Escrevi tudo e reli apenas para me certificar. As palavras às vezes parecem ter assumido uma direção própria e me levado a dizer mais do que talvez eu devesse em função do decoro, mas talvez isso seja apenas antiquado. Existem cenas que deixei de fora também, pois me pareciam deslocadas de qualquer foco que eu pretendia manter. Eu simplesmente escrevi, o resultado foi este e ele ganhou uma vida própria tão imperfeita e mutilada quanto nossas memórias. Mas acho que a autenticidade do meu amor pode ser vista por trás das barras brancas nas entrelinhas, como um triste primata em uma jaula no zoológico. Por mais cansado que esteja pela falta de sono, nunca estive tão acordado. Abro meu punho. Que minha esperança, sempre inabalável, consiga alçar voo com a força de um exército outonal de sementes.

Agradecimentos

Pelo material de pesquisa, minha gratidão vai para Axel de Maupeou d'Ableiges, Florence Faribault e Carole Lechartier, do Memorial de Caen, na França; ao falecido Simon Wiesenthal e ao Centro Simon Wiesenthal, em Viena; a Paul Schneider, da Fundação da Memória da Deportação; a Georg Spitaler e à Dra. Ursula Schwarz, do DÖW (Fundação dos Arquivos e Documentações da Resistência Austríaca); a Eva Blimlinger, da Comissão Histórica, em Viena; a Jutta Perisson, do Fórum Cultural Austríaco, em Paris; a Dr. James L Kugel, da Harvard Divinity School; a Vera Sturman e a Elisabeth Gort, da RZB Áustria; assim como a Anneliese Michaelsen, a Amélie d'Aboville, ao Dr. Antonio Buti, a Monique Findley, ao falecido Dr. Morris Weinberg, a Andreas Preleuthner e a seu pai, o falecido Johannes Preleuthner. Por sua fé na longa aventura do primeiro manuscrito em diante, eu gostaria de agradecer encarecidamente a Laura Susijn e a Berta Noy. Eu me sinto em dívida com Philippe Rey, Christiane Besse, Harriet Allan e Tracy Carns por esta edição, e com Taika Waititi por se dedicar a adaptar essa história em filme.

Impresso no Brasil pelo
Sistema Cameron da Divisão Gráfica da
DISTRIBUIDORA RECORD DE SERVIÇOS DE IMPRENSA S.A.
Rua Argentina, 171 – Rio de Janeiro, RJ – 20921-380 – Tel.: (21)2585-2000